Sur l'auteur

Jesmyn Ward est née à DeLisle, dans l'État du Mississippi. Issue d'une famille nombreuse, elle est la première à bénéficier d'une bourse pour l'université. *Ligne de fracture*, son premier roman, lui a valu une belle reconnaissance par la critique américaine. Mais c'est avec *Bois Sauvage* qu'elle rencontre un succès international, en remportant, à la surprise générale, le National Book Award, récompense littéraire suprême aux États-Unis. Son mémoire, *Les Moissons funèbres*, a été lui aussi acclamé et s'est vu récompensé du MacArthur « Genius Grant ». Avec *Le Chant des revenants*, Jesmyn Ward a accompli un exploit inédit : devenir la première femme double lauréate du National Book Award.

Elle vit dans le Mississippi, avec son époux et leurs deux enfants.

Du même auteur
aux Éditions 10/18

BOIS SAUVAGE, n° 4721
LIGNE DE FRACTURE, n° 5410
LES MOISSONS FUNÈBRES, n° 5337

JESMYN WARD

LES MOISSONS FUNÈBRES

Traduit de l'anglais (États-Unis)
par Frédérique Pressmann

10
18

ÉDITIONS GLOBE

Titre original :
Men We Reaped

ISBN 978-2-264-07073-9
Dépôt légal : février 2019

À Joshua Adam Dedeaux,
qui ouvrc la voie et je le suis

Nous avons vu des éclairs, et c'étaient des fusils ; puis nous avons entendu le tonnerre et c'étaient des canons ; puis la pluie s'est mise à tomber et c'était du sang qui coulait ; et quand nous sommes allés ramasser les récoltes, ce sont des hommes morts que nous avons trouvés. Funèbres moissons.

Harriet Tubman

À peine ados, on vit déjà dans la démerde,
pas logique, mais on fait comme on peut par ces temps troublés,
comme des aveugles : mon Dieu, aide-moi à supporter !
Pourquoi tous mes potes sont morts avant d'avoir vécu ?

Tupac Shakur,
extrait de « Words To My Firstborn »
(À mon premier-né)

Debout sur un moignon d'enfant,
moi peut-être ou mon petit frère mort,
je crie de toutes mes forces, je ne peux quitter ce lieu car,
pour moi, c'est le plus cher et c'est le pire,
c'est la vie près de la vie,
la vie perdue : et c'est ici
que je dois me tenir…

A. R. Ammons,
extrait d'« Easter Morning »
(Matin de Pâques)

PROLOGUE

Chaque fois que notre mère nous conduisait à La Nouvelle-Orléans pour rendre visite à notre père, elle disait : « Fermez les portières à clé. » La dernière fois que mes parents se séparèrent avant de divorcer pour de bon, mon père partit vivre à La Nouvelle-Orléans tandis que nous restions à DeLisle, au Mississippi. Il s'installa dans un modeste deux pièces peint en jaune, avec des barreaux aux fenêtres. C'était à Shrewsbury, un petit quartier noir situé sous une bretelle d'autoroute. La maison était coincée entre le grillage d'une zone industrielle et le flot de voitures qui filait en bringuebalant au-dessus de nos têtes. J'étais l'aînée et en tant qu'aînée c'était moi qui donnais les ordres tandis que mon frère Joshua, mes deux sœurs, Nerissa et Charine, et mon cousin Aldon qui vivait avec nous à l'époque, disposaient sur le sol du salon les coussins du canapé et la paire de draps de rechange de mon père afin que nous puissions tous dormir. Mes parents, qui essayaient de se rabibocher – mais qui n'y parviendraient pas –, se réservaient l'unique chambre. Joshua racontait qu'il y avait un fantôme dans la maison et le soir, allongés dans le salon sans télé, nous regardions les ombres des barreaux défiler sur les murs. Nous attendions que quelque chose change, que ce qui n'aurait pas dû être là s'en aille.

— Y a quelqu'un qu'est mort, ici, disait Joshua.

— Comment tu le sais ? je lui demandais.

— C'est papa qui me l'a dit.

— T'essaie juste de nous faire peur.

Ce que je ne disais pas, c'était : *Et ça marche.*

À l'époque, c'est-à-dire à la fin des années 1980 et au début des années 1990, j'allais au collège dans une école privée épiscopalienne et principalement blanche du Mississippi. J'étais une petite provinciale et les filles de ma classe l'étaient autant que moi. Elles parlaient de La Nouvelle-Orléans comme de la « capitale du crime » et racontaient des histoires horribles de Blancs qui s'étaient fait descendre alors qu'ils sortaient des provisions du coffre de leur voiture. « Des rituels de gangs », expliquaient-elles. Ce qui était sous-entendu – et étant donné le penchant raciste d'une bonne partie des élèves de l'école, je suis même étonnée que ça le soit resté, sous-entendu –, c'est que les auteurs de ces crimes, d'une violence extrême et dépourvus de la moindre humanité, étaient noirs. Les filles de ma classe jetaient un coup d'œil dans ma direction quand elles parlaient des Noirs. J'étais boursière et me trouvais dans cette école uniquement parce que ma mère travaillait comme femme de ménage chez quelques familles riches de la côte qui finançaient mes études. Pendant la plupart de mes années de collège et de lycée, je fus la seule Noire. Chaque fois que les filles de ma classe parlaient des Noirs ou de La Nouvelle-Orléans, en s'efforçant de ne pas me regarder mais sans jamais y parvenir, je soutenais leurs regards sans ciller, en évoquant pour moi-même les jeunes hommes de La Nouvelle-Orléans que je connaissais, les demi-frères de mon père.

De tous ses demi-frères, oncle Bookie était notre préféré. La famille vivait depuis toujours dans le quartier qui faisait tant frémir les gens de ma classe. Oncle Bookie était celui qui ressemblait le plus au grand-père que j'avais à peine connu, celui qui était mort d'une crise cardiaque à l'âge de cinquante ans. Il avait une poitrine large comme un tonneau et plissait les yeux quand il souriait. Les jours de grosse chaleur, il nous emmenait à pied vers l'autre bout du quartier, là où l'autoroute traversait le ciel, jusqu'à une petite maison délabrée, tout en longueur – dans mes souvenirs, elle est bordeaux –, qui faisait le coin d'une rue. La femme qui vivait là vendait des glaces à l'eau à l'arrière de la maison. C'était du sucre liquide, en réalité, qui fondait trop vite avec la chaleur. En chemin, notre oncle racontait des blagues, d'autres gamins se joignaient à nous et il menait sa petite troupe sur l'asphalte en fusion tel le joueur de flûte de Hamelin version ghetto. Une fois nos glaces à l'eau fondues dans leurs gobelets en papier, une fois que Joshua et moi avions fini de lécher le sucre qui avait dégouliné sur nos mains et le long de nos bras, oncle Bookie organisait une partie de foot ou de basket dans la rue. Si l'un d'entre nous recevait le ballon sur la bouche et qu'elle se mettait à gonfler, il riait, les yeux réduits à deux fentes. Certains jours, il nous conduisait, avec mon père et son pitbull, au jardin qui se trouve sous la bretelle d'autoroute. Là, le chien de mon père participait à des combats. D'autres hommes étaient de la partie, qui excitaient leurs chiens pour qu'ils se battent, leur peau sombre nimbée de sueur comme celle de leurs bêtes. Mon frère et moi restions toujours collés à notre oncle. Agrippés à ses avant-bras tandis qu'au-dessus de nos têtes les voitures vrombissaient et que devant nous les chiens s'entredéchiraient. Une fois le combat terminé, les chiens sanguinolents pantelaient en souriant, et nous relâchions notre étreinte, soulagés de quitter ce monde souterrain et le risque d'une possible attaque à la gorge.

— Papa t'a jamais dit que quelqu'un était mort ici.

— Eh ben si, répondait Joshua.

— T'inventes, rétorquait Aldon.

À l'époque où j'étais au lycée, je ne parvenais pas à réconcilier les légendes qui entouraient La Nouvelle-Orléans avec sa réalité, mais je pressentais que le vrai était quelque part. Mes parents étaient séparés mais toujours mariés, ils avaient encore cette familiarité propre aux couples qui ont vécu longtemps ensemble et ils parlaient souvent, assis à l'avant de la voiture, de fusillades, de bagarres et de crimes. Dans leurs bouches, la violence de La Nouvelle-Orléans prenait toutes sortes de noms. Nous n'avons jamais rien vu de tout cela en allant rendre visite à notre père. Mais la clôture grillagée de la zone industrielle qui jouxtait la maison n'en finissait pas de grincer, les nuits étaient interminables et mon frère nous racontait des histoires de fantômes.

Nous savions pourtant que la ville que nous traversions, entassés dans la voiture de ma mère, avait une autre facette. Dans les cités de brique rouge qui parsèment La Nouvelle-Orléans, de vieux arbres majestueux montaient la garde de part et d'autre de petits immeubles aux balcons affaissés, des femmes gesticulaient en se grattant la tête, des enfants à la peau sombre – enfants en colère, joyeux, boudeurs –

jouaient sur les trottoirs défoncés. À travers les vitres de la voiture, je regardais surtout les garçons. Avec leurs pantalons tombant sur les hanches, ils se concertaient, tête baissée, puis entraient subitement dans l'épicerie du coin qui annonçait en devanture : « Poboys crevettes huîtres[1] ». Je me demandais de quoi ils parlaient. Je me demandais à quoi ressemblaient leurs vies. Je me demandais si c'étaient des assassins. Le soir, allongée sur le plancher du salon de mon père, j'interrogeais Joshua de nouveau.

— Qu'est-ce qu'il t'a dit, papa ?

— Il dit qu'il y a quelqu'un qui s'est fait tuer.

— Mais qui ?

— Un homme, répondait-il en regardant le plafond.

Charine se blottissait contre moi.

— Tais-toi, ordonnait Nerissa.

Aldon soupirait.

Quand nous quittions mon père pour rentrer à DeLisle, c'est-à-dire tous les dimanches, j'étais triste. Je crois que nous l'étions tous, y compris ma mère qui essayait de relancer leur mariage malgré la distance et les infidélités accumulées au fil des années. Elle avait même pensé un moment venir s'installer à La Nouvelle-Orléans, une ville qu'elle détestait. Mon père me manquait. Je ne voulais pas retourner à l'école le lundi matin, franchir les portes de verre, pénétrer dans les vastes salles de classe éclairées au néon, m'asseoir à côté des garçons et des filles de ma classe perchés sur le dossier de leurs chaises, chemises bien repassées et shorts kaki, jambes écartées ou eyeliner bleu. Je n'avais pas envie qu'ils me regardent à la

1. Spécialité de Louisiane. Ce « sandwich du pauvre » (ou « poor boy ») contient des crevettes et des huîtres frites accompagnées d'une salade.

dérobée chaque fois qu'ils parlaient des Noirs, pas envie de devoir détourner mon regard pour qu'ils ne remarquent pas que je les observais, que j'étudiais les certitudes qu'ils arboraient comme un élément de plus de leur panoplie vestimentaire. Pour rentrer, nous traversions les quartiers est de La Nouvelle-Orléans, le bayou d'Isle Sauvage, le gris murmure du lac Pontchartrain, puis les panneaux publicitaires et les zones commerciales de Slidell avant d'entrer au Mississippi. Là, nous continuions sur la I-10 – le mur de grands pins du centre spatial Stennis, puis les villes de Bay St. Louis, Diamondhead et enfin DeLisle. Nous quittions alors la longue autoroute défoncée pour contourner l'usine DuPont, blottie, comme Stennis, derrière sa haie de grands pins, traverser la voie ferrée, et nous retrouver au milieu des champs, parmi les petites maisons en bois abritées du soleil par de grands arbres. Dans les prés, des chevaux paissaient en cherchant de l'ombre. Des chèvres mâchonnaient les poteaux des clôtures.

DeLisle et Pass Christian, les deux villes dont sont issus tous les membres de ma famille, c'est autre chose que La Nouvelle-Orléans. Pass Christian est située sur la côte artificielle du golfe du Mexique, à côté de Long Beach, et tourne le dos à la baie de St. Louis, tandis que DeLisle s'accroche à l'arrière de la baie et s'étend au nord, en s'amenuisant vers l'intérieur des terres. Les deux villes somnolent pendant une bonne partie de l'été, quand la chaleur est à peine soutenable, et pendant une bonne partie de l'hiver aussi, lorsque les températures frôlent le zéro. À DeLisle, en été, il y a parfois du monde au parc parce que les jeunes viennent y jouer au basket et écouter de la musique à fond sur leurs autoradios.

Au printemps, les gens plus âgés se regroupent sur le terrain de baseball où les Negro Leagues de tout le sud des États-Unis se retrouvent. Pour Halloween, les enfants parcourent encore le quartier à pied ou montés à l'arrière d'un pick-up pour jouer à trick-or-treat. À la Toussaint, les familles se réunissent autour des tombes de leurs proches ; on apporte des pliants en tissu et, après avoir nettoyé les pierres tombales et arrangé les pots de chrysanthèmes, on mange ensemble. Les gens restent jusqu'à la tombée de la nuit, discutent, allument une flambée, chassent d'une main les derniers moucherons de la saison. Ce n'est pas la capitale du crime.

Du plus loin qu'elles se souviennent, la plupart des familles noires de DeLisle – la mienne y compris – ont vécu dans des maisons qu'elles ont généralement construites de leurs propres mains. Ces maisons, simples bicoques tout en longueur, aux pièces en enfilade, ou bien en forme de chaumière, sont apparues par vagues ; les premières, celles des années 1930, ont été construites par nos arrière-grands-parents, les suivantes, dans les années 1950, par nos grands-parents, et les dernières, dans les années 1970 et 1980, sont celles de nos parents qui, eux, ont fait appel à des entreprises. Ces maisons modestes comportent trois ou quatre pièces, une allée en terre ou en gravier sur le devant et des clapiers à lapins et quelques pieds de vignes à l'arrière. Pauvres mais dignes. Il n'y a pas de logements sociaux à DeLisle et les seuls que Pass Christian comptait avant le passage de l'ouragan Katrina se résumaient à quelques bâtiments en brique rouge à un étage où vivaient des familles noires et vietnamiennes. Aujourd'hui, sept ans après Katrina, à l'endroit où se trouvaient ces logements sociaux, les promoteurs construisent des maisons de trois, quatre pièces perchées sur des pilotis de sept mètres de haut que viennent rapidement remplir des habitants chassés de chez eux par la tempête ou des jeunes de DeLisle et Pass Christian qui veulent continuer à vivre dans leur ville. Ce qui a été rendu impossible pendant plusieurs années, l'ouragan ayant rasé la plupart des maisons de Pass Christian et toutes celles de DeLisle dans la zone du bayou. Revenir à DeLisle en tant qu'adulte m'a été difficile pour cette raison, une raison bien concrète. Et puis il y a des raisons abstraites, aussi.

Comme disait Joshua, quand nous courions, enfants, après les fantômes : « Y a quelqu'un qu'est mort, ici. »

Entre 2000 et 2004, cinq jeunes hommes noirs avec lesquels j'avais grandi sont morts de mort violente, apparemment sans lien les unes avec les autres. Le premier fut mon frère, en octobre 2000. Le deuxième, Ronald, en décembre 2002. Le troisième, C. J., en janvier 2004. Puis Demond, en février 2004. Le dernier fut Roger, en juin 2004. C'est une liste brutale, par son caractère abrupt et implacable. Elle est sidérante. Elle m'a réduite au silence très longtemps, et raconter cette histoire est la chose la plus difficile que j'aie jamais entreprise. Mais mes fantômes ont été des êtres de chair et je ne peux pas l'oublier. Surtout quand j'arpente les rues de DeLisle, plus vides encore depuis le passage de Katrina et toutes ces morts. Au lieu de la musique de mon frère ou de mes copains, la seule chose que j'entends en marchant près du parc c'est le perroquet d'un de mes cousins, un perroquet angoissé qui crie si fort qu'on l'entend dans tout le quartier, cri d'enfant blessé provenant d'une cage si petite que la crête de l'oiseau en touche presque le plafond tandis que sa queue en balaie le sol. Parfois, quand le perroquet crie sa rage et son chagrin, je me demande pourquoi il règne par ailleurs un tel silence. Pourquoi toute notre colère et notre chagrin accumulés ne produisent que du silence. Ça ne va pas, il faut qu'une voix s'élève pour raconter cette histoire.

« Je te dis, y a un fantôme, ici », disait Joshua.

Parce que c'est mon histoire en même temps que celle de ces jeunes hommes disparus, parce que c'est l'histoire de ma famille en même temps que celle de notre communauté, elle ne peut se raconter de manière linéaire. Je dois partir de l'histoire de ma ville et de ma communauté pour ensuite revisiter chacune de ces vies perdues. Je le ferai en remontant le temps, depuis la mort de Roger jusqu'à celle de mon frère, en passant par celles de Demond, de C. J. et de Ronald. Parallèlement, il me faut dévider l'histoire en descendant le fil du temps, aussi, entre les chapitres où mon frère et mes amis recommenceront à vivre, à parler, à respirer, l'espace de quelques pages dérisoires, je raconterai l'histoire de ma famille et celle de mon enfance. J'espère découvrir ainsi des choses sur nos vies à tous, si bien que, en arrivant au cœur du livre, là où mon récit à l'endroit et mon récit à l'envers se rencontreront autour de la disparition de mon frère, j'en saurai un peu plus sur cette épidémie, sur la façon dont le racisme, les inégalités sociales, l'absence de politique publique et les démissions personnelles se sont combinés pour engendrer cette situation pourrie. J'espère comprendre pourquoi mon frère est mort tandis que moi, je suis en vie, et pourquoi j'ai hérité de tout ce bordel.

WOLF TOWN
DES ORIGINES JUSQU'À 1977

Sur les photos, certains de mes ancêtres ont la peau tellement claire qu'on les croirait blancs, et d'autres la peau tellement foncée que l'arête d'un nez ou l'ourlé d'une bouche ont des reflets argent sur les tirages en noir et blanc. Les femmes portent des chemisiers blancs à manches longues et col montant et des jupes noires ; les hommes, des chemises en coton d'une teinte indéfinissable sur des pantalons larges. Sur ces photos, ils sont toujours dehors, mais du décor pâli on ne distingue plus que quelques arbres, qui s'élèvent derrière eux comme de la fumée. Ils ne sourient jamais. Ma grand-mère Dorothy me parle d'eux, elle m'explique que certains étaient haïtiens, d'autres choctaw, qu'ils parlaient français, qu'ils venaient de La Nouvelle-Orléans ou bien d'ailleurs, à la recherche de terres et d'espace, et qu'ils se sont arrêtés ici.

Avant que la ville de DeLisle ne soit baptisée ainsi, du nom d'un colon français, ses premiers habitants l'appelaient Wolf Town[1]. Des massifs de pins, de chênes et de liquidambars poussent dans toute la

1. Ou « ville du loup ».

localité, jusqu'au bayou. La rivière lente et brune, la Wolf River, serpente à travers DeLisle, où elle façonne des criques avant de se jeter dans le bayou. Quand les gens m'interrogent sur ma ville natale, je leur dis qu'on l'appelait ainsi avant qu'elle ne soit partiellement domestiquée, colonisée. Je veux transmettre quelque chose de sa brutalité originelle. Ce nom de Wolf Town, c'est une allusion à sa sauvagerie initiale.

J'ai envie de leur dire (mais je ne le fais pas) : *J'ai vu des renards, petits et roux, avec leurs silhouettes fines, courir le long du fossé puis replonger dans les bois. Et une fois, j'ai vu autre chose. Il faisait nuit et avec mes amis nous roulions dans une partie de DeLisle jusqu'ici préservée, un enchevêtrement de bois sauvages dans lesquels quelqu'un avait percé une route en cul-de-sac, dans l'idée d'y construire un jour un lotissement. La bête a surgi devant nous et nous avons crié de surprise. Elle nous a observés un instant avant de regagner l'obscurité d'un bond ; elle était l'obscurité même, couleur de fumée sale, avec un long museau fin, et elle ne faisait aucun bruit, cette bête sauvage qui nous a regardés comme les intrus que nous étions ; alors nous sommes repartis vers des routes plus fréquentées et avons abandonné cet endroit qui était tout sauf un cul-de-sac – c'était un commencement plutôt, un lieu de naissance : la ville du loup.*

Mais comme je n'ai pas tant d'éloquence, je me contente de sourire.

Ici, la plupart des gens ont des liens de parenté. C'est quelque chose dont on parle entre « Noirs », la façon dont nos familles s'entremêlent et s'agrandissent, et entre « Blancs » aussi, mais que nous abordons peu quand, les uns et les autres, nous nous rencontrons, même dans le cas où des gens qui se situent de part et d'autre de la ligne de démarcation raciale portent le même patronyme. Nos sangs sont si mêlés que, dès le début du XXe siècle, les adultes de DeLisle arrangeaient des rendez-vous avec d'autres communautés métissées d'Alabama ou de Louisiane afin de trouver pour leurs enfants des prétendants porteurs de patrimoines génétiques différents des leurs. Parfois ça marchait, et parfois non. Parfois les partenaires issus d'autres États se révélaient être encore plus proches de nos jeunes gens que s'ils les avaient rencontrés au coin de la rue. Parfois c'étaient des cousins et leurs relations ne pouvaient pas dépasser un certain stade d'intimité.

Ma grand-mère Dorothy se rappelle que, lorsqu'elle était très jeune et que ses parents, Mary et Harry, n'avaient pas encore eu leurs douze enfants, il leur arrivait de rendre visite à des membres de la famille qui habitaient à la campagne, au nord de DeLisle. Le père de Harry avait la peau d'un beau brun foncé mais sa mère, selon tous les témoignages, était blanche et elle avait une sœur qui vivait dans un petit village du Nord, en zone blanche. Les enfants de Harry étaient couleur cannelle, vanille ou café, et, lorsque la famille prenait la route du Nord, ils se pelotonnaient à l'arrière de la voiture sous des couvertures pour traverser l'éblouissante clarté des paysages sauvages du Mississippi. Avec sa peau très claire, Harry pouvait passer pour Blanc. Une fois arrivés chez leurs grands-parents, les enfants jouaient à l'intérieur de la maison et, dès que le soleil commençait à décliner, la sœur de mon arrière-arrière-grand-mère leur disait : « Eh bien, il est temps de reprendre la route. » Ce qu'elle ne disait pas mais que tout le monde comprenait, c'était : *L'endroit n'est pas sûr. Le Klan rôde. On ne doit pas vous trouver sur la route à la nuit tombée.* Alors ma grand-mère et ses frères et sœurs s'empilaient à nouveau dans la voiture sous la chaleur asphyxiante des couvertures et un homme d'apparence blanche, accompagné de sa blanche mère, reprenait la route du Sud, vers DeLisle et sa population créole et métissée, vers leur foyer.

Du côté du grand-père paternel de ma mère, Adam Junior, les histoires sont à peu près les mêmes. Ma mère possède une photo du père d'Adam Junior, Adam Senior, sur laquelle on croirait voir un Blanc. En réalité, il était moitié blanc, moitié amérindien. Le père d'Adam Senior s'appelait Joseph Dedeaux et appartenait à une famille de Dedeaux blancs qui avaient de l'argent et possédaient certaines des plus belles terres du coin. Ces terres, lovées au bord du bayou, sont ornées de chênes verts d'une telle majesté que c'en est presque insoutenable. L'image que j'en garde, lorsque le soleil se couchait au-dessus des marais, hante mes rêves nostalgiques. Cet homme blanc s'éprit de sa gouvernante amérindienne et eut une relation avec elle. Sa famille l'apprit, et elle le déshérita. Alors Joseph épousa Daisy et ils donnèrent naissance à mon arrière-grand-père. Plus tard, selon ma mère, Joseph et Daisy ouvrirent un bazar où mon arrière-arrière-grand-père blanc trouva la mort, victime d'un cambriolage qui avait mal tourné. Mon arrière-arrière-grand-mère indienne ne tarda pas à le suivre pour cause de maladie.

Jeremy, l'arrière-grand-père de ma mère du côté maternel, était assez riche, lui aussi. On raconte que la famille de sa femme venait de Haïti mais qu'il était amérindien. Dès qu'il comprit que ce gouvernement de Blancs ne se préoccuperait pas d'éduquer ses enfants et ses petits-enfants, il construisit une école sur son terrain et embaucha un instituteur. Il passait aussi pas mal de temps à faire marcher ses alambics disséminés dans les bois de son vaste domaine, un passe-temps habituel dans la communauté à l'époque de la prohibition. Un jour qu'il était en train de distiller, accompagné de son gendre Harry, des agents du fisc débarquèrent. J'imagine ces Blancs vêtus de chemises blanches et pantalons foncés, le cheveu terne et gras, le revolver frais et doux dans la paume de leurs mains moites. Harry prit la fuite et réussit à leur échapper puisque c'est lui qui, plus tard, cacherait ses enfants sous des couvertures pour les emmener à la campagne rendre visite à la branche blanche de la famille. Mais mon arrière-arrière-grand-père Jeremy, lui, fut abattu. Les agents du fisc abandonnèrent son corps parmi les bois verdoyants, au milieu de ses alambics, et c'est sa famille, prévenue par Harry, qui vint le récupérer.

Le père de mon père s'appelait Big Jerry. Avec sa mère Ellen et ses frères et sœurs, ils vivaient en face de l'église St. Stephen, dans une petite maison carrée peinte en bleu ardoise. Mes arrière-grands-parents paternels possédaient un hectare ou deux le long de St. Stephen Road ; du temps où mon père était enfant, des chevaux y paissaient et du maïs et des légumes poussaient dans les champs.

Adam Junior, le père de ma mère, vivait lui aussi dans une petite maison située au bout d'une route encore plus étroite, parallèle à St. Stephen. Il y a une butte au nord de St. Stephen, le genre de côte à pente douce qui se grimpe sans effort sauf quand on est à vélo ou lorsqu'on tire un chariot. La route qui part de St. Stephen en direction de la colline s'appelle, à juste titre, Hill Road, et le chemin qui forme un angle droit avec Hill Road, à peine assez large pour qu'une voiture puisse passer, s'appelle Alpine Road. La maison de mes arrière-grands-parents maternels se dresse au bout de ce chemin, longue et étroite, grise, modeste et bien entretenue. C'est là que vivait Maman Vest, mon arrière-grand-mère.

Mes deux arrière-grands-mères avaient le teint mat et les cheveux poivre et sel. Les deux parlaient avec un fort accent créole. Mother Ellen, j'allais surtout lui rendre visite avec mon père. Je n'ai jamais connu son mari, mon arrière-grand-père – mon père m'a raconté qu'il a été abattu très jeune à l'issue d'une bagarre. Mother Ellen avait une voix forte et elle était drôle, comme mon père. Elle passait des après-midi entiers assise sur son perron, à observer les allées et venues du quartier, et conduisait encore sa voiture, mais lentement. Quand nous allions la voir, elle s'asseyait sur les marches du perron et nous racontait des histoires de sa jeunesse, comment elle allait, avec ses frères et sœurs, ramasser de la mousse sur les chênes pour garnir leurs matelas. Ils travaillaient dur à l'époque, habitués à planter, désherber, moissonner et prendre soin du bétail des heures durant. Maman Vest, elle, n'aurait jamais accepté de s'asseoir sur les marches avec nous : elle était un peu plus comme il faut, un peu plus réservée aussi. Malgré tout, nous passions des après-midi à manger des gâteaux à l'ombre fraîche de sa véranda, pendant que les adultes échangeaient les dernières nouvelles.

Maman Vest nous parlait d'Adam Senior, son défunt mari, dont elle disait qu'il lui avait rendu visite une fois, après sa mort, alors qu'elle était au lit. Elle l'avait vu apparaître dans l'embrasure de la porte et il lui avait parlé. Elle avait eu peur et était restée plantée là, sans pouvoir faire un geste. Je n'ai jamais rencontré Adam Senior, mon arrière-grand-père, pas plus l'homme que le fantôme. Maman Vest faisait souvent référence à lui mais n'évoquait jamais Aldon, le fils qu'elle avait perdu au Viêtnam, mort en sautant sur une mine.

Les cadavres d'hommes jonchent l'histoire de ma famille. La douleur des femmes qu'ils ont laissées derrière eux les fait ressortir du néant et les transforme en fantômes. Une fois morts, ils transcendent le réel de ce lieu que j'aime et abhorre à la fois, et prennent une dimension surnaturelle. Parfois, quand je pense à tous les hommes qui sont morts jeunes dans ma famille, au fil des générations, je me dis que, le loup, c'est DeLisle.

J'aime à penser que mes parents se sont rencontrés à mi-chemin entre les maisons de leurs pères, quelque part dans les bois, ou bien sur St. Stephen Road, qui à l'époque était en terre battue rouge. On est à la fin des années 1950 et ils sont probablement tous les deux pieds nus. Mon père voit cette fille menue à la peau mate, à l'ossature légère, au nez fin, avec ses cheveux brun foncé qui ont été lissés. Elle lui sourit sans doute et son visage, d'une symétrie parfaite, s'illumine. Elle doit être heureuse d'avoir une journée de liberté, une journée pour jouer. Ma grand-mère Dorothy travaille si dur pour subvenir aux besoins de ses enfants que c'est ma mère qui s'occupe du ménage et de ses petits frères et sœurs. Mon père ne remarque peut-être pas alors sa force, qui est pourtant bien là. Ma mère, elle, voit un garçon à la peau couleur de miel, avec des cheveux noirs peignés en arrière, dégageant un front large et court, un nez épaté et saillant, des pommettes qui déjà semblent deux pierres larges dans son visage. Peut-être porte-t-il un bandeau sur l'œil. Quand il avait six ans, son grand cousin lui a tiré par accident un coup de fusil à air comprimé dans l'œil et celui-ci s'est ratatiné et est devenu tout gris. Il s'écoulera un certain temps avant qu'on le remplace par un œil de verre, aussi mon père passera-t-il une bonne partie de son enfance et de son adolescence avec un bandeau sur l'œil. Comme tous les enfants, ces deux-là sont les produits d'une histoire et d'un lieu, enfants du Mississippi et de la Louisiane issus de lignées mêlant sangs africain, français, espagnol et indien pour finalement donner naissance à cette identité qu'on nomme noire dans le sud des États-Unis… Mais bien que chacun voie le fruit de cette histoire en l'autre, ils n'y pensent sans doute pas à ce moment-là.

Ma mère a dû remarquer l'œil mort dans le visage de mon père, peut-être pense-t-elle que cette bille sèche et grise accentue encore la beauté fatale de ses traits, et sans doute les membres minces de ma mère évoquent-ils ceux d'une biche à mon père. De grands pins s'élèvent de part et d'autre de la route ; mes parents ne se saluent pas lors de cette première rencontre. Mon père donne des coups de pied dans la poussière, ma mère ramasse un caillou. Ils ont des amis en commun, leurs cousins, d'autres encore. C'est, à l'époque et encore aujourd'hui, une petite ville.

En 1969, mon père avait treize ans, ma mère onze, et l'ouragan Camille traversa le Mississippi. Il balaya tout sur son passage, aplatissant le paysage d'une main implacable. À cette période, les tragédies se succédaient à un rythme soutenu. Les jeunes, Noirs comme Blancs, mouraient au Viêtnam, des émeutes ravageaient les villes américaines et des bombes explosaient dans les églises. On brûlait des croix. Les militants pour les droits civiques se battaient pour inscrire les gens de couleur sur les listes électorales, et les rivières et les bayous du Mississippi se transformaient en cimetières. Des femmes et des hommes noirs manifestaient sur les plages qui leur étaient interdites et les policiers lâchaient leurs chiens sur eux en représailles. C'est pourquoi tout le monde dut penser que la fin des temps était arrivée quand l'ouragan s'abattit sur eux, tuant plus de deux cent cinquante personnes, noyant treize membres d'une même famille qui avaient cherché refuge dans une église catholique de Pass Christian. Les autorités placèrent les rescapés éprouvés dans des camps de toile. La maison de ma grand mère Celestine ayant été soulevée de ses fondations et balayée par l'inondation qui détruisit Pass Christian, mon père, ses sœurs et sa mère habitèrent un temps dans un de ces camps. La maison de ma grand-mère Dorothy fut épargnée car elle se trouvait plus haut dans DeLisle, dans un quartier qu'on appelle le Chaneaux, suffisamment loin du bayou pour échapper à la montée des eaux. La famille de ma mère fournit de l'eau à la ville entière quand les gens apprirent qu'ils possédaient un puits artésien dans leur jardin.

Après le passage de Camille, le gouvernement proposa aux survivants de partir s'installer ailleurs, ce que la famille de mon père accepta. Elle quitta Pass Christian pour la Californie. Cette stratégie consistant à déplacer les victimes d'une catastrophe naturelle allait se reproduire des décennies plus tard, quand l'ouragan Katrina ravagerait la côte du golfe du Mississippi et qu'au lieu de se voir offrir les moyens de reconstruire leurs maisons, les familles n'auraient qu'une seule option : partir. La fuite. Mon père, ses frères et sœurs et sa mère abandonnèrent sans regret leur maison qui vacillait sur ses fondations pendant qu'ils faisaient la planche dans le grenier pour ne pas se noyer. C'était l'époque où, à Oakland, en Californie, les Black Panthers distribuaient des petits-déjeuners aux écoliers avant la classe, ce dont mon père profita ; chaque été, sa famille retournait dans le Mississippi. Pour nous tous, l'appel des racines est inexorable. Mon père passait ses étés auprès de sa famille, de ses cousins et parfois, j'en suis sûre, il en profitait pour voir ma mère.

Mon père devint fort, ses pectoraux étaient tellement développés qu'on les aurait dits striés comme des coquillages. À Oakland, il suivit des cours de kung-fu et son premier maître lui enseigna à se battre à la loyale : « Pour commencer, tu leur flanques un coup de poing dans le nez. » Papa était naturellement doué ; un jour, agressé par trois escrocs dans un bus à la suite d'une partie de bonneteau qui avait mal tourné, il explosa les trois. Il entra dans un gang. Il draguait beaucoup : il était beau, charmant, drôle, doté de muscles bien dessinés et d'une sensibilité artistique.

D'une certaine façon, mes deux parents se virent confier des responsabilités trop tôt, ce qui arrive souvent dans les familles privées de père. Les enfants timides qu'ils étaient à l'époque où ils se rencontrèrent pour la première fois sur St. Stephen's Road changèrent avec l'adolescence. Celestine, ma grand-mère, traitait mon père comme l'homme de la famille, comme un égal, depuis qu'elle avait divorcé de mon grand-père Jerry et élevait les enfants toute seule. Pendant des années, mon père, le deuxième de sa fratrie, fut l'unique homme de la maison. Parfois il appelait ma grand-mère « Mama » et parfois « Lady », et dans sa bouche ce surnom avait quelque chose de tendre, comme un signe de dévouement proféré par un *alter ego*. Il était donc libre de ses mouvements et en profitait pour explorer Oakland et la région, tâter des drogues et monter de petites arnaques.

Tout comme mon père jouait le rôle du père dans sa famille, ma mère était une mère de substitution pour ses propres frères et sœurs. Mais elle ne connut pas la liberté qui était accordée à mon père en raison de son sexe. Au contraire. Étant donné que ma grand-mère Dorothy cumulait deux ou trois boulots pour subvenir aux besoins de ses enfants, qu'elle passait ses journées à travailler aussi dur qu'un homme – physiquement s'entend –, c'est à ma mère qu'il incomba de s'occuper des sept enfants. Après plusieurs années de mariage, Adam, mon grand-père, quitta ma grand-mère pour épouser la meilleure amie de celle-ci. Donc ma mère apprit à cuisiner avant l'âge de dix ans et passa le reste de son enfance et de son adolescence à préparer les petits-déjeuners – flocons d'avoine et petits pains au lait – et les dîners – riz et haricots rouges – pour de vastes tablées. Quand mes quatre oncles (les plus jeunes des sept enfants) enfreignaient les règles édictées par ma grand-mère, c'est ma mère qui les battait avec une badine arrachée à un arbre. Avec ses deux sœurs, elle faisait des lessives à n'en plus finir, qu'elles étendaient ensuite sur le fil qui traversait le jardin marécageux.

Tout cela conféra à ma mère une position particulière vis-à-vis de ses frères et sœurs : elle était à la fois dans et en dehors de la fratrie. Le rôle qui lui était dévolu l'isolait des autres et sa timidité naturelle n'arrangeait pas les choses. La force dont elle devait faire preuve, cette endurance qu'on exige des femmes dans le Sud rural, tout cela l'indignait. Enfant, elle en percevait déjà l'injustice. Elle se renfermait, mutique. Quand ses frères et sœurs furent assez grands pour ne plus avoir besoin de son attention permanente, ma mère put se comporter comme les filles de son âge ; elle sortit avec des garçons, fréquenta une boîte de nuit minable que possédait son parrain et organisa quelques fêtes mémorables dont ses copines d'alors parlent encore.

Malgré tout, elle se sentait contrainte par les limites imposées par son genre, par son milieu, par son époque, elle ressentait la présence du spectre qui hante les bois de DeLisle, ce loup qui la forçait à rester enfermée dans la maison de sa mère, froide en hiver et étouffante en été. La fin du lycée fut pour elle une délivrance et elle s'installa à Los Angeles chez des cousins de son père pour étudier. C'était une opportunité peu commune pour elle, et, bien que consciente que celle-ci ne se représenterait sans doute pas, elle s'en laissa pourtant détourner par mon père. Après un semestre d'études, elle partit vers le Nord pour le rejoindre. Il l'avait séduite à coups de lettres et de photos qu'il lui envoyait d'Oakland, et en exhibant ses muscles et son charme quand il revenait dans le Mississippi, en été. C'est ainsi qu'ils commencèrent à vivre ensemble.

ROGER ERIC DANIELS III
NÉ LE 5 MARS 1981
MORT LE 3 JUIN 2004

À Ann Harbor, il fait gris. Le ciel est toujours couvert, une suie blême et froide alors que nous sommes au printemps et que les arbres sont déjà couverts de feuilles vert vif. Mes allergies me font horriblement souffrir. Je viens de terminer ma première année de licence et mon nez coule tellement que je dois respirer par la bouche. Je n'ai jamais eu d'allergies aussi fortes avant de vivre dans le Michigan et elles me donnent l'impression que c'est le lieu lui-même qui me déteste, comme si j'étais un corps étranger dont il essaie de se débarrasser.

Mon cousin Aldon m'a rejointe en avion pour faire avec moi la route du retour vers le Mississippi où je vais passer l'été 2004. Il a un mois de moins que Joshua et nous sommes comme frère et sœur. J'ai vingt-sept ans, lui vingt-quatre, et il me domine désormais d'une tête. Il a une dent en or, de petites tresses au ras du cuir chevelu, et tout chez lui respire la compétence et la gentillesse ; aussi, quand il se met au volant pour entamer notre périple d'une quinzaine d'heures, je me pelotonne sur le siège passager et, pleine de reconnaissance et d'appréhension à la fois, je jette un œil renfrogné sur les kilomètres d'autoroutes, de champs et de panneaux publicitaires qui se déploient devant nous. *J'aimerais bien pouvoir respirer*, je me dis, mais enfin, je rentre à la maison. Si j'ai le mal du pays et si l'idée de rentrer est toujours source de joie et de réconfort, depuis quatre ans, ce sentiment revigorant a fait place à l'inquiétude. Avec la mort de mon frère en octobre 2000, c'est comme si la tragédie qui poursuivait ma famille avait pris la forme du grand loup de DeLisle, tissé d'obscurité et de chagrin, et cette bête s'obstine à nous poursuivre. J'ai aussi perdu trois amis : Ronald en décembre 2002, C. J. en janvier 2004 et Demond un mois plus tard, en février. Chacune de ces morts a été un coup dur, le loup est après nous. Mais je ne dis rien de tout ça à Aldon. Juste : « Je ne peux pas respirer, cousin. Y a un truc dans l'air. »

Aldon allume l'autoradio : du rap. La musique nous propulse le long des autoroutes, au fil des kilomètres. Quand nous nous arrêtons dans les plaines agricoles de l'Ohio pour boire un Coca, aller aux toilettes, grignoter un bout, je n'ai plus besoin de me coller un mouchoir sous le nez en permanence. Quand nous franchissons la rivière Ohio pour pénétrer les collines verdoyantes du Kentucky, je peux inspirer et expirer par le nez. Aldon conduit la main gauche sur le volant, la droite reposant sur son accoudoir, concentré.

Je pense : *Pourvu que personne ne meure cet été.*

Tandis que mes collègues de fac restent à Ann Arbor pour travailler sur des bateaux de pêche en Alaska ou rendre visite à leur famille à Cape Cod, je profite toujours des vacances d'été pour rentrer dans le Mississippi. Ce que je faisais déjà systématiquement pendant les vacances d'hiver, de printemps et d'été quand j'étais à l'université Stanford de 1995 à 2000. J'ai le mal du pays depuis que j'ai quitté la maison. À l'époque où j'étais étudiante, dès que je croisais un homme en galère qui me faisait penser à mon père, je fondais en larmes, crises étranges que je cachais à mon copain d'alors. Aujourd'hui, je fais durer les conversations téléphoniques avec mes amis du Sud afin d'entendre le fond sonore, dévorée par l'envie de retourner au pays. La nuit, je rêve des bois qui entourent la maison de ma mère, qu'on a rasés, brûlés. Je sais qu'il y a beaucoup de choses détestables là-bas, le racisme, les inégalités, la pauvreté – c'est pour cela que je suis partie d'ailleurs –, et pourtant j'adore cet endroit.

Quand j'y séjourne, j'habite chez ma mère qui vit dans un mobile home blanc installé au fond d'un grand terrain, loin de la route. Des chênes rouges du Sud et des massifs d'azalées et de bulbes parsèment le jardin. Ma mère est fière de son jardin et elle y travaille dur, même si nous vivons en haut d'une colline, ce qui signifie que, lors des fortes pluies de printemps et d'été, la terre dévale la parcelle jusqu'à la rue et il ne reste plus que du sable sur le terrain. Cet été, cela fait quatre ans que Joshua est mort et ma mère a réaménagé sa chambre pour De'Sean, mon neveu de sept ans. Nerissa, ma sœur cadette et mère de De'Sean, âgée de vingt et un ans, vit à Long Beach, dans un duplex. Elle a eu De'Sean à treize ans et n'a pas eu la possibilité ni la maturité de s'en occuper, alors De'Sean vit avec ma mère et Nerissa joue les mamans le week-end. Ma plus jeune sœur, Charine, âgée de dix-huit ans, vit encore avec notre mère. Elle terminera le lycée quelques jours après mon retour du Michigan.

Une fois achevé mon long périple avec Aldon, je pénètre dans la maison par la porte de derrière, entre à pas de loup dans la chambre de Charine et me glisse dans son lit derrière elle. Elle ne se retourne pas, bien que je transpire le Coca et les Corn Nuts[1] par tous les pores. Je passe un bras autour d'elle. Nous faisons la même taille, pratiquement le même poids, avons la même silhouette menue avec des membres longs, mais elle a les hanches plus étroites et les cils très épais, comme ceux de Joshua et Nerissa. Quand j'ai quitté la maison pour aller à la fac, elle avait onze ans : elle conservait religieusement mes rognures d'ongles et les bouteilles de Coca dans lesquelles j'avais bu. C'était ma petite sœur. Je m'autorise à m'attendrir. Soit elle dort, soit elle a la délicatesse de faire semblant, parce que, quand je me mets à pleurer dans son dos, de crainte ou de soulagement, trahie seulement par ma respiration hachée, elle ne bronche pas. C'est ainsi que démarre notre été.

Au réveil, elle ne fait aucune allusion à cet épisode. À la place, elle me propose de sortir pour un tour en voiture. Charine a facilement mal au cœur quand on roule et c'est pire avec l'air conditionné. De mon côté, j'ai besoin d'absorber toute la chaleur possible car mon premier hiver dans le Michigan m'a laissée sous le choc avec sa neige incessante et son froid impitoyable ; du coup, nous roulons la fenêtre ouverte malgré les 40 °C. Nous n'avons rien à faire. Nous passons devant le parc, les balançoires molles dégagent une odeur de caoutchouc fondu, les

1. Snack à base de maïs grillé.

anneaux des paniers de basket sont immobiles, les gradins vides. La perte et le chagrin résonnent dans le paysage. On se sent seules.

— Viens, on va chez Rodge, dit ma sœur. Y a toujours du monde qui traîne là-bas et il est toujours chez lui.

Rodge habite dans un lotissement de Pass Christian appelé Oak Park. C'est un quartier principalement noir et son enchevêtrement de rues s'étale de North Street, au nord, jusqu'à Second Street au sud, non loin de la plage et du golfe du Mexique. Du côté de North Street, les maisons sont pareilles à celles de la plupart des lotissements de la région : un pavillon en brique, de plain-pied, quatre pièces à l'intérieur, et une étroite bande de béton faisant office de perron. Les maisons qui se trouvent autour de Second Street, plus proches de la mer – si ce n'est par la vue du moins par l'odorat – sont plus grandes. Rodge et sa mère, que tout le monde appelle Mrs P., vivent dans la partie nord.

Rodge est petit, mince. La peau foncée comme l'écorce des pins, des tresses, et des fringues tellement grandes qu'il disparaît presque dedans. Il a toujours les paupières mi-closes, comme s'il plissait les yeux. Un visage étroit et long. Son sourire, large, joyeux, est saisissant. Il sourit beaucoup.

Le père de Rodge – Roger Eric Daniels II, ou Jock, pour les intimes – est mort à vingt-huit ans d'une crise cardiaque et Mrs P. a dû élever ses enfants toute seule. Ce qui signifie que Rodge, comme la plupart d'entre nous qui avons grandi dans des foyers sans père, a passé beaucoup de temps seul avec ses deux grandes sœurs ou avec ses potes, sans surveillance, surtout pendant les mois d'été. Un 4 juillet[1], avec ses cousins, ils ont entortillé ensemble tout un paquet de pétards, les ont glissés dans des boîtes aux lettres et y ont mis le feu. Les boîtes aux lettres ont explosé. Quand la police est arrivée, elle a déclaré aux gamins que c'était un crime fédéral de forcer une boîte aux lettres et elle a embarqué deux de ses copains pour les enfermer dans une prison pour mineurs.

Voilà comment on sanctionne une blague idiote quand elle est faite par trois enfants noirs dans le sud des États-Unis, s'est dit Rodge. Sur ce coup-là, il avait eu de la chance : lui n'avait pas été arrêté.

Nerissa a des formes depuis l'âge de neuf ans. Elle a des cheveux longs et lisses, un grain de beauté sur le menton et un autre sur la poitrine, alignés comme des boutons ; depuis qu'elle est toute petite, mes parents ont bien vu qu'elle était marquée du sceau maudit de la beauté. « Si jamais on doit être grands-parents avant l'heure, répétait ma mère, ce sera à cause d'elle. » Contrairement à moi, Nerissa est très appréciée au collège et a plein de petits copains. Elle est dingue de Rodge, le plus mignon de sa classe de cinquième, selon elle. Ils s'envoient des petits mots pendant les cours. Il finit par lui demander : « Tu veux sortir avec moi ? » Ma sœur répond : « Oui. » Elle porte de grands tee-shirts qu'elle emprunte à Josh, des shorts et des tennis. Un an plus tard environ, quand elle tombera enceinte d'un type de Gulfport âgé de dix-neuf ans, les tee-shirts de Joshua lui permettront de dissimuler sa grossesse jusqu'au cinquième mois.

1. Fête nationale des États-Unis.

Leur aventure dure une semaine. Rodge trouve qu'elle fait trop garçon manqué, et il la quitte. Mais ils resteront amis. Des années plus tard, alors qu'elle est installée dans son premier appartement, chaque fois que Rodge vient la voir il la prend dans ses bras et demande en souriant :

— Quand est-ce que tu seras ma femme ?

— T'as passé ton tour, répond Nerissa.

Rob, son copain, est assis sur le canapé, un cigare aux lèvres, une bière posée à côté de lui. Son sourire avenant et tranquille laisse entrevoir des dents en or qu'il astique avec tant de ferveur qu'elles semblent briller par contraste avec sa peau sombre.

— Allez, Nerissa, laisse-moi encore une chance, dit Rodge.

— Nan, réplique Nerissa en riant.

La chambre de Rodge est sombre : murs sombres, rideaux sombres. Il y a des étagères partout, et, sur les étagères, des maquettes de voitures aux jantes chromées, brillantes, parfaitement assemblées jusque dans les moindres détails. Sur la chaîne, du Tupac. 5th Ward Boyz et d'autres vieux groupes de La Nouvelle-Orléans affiliés au label No Limit Records. Cam'ron et Dipset, de New York. Et, sur les murs, des dessins. Rodge dessine bien. Dans le Mississippi rural, là où le béton fait défaut et où le tissu urbain n'est pas assez dense pour fournir une bonne toile de fond aux tags et aux graffitis, les jeunes font comme Rodge, ils tapissent leurs chambres de leurs œuvres. Rodge dessine des voitures et parfois des gens. Il s'entraîne à styliser des mots. « Opte », dit un dessin. Un autre : « Vie de galère ». « Ris maintenant et pleure plus tard », dit un troisième.

Rodge a arrêté l'école en seconde ; ça n'a rien d'inhabituel ici pour les jeunes Noirs. Parfois, ils sont directement évincés par l'administration du lycée qui les déclare inadaptés, qui les accuse de vendre de la drogue ou de harceler les autres élèves ; parfois, ils sont relégués au fond de la classe et on se contente de les ignorer. Rodge s'est retrouvé comme ça au fond d'une classe à faire du beatbox avec la bouche pendant que ses cousins chantaient des negro-spirituals dans lesquels ils remplaçaient le nom de Jésus par celui du prof. Après avoir laissé tomber l'école, il s'est mis à travailler et, en 2000, est parti vivre à Los Angeles chez des cousins. Ça lui a beaucoup plu. Il travaillait dans un atelier de mécanique auto, gagnait plus d'argent qu'il est possible d'en gagner ici et adorait la ville : les parcs d'attractions, les pistes de skate, la mer, les vagues bleues qui viennent s'écraser sur une rive bordée de palmiers, si différente en cela de nos plages artificielles, cernées par le béton et les pins, où l'eau gris sale du golfe vient clapoter par intermittence.

Je me suis souvent demandé si c'était un reste de tendresse pour Nerissa et leur brève histoire d'amour adolescente qui avait poussé Rodge à nous accompagner au défilé de mardi gras 2001, alors qu'il était de passage à Pass Christian. De mon côté, j'avais fini l'université et, bien que cherchant du travail à New York depuis près d'un an, j'avais quand même pris un billet d'avion pour rentrer à la maison pour cette fête. Cela n'allait pas arranger mon découvert à la banque, mais je m'en foutais. Il fallait que je rentre, ne serait-ce que trois jours. Mon frère venait de mourir. Chaque matin, au réveil, je m'attendais à le trouver en vie. En ce jour de février, je ne savais pas qu'il n'était que le premier d'une longue série. Il pleuvait et faisait froid. On était tous très silencieux, à part Rodge. Il passait d'un groupe d'amis à un autre en faisant le mariole. Sur les photos, on le voit avec un énorme collier de perles violettes, vertes et dorées autour du cou, le genre de trophée qu'en temps normal on se serait disputé à mort. Mes sœurs et moi, recroquevillées sous nos parapluies, observons la foule, insensibles aux grosses gouttes. Mon neveu, âgé de trois ans, privé depuis peu de son oncle et effaré par la foule, s'agrippe à ma jambe. J'ai tellement de chagrin que l'éclat des perles, la musique des chars, la joie de cette journée me font l'effet d'une farce, d'une insulte.

Ce jour-là, lors du premier défilé de mardi gras auquel j'assiste depuis la mort de mon frère, la réalité de son absence est un peu apaisée par Rodge, par son sourire tranquille, par son bras passé autour de mon épaule ou de celles de mes sœurs. « Alors, lance Rodge, ça gaze ? »

J'ignore pourquoi Rodge est rentré pour de bon en 2002. Le mal du pays, j'imagine, le besoin de revoir les rues étroites et ombragées de Pass Christian, ses maisons éparses montées sur pilotis de quatre mètres de haut pour les protéger des inondations. Peut-être que Mrs P. lui manquait, tout comme Rhea et Danielle, ses sœurs, et le reste de sa famille, éparpillée un peu partout dans DeLisle et Pass Christian.

Beaucoup partent et ne reviennent jamais, retenus dans des villes où il est plus facile pour la main-d'œuvre non qualifiée de trouver du travail, où les opportunités sont plus grandes parce que ceux qui gouvernent ne sont pas marqués par la culture du Sud. Mais j'en ai connu d'autres qui, après avoir vécu cinq ans, dix ans ailleurs, reviennent dans le Mississippi et disent : « On finit toujours par rentrer chez soi. »

Le premier soir où Charine et moi allons voir Rodge au cours de cet été 2004, nous n'entrons pas chez lui. La rue est pleine de voitures garées l'une derrière l'autre. La nuit tombe en larges voiles sombres et les réverbères, très espacés, éclairent peu. Les insectes s'amassent en nuages indistincts autour des ampoules et en affaiblissent encore un peu l'éclat, si bien que nous ne sommes plus que des ombres, et les étoiles somnolent, accrochées à la voûte céleste comme des insectes d'un autre genre, plus gros, plus lointains.

Les garçons montent le volume des autoradios et nous qui sommes assises sur les capots sentons les fréquences des basses nous traverser. Nous glissons peu à peu sur la tôle à cause de la chaleur. Rodge s'approche, une Budweiser dans une main, l'autre qui fend l'air comme la main d'un enfant passée par la fenêtre d'une voiture.

« Ooooooh », fait-il en nous enlaçant toutes les trois à la fois, moi, Tasha – la dernière copine de mon frère – et Charine. Il saute sur le capot et passe une jambe par-dessus nos trois paires de pieds alignées.

Nous rions. Il nous arrive de rire quand nous sommes saoules, même lors de cet été 2004.

— C'est bon, Rodge, dit Charine. Tu crains.

— Comment ça ? demande Rodge en se laissant glisser à terre.

— Je sens plus le capot quand tu sautes comme ça, explique-t-elle. (Puis, s'adressant à moi :) Tu sens les vibrations ?

— Genre massage, c'est ça ? demande Rodge qui passe à Charine un cigare. T'es vraiment barge.

Il continuera à nous faire rire toute la soirée en sautillant autour du capot. Son sourire ne quitte jamais son long visage maigre. Tandis que les autres garçons, à l'abri dans leurs voitures, ont des conversations auxquelles on ne comprend rien, discutant de choses qu'on ignore totalement, Rodge tient salon avec nous. Il me rappelle Aldon. Il y a quelque chose de doux chez lui, d'attentionné. De bon. La première fois qu'il a vu un de ses petits cousins fumer de l'herbe dans la rue devant chez lui, il a tenté de l'en dissuader. Il s'est dirigé vers lui dans l'obscurité et l'a interpellé : « Qu'est-ce que tu fais, mec ? Arrête ça. Tu devrais pas déconner avec ça. » Son petit cousin s'est mis à rire : il était déjà défoncé.

Cet été-là, nous n'entrons qu'une seule fois chez lui pour faire la fête, un soir de picole. Nous n'arrêtons pas de picoler. Mais notre façon de boire est différente de celle de l'été précédent. Là, c'était dingue, délirant. On avalait de l'Everclear[1] pour sentir l'alcool courir en nous, tambouriner dans nos veines ; l'espace d'un instant, on était jeunes, en vie. Vivre, plus. Pendant l'été 2004, nous ne sommes plus des rebelles buvant pour briser les règles, pour chier sur les tabous. Nous

1. Marque d'alcool de maïs disponible à 75°, voire à 95°.

buvons en silence, pour oublier. Pendant l'été 2004, nous nous sentons déjà vieux ; à la fin de l'été, nous saurons que nous avons un pied dans la tombe.

Pour la fête chez Rodge, nous avons acheté des packs de Budweiser, sa bière préférée ; nous jouons aux dominos, fumons, parlons. Charine, qui ne boit jamais, décide de commencer ce soir-là au lieu de fumer. Dans la chambre du fond, qui ressemble à une véranda, je discute avec Dez, mon petit cousin, qui, comme tous mes petits cousins, est désormais plus grand que moi, si bien qu'il doit se pencher en avant pour m'écouter. Il me pose des questions sur ce que je suis en train d'écrire, alors je lui raconte : un livre sur des jumeaux, deux jeunes gars issus d'un endroit qui ressemble à DeLisle. Il me fait rougir dans le noir quand il me félicite pour ce que je fais, parce que j'écris sur « la vraie vie ». Je sirote ma bière ; j'en déteste le goût mais j'adore l'effet qu'elle me fait. Charine s'enfile verre sur verre et finit par débarquer en titubant.

— Faut que j'aille aux toilettes, dit-elle.

Je la prends par le bras et Rodge nous conduit le long du couloir jusqu'à la chambre de sa mère où se trouve une salle de bains indépendante. J'allume la lumière, Charine s'écroule par terre, pose la tête sur mes genoux et s'évanouit. Toujours inconsciente, elle vomit. Rodge disparaît, puis réapparaît.

— Ça va ? Faut qu'elle boive de l'eau.

— Oui, c'est un poids plume, je réponds en caressant les cheveux de ma sœur, le regard perdu dans la descente de bain jaune.

Au cours des deux heures que nous allons passer sur le carrelage de la salle de bains de sa mère – Charine endormie la tête sur mes genoux, moi entretenant ma sombre biture avec un reste de bière tiède –, Rodge n'arrêtera pas de nous apporter des offrandes : un verre d'eau, deux verres d'eau, des chips, du pain pour Charine. Charine boit l'eau mais refuse le pain et les chips, alors c'est moi qui les mange. Dès que je suis enfin en état de conduire, Rodge m'aide à porter Charine jusqu'à la voiture et nous regarde partir en direction du bayou, dans la nuit.

Le lendemain, nous allons rendre visite à Rodge, Charine et moi. Il fait beau et chaud, dans le ciel s'agglomèrent des cumulus menaçants gros comme des montagnes mais il ne pleut pas. Rodge est assis sur une chaise en plastique blanc et quand il nous voit arriver, il va en chercher deux autres, en métal et plastique tressé celles-là. Nous nous asseyons. J'ai la gueule de bois. Le plastique tressé me pince les cuisses mais c'est bon d'être assise là, à l'ombre, avec Rodge et Charine en train de fumer et les cigales qui chantent. Rodge et Charine parlent de ce qui a changé dans le quartier, de la mort qui semble nous poursuivre, nous éloigner les uns des autres, de notre communauté en train de se désagréger. Ils parlent de l'état dans lequel ils se sont mis la veille. Parlent de changement.

Changer de vie, retourner en Californie, Rodge en discute avec tout le monde. Il ne pense qu'à ça et je me dis que les pins et l'air épais sont pour lui comme les murs d'une pièce invisible, fermée de toutes parts. Peut-être est-ce pour ça qu'il se défonce autant car, comme beaucoup, Rodge gère son mal-être grâce à la dope et à l'alcool. Difficile de ne pas le remarquer. Il a perdu du poids, est encore plus maigre, plus sec, son sourire se fait plus rare, plus flou. Sa cousine Bebe me racontera qu'elle l'avait vu, un jour de cet été-là, et qu'il n'avait parlé que de ça : quitter le Mississippi, retourner en Californie. Son travail lui manquait ; la liberté qu'offre un endroit neuf, différent. « Tu sais, cousine, c'est mieux pour moi là-bas. Je m'en sortirai mieux. Il faut que je bouge. Là-bas, je peux décrocher, mais ici... » Tandis qu'il parlait, un gars du quartier, connu pour consommer de tout – herbe, coke, héro – était arrivé dans sa Cutlass. S'était garé. Et était venu le saluer : « Eh, quoi de neuf ? »

Quelques-uns d'entre nous savaient que Rodge sniffait de la coke mais les autres l'ignoraient. Dans le Mississippi, de la fin des années 1970 au milieu des années 1980, la cocaïne était une drogue qu'on consommait pour faire la fête. Les gens de la génération de mes parents la sniffaient, ou bien la fumaient mélangée à de l'herbe. Discrètement, de temps à autre. Certains s'en sont détachés, d'autres non. Et puis le crack est arrivé, une nouveauté fatale pour tous ceux qui prenaient de la coke car il permettait de se défoncer pour moins cher et rendait plus dépendant. Ceux qui n'avaient pas su s'arrêter à temps sont devenus accros. Ils se sont mis à voler à leurs proches et à des inconnus pour s'acheter leurs doses.

Il y a une histoire que j'aime raconter car elle décrit bien la nature étroite des liens qui unissent la communauté noire de DeLisle et Pass Christian. Disons que vous vous levez un matin et découvrez que quelqu'un a volé, mettons, votre autoradio. Vous avez les boules. Vous téléphonez à vos cousins et le leur dites, vous en parlez à quelques amis. Vous avez une vague idée de qui a pu faire le coup. Vers midi, un cousin ou un ami vous rappelle avec des nouvelles fraîches : quelqu'un a vu quelqu'un traverser les bois ou courir dans la rue avec votre autoradio sous le bras. L'après-midi, vous vous pointez chez le voleur qui habite une petite maison un peu déglinguée mais bien entretenue. Vous vous mettez en colère. Vous exigez qu'il vous rende votre autoradio. Il prend un air penaud, va parfois jusqu'à vous insulter ou rire d'un air méprisant, mais il finit par vous rendre votre bien. Quand j'étais petite, pendant les années 1980 et au tout début de la vague de crack dans les années 1990, c'est comme ça qu'on gérait les vols par chez nous. Ça ne se passe plus ainsi. En début d'après-midi, le temps que vous arriviez chez le voleur – qui habite une maison sans électricité au plancher défoncé –, il a déjà mis votre autoradio au clou et fumé le produit de son larcin. Ses yeux s'agitent nerveusement, passant de vous au sol en terre battue, au ciel, puis aux arbres qui remuent leurs branches là-haut, et il vous débite des bobards jusqu'à ce que vous laissiez tomber pour aller chercher ailleurs.

La coke est mal vue à DeLisle et Pass Christian parce que c'est une cousine trop proche du crack. Les jeunes descendent des alcools forts, fument de l'herbe roulée dans une feuille de cigare, prennent même des ecsta ou des médocs, mais on ne verra jamais dans une fête quelqu'un sortir négligemment un képa de coke de sa poche et le poser sur la table. Pourquoi ? Parce que le spectre du cousin, de l'oncle ou de la tante, du père ou de la mère qui n'a pas su s'arrêter est assis près de lui, au bout de la table, les dents noircies par la pipe. Les jeunes qui prennent de la coke n'en parlent pas, font ça en douce et souvent essaient de décrocher. Rodge faisait ça en douce et essayait de décrocher.

Plusieurs membres de ma famille, du côté de ma mère comme de celui de mon père, ont fumé du crack par intermittence pendant des années. « Je peux pas leur en vouloir, dit Charine chaque fois qu'on parle de ça, c'est leur défonce. C'est ça qui les fait tenir, putain. » Et elle ajoute : « Ils sont grands. » Si je comprends aujourd'hui ce qu'elle veut dire, à l'époque, en 2004, ce n'était pas le cas. Je ne comprenais pas que l'alcool était ma drogue à moi, depuis des années. Je n'associais pas l'effet qu'il avait sur moi aux substances prises par d'autres, je n'imaginais même pas qu'il pouvait en aller de même pour ces parents, pour mon frère, pour mes sœurs ou pour Rodge. Je savais que je vivais dans un monde où l'espoir et l'idée du possible étaient aussi éphémères qu'un brouillard matinal, sans pourtant discerner que le désespoir se trouvait à la source de nos addictions.

La dernière fois que j'ai vu Rodge en cet été 2004, c'était dans une station-service. Je ne sais plus avec qui j'étais mais je sais qu'on s'était arrêtés pour prendre de l'essence à la station BP de la plage, celle-là même qui allait disparaître un an plus tard quand l'ouragan Katrina dévasterait la côte. Les pompes étaient en train de tourner quand j'ai aperçu Rodge qui passait, une bière à la main, le pas rapide, la mine allongée, la bouche pincée. Il était tellement maigre. Ses yeux se résumaient à deux fentes – comme lorsqu'il souriait, sauf qu'il ne souriait pas. J'ai bondi hors de la voiture.

— Hé, Rodge, ça va ?

— Ça va ? m'a-t-il répondu.

Il m'a donné une accolade, perdu dans son grand tee-shirt noir. Nos épaules ont à peine eu le temps de se toucher que, déjà, il mettait un terme, se soustrayait à cette étreinte fraternelle. Déjà il remontait dans la voiture avec deux autres types du quartier. L'instant d'après, l'étendue noire de l'autoroute l'avait englouti. Venu du golfe, un vent paresseux s'est levé et a soufflé un peu de sable sur le parking, sur mes pieds, tandis que Rodge disparaissait sous le tunnel de branchages d'une rue de Pass Christian mal éclairée, comme un animal dans son terrier.

Des années plus tard, Charine me raconte qu'elle a voulu rendre visite à Rodge alors qu'il était déjà mort mais avant qu'on l'ait retrouvé. Avec ses copines, elles ont frappé à la porte de la maison plongée dans le noir, volets fermés, sans savoir qu'il gisait à l'intérieur. C'est la sœur de Rodge, Rhea, qui allait découvrir son corps, deux jours plus tard. Elles l'ont appelé : « Rodge ! » Elles se sont dit : « Il doit être complètement défoncé. » Puis, plus fort : « Ouvre ! »

Maintenant, confie Charine, quand elle pense qu'il était là, mort, derrière la porte, quelque chose s'effondre à l'intérieur d'elle-même.

Des années plus tard, Nerissa me raconte que Rodge était venu lui rendre visite au mois de février 2004. Ça devait être l'époque où lui et nos cousins prenaient trop de coke parce que C. J. venait de mourir. L'époque où ils étaient à vif. Ce jour-là, Rodge s'était évanoui et notre cousin avait flippé parce qu'il avait cru qu'il ne respirait plus, alors il l'avait traîné jusqu'à la salle de bains, l'avait mis dans la baignoire et avait ouvert le robinet d'eau froide en espérant un miracle, en espérant que la flamme ne s'éteigne pas. Mon cousin pleurait. « Me fais pas ça ! criait-il en frappant Rodge sur la poitrine. Pas toi ! disait-il à

Rodge. Pas ça ! » Alors Rodge avait recommencé à respirer et il avait ouvert les yeux.

Le soir du 3 juin 2004, Rodge a pris de la coke et il a avalé quelques cachets de Lortab[1]. Pour une fois, il n'y avait pas de fête, pas de rassemblement improvisé dans la maison de sa mère. Et puis Rodge, le garçon au beau sourire et au visage maigre, s'est allongé sur son lit, défoncé et abattu à la fois, ressentant tout et rien. Peut-être pensait-il qu'il aurait dû être ailleurs, sous les palmiers de Californie, qui sait, en train de marcher le long de Venice Beach avec ses cousins quand flotte cette odeur d'encens qu'on pourrait presque prendre pour une odeur d'herbe. Peut-être pensait-il au ciel du Pacifique, quand l'eau s'étire pour rejoindre les nuages et s'enfuir avec eux au-delà de l'horizon et qu'on dirait que cela n'en finira jamais. Peut-être pensait-il à sa famille, au jour où sa mère rentrerait de la plate-forme pétrolière sur laquelle elle travaillait dans le golfe du Mexique. Peut-être pensait-il à la clim, au plaisir qu'il éprouvait à être allongé tranquillement au frais, chez lui. À être. Peut-être ne pensait-il à rien de tout cela mais j'aime à croire que toutes ces images lui ont traversé l'esprit quand la même insuffisance cardiaque qui avait tué son père a brusquement planté ses griffes dans son cœur et fait exploser sa poitrine. Au cours de cette nuit-là, Rodge est mort d'un infarctus.

J'étais chez ma mère, seule, quand Tasha a appelé pour me prévenir. Elle sanglotait.

— Ils ont tué mon frère !

1. Antidouleur puissant utilisé aussi comme drogue de substitution.

Tasha et Rodge étaient très proches.

J'ai pris la voiture et j'ai traversé DeLisle avant de m'enfoncer dans la campagne. Je roulais fenêtres ouvertes, les phares presque éteints. Sur une petite route, j'ai croisé Brandon, mon ex-copain de l'époque du lycée ; nous avons coupé nos moteurs au milieu de l'obscurité vide caractéristique du Mississippi rural. Je connais Brandon depuis l'âge de sept ans et son visage m'est aussi familier que le mien. Je me suis approchée de sa voiture, j'ai passé la main sur mon front et me suis penchée par la fenêtre côté conducteur. Ses yeux noirs paraissaient immenses et les bois tout autour bruissaient du chant des insectes.

— T'es au courant ? j'ai dit.

Je l'ai serré dans mes bras. Rodge était son cousin, un peu plus jeune que lui. Ils avaient les mêmes yeux noirs, les mêmes cheveux noirs bouclés. Brandon a acquiescé. En reculant, mon visage a frôlé le sien. Sa peau était mouillée ; il faisait tellement chaud que je n'ai pas su si c'était de la sueur ou des larmes.

— Tu vas chez lui ? j'ai demandé.

Au bout de quelques jours, après que plusieurs personnes avaient frappé à la porte de Rodge mais n'étaient pas entrées, sa sœur Rhea avait fini par découvrir son corps. Je n'aime pas imaginer ce que cela a dû être pour elle.

— Oui, a répondu Brandon.

Je l'ai laissé derrière moi et j'ai repris la route. Quand je suis arrivée au lotissement d'Oak Park, je me suis garée sur un trottoir et me suis dirigée vers la pelouse, devant la maison de Rodge. Des gens se tenaient par petits groupes entre le jardin et la rue, celle-là même où nous avions fait la fête peu de temps auparavant. J'ai retrouvé Charine et Tasha. Nous nous sommes approchées de la maison. Un long corbillard, gris et noir rehaussé d'argent, arrivait ; il avait du mal à manœuvrer dans l'allée. Les réverbères bourdonnaient faiblement. Quand ils ont sorti Rodge sur une civière et l'ont installé à l'arrière du corbillard, je me suis mise à pleurer, bouche ouverte. Je haïssais ce corbillard, j'avais envie d'y mettre le feu. Tandis que le conducteur faisait maladroitement marche arrière en roulant sur la pelouse et remontait sur la chaussée d'un coup de volant brutal, j'ai repensé à ce qu'avait soufflé mon ex avant que je ne m'éloigne.

— Ils viennent nous chercher un par un.

Une fois les gens partis, les proches de Rodge ont fermé la maison et éteint toutes les lumières et nous sommes restés, pour certains d'entre nous, à tourner en rond dans la rue. Nous avons attendu un moment, comme si nous avions le pouvoir de faire revenir le corbillard, de faire ressortir Rodge du coffre, vivant. Le pouvoir de lui faire raconter des vannes, de le faire sourire. J'ai fini par reprendre la voiture et retraverser le bayou d'un noir d'encre, seule. Je pensais à Josh. Je pensais à C. J., à Demond, à Ronald. Je roulais, fenêtres ouvertes, et je pensais à Rodge.

Je repensais à ce que m'avaient dit Tasha et Brandon, et je me demandais qui étaient ces *ils*. Rodge était à l'origine de sa propre mort, avec un coup de pouce de l'hérédité ; ces *ils* étaient-ils en nous ? Ou bien y avait-il autre chose de plus vaste que je ne saisissais pas, et qui était responsable de ces morts qui s'accumulaient, de la disparition de tous ces êtres aimés ? Ces *ils* étaient-ils seulement humains ? Dans le noir, quelque chose a renvoyé l'éclat de mes phares et soudain ces *ils* m'ont paru aussi immenses que l'obscurité, aussi profonds, aussi intenses. J'ai éteint la musique et suis rentrée chez moi sans aucune chanson pour m'accompagner, escortée seulement par les trilles aigus des insectes et l'air chaud qui entrait par la fenêtre. J'essayais d'y entendre un récit, de comprendre qui étaient ces *ils* qui écrivaient l'histoire de nos vies.

Le jour de l'enterrement de Rodge, à la fin de la cérémonie, je m'approche de Rhea et je lui tape sur l'épaule. Elle se retourne, je la prends dans mes bras. Ses grands yeux expressifs sont injectés de sang et ne tiennent pas en place. Je me demande ce que j'aurais souhaité qu'on me dise après la mort de mon frère, quelque chose, n'importe quoi qui ne soit pas : « Ça va ? » Je ne connaissais que trop la réponse à cette question-là. Je lui murmure à l'oreille : « Il sera toujours ton frère et tu seras toujours sa sœur. »

Ce que j'aurais voulu lui dire, c'est : *Tu l'aimeras toujours. Il t'aimera toujours. Même s'il n'est plus ici, il l'a été et personne n'y peut rien changer. Personne ne peut te l'enlever. Si rien ne se perd et rien ne se crée, et si ton frère a été parmi nous avec son humour, sa gentillesse et ses rêves, c'est bien que ce qu'il a été doit continuer à exister quelque part, même ailleurs, non ? C'est obligé, non ? Parce que, ce matin, pour pouvoir me tirer du lit, c'est ce que je me suis dit au sujet de mon propre frère, Rhea.* Mais je ne sais pas comment exprimer cela.

Après chaque enterrement dans le quartier, et celui de Rodge ne déroge pas à la coutume, on organise un grand repas. Des voisines apportent chez Mrs P. de grands plats contenant des gratins, de la viande. Nous sommes tous là, nos voitures garées un peu partout, dans la rue devant chez elle, sur les terrains des voisins, à cheval sur l'herbe et le macadam – comme l'autre fois, mais en plein jour. Nous avons mangé, les assiettes posées en équilibre sur nos genoux, assis dans la voiture, un pied à l'extérieur. Nous portons tous le même tee-shirt, un tee-shirt blanc imprimé d'une photo de Rodge sur fond bleu. Sur la photo, Rodge sourit de son sourire parfait, aveuglant, laissant apparaître ses fossettes. Nous soupirons, beaucoup.

Le tee-shirt à la mémoire du défunt est une chose très fréquente dans les enterrements de jeunes. Je ne sais pas comment ça se passe dans les quartiers noirs du nord, de l'est ou de l'ouest du pays, mais dans le Sud c'est devenu aussi traditionnel que le repas. Celui de Rodge était conçu par ses cousins, qui ont choisi les photos et l'ont revendu à prix coûtant à tous ceux qui pouvaient se permettre de l'acheter. Sur son tee-shirt, Rodge semble sur le point de dire : *Yo, ça va ? T'as un plan pour ce soir ?* Autour de la photo de Rodge, au centre, il y en a d'autres, plus petites, de nos chers disparus : Ronald, C. J., Demond, Joshua, et deux autres jeunes, morts des années plus tôt, que je ne connaissais pas bien, l'un dans un accident de voiture et l'autre, suicidé. Tous sourient, on dirait des photos de famille ou d'école. Sur la sienne, mon frère a l'air d'un voyou. Les cheveux courts, le bas du visage masqué par un bandana, il prend la pose avec la carabine de mon père. Il doit avoir seize ans. Je ne connais pas cette photo de Joshua et de le voir là, parmi tous les autres jeunes morts, me fait pleurer pendant que je mange. Par ce beau jour d'été, la bouche pleine de nourriture funèbre, je fixe les grands yeux marron de mon frère sur ce cliché qui ne révèle rien de lui et représente au contraire tout ce qu'il n'était pas.

Au dos du tee-shirt de Rodge, il est écrit « Yagga yo ». Il paraît qu'il disait souvent ça, mais ses cousins ne m'ont pas expliqué ce que ça signifie. On peut lire aussi « Opte ». La photo de Rodge est une insulte à sa mémoire, trop floue, trop statique pour le jeune homme de vingt-trois ans souriant et chaleureux qu'il était. Sur le tee-shirt encore, cette expression : « Ce qui te fait rire peut aussi te faire pleurer. » *Trop banal*, me dis-je en m'essuyant les yeux. À cet instant précis, je ne me souviens pas d'avoir jamais ri, je ne me revois pas ouvrir la bouche et éclater de mon gros rire idiot à côté de Rodge. Je regarde ma famille et mes amis ; nous pleurons tous et détournons les yeux quand nos regards se croisent ; j'ai même oublié que j'ai pu être capable de rire un jour. Je ne vois que perte et douleur. Je ne comprends pas pourquoi il en a toujours été ainsi.

NOTRE NAISSANCE
1977-1984

Je suis née prématurée, à six mois de gestation, le 1er avril 1977. Ma mère avait dix-huit ans, mon père vingt. Ils habitaient chez ma grand-mère, dans la chambre d'enfant de mon père où subsistaient encore des traces de son adolescence : ses dessins, des posters de Bruce Lee, des nunchakus suspendus à un clou. Ma mère ne se rappelle pas comment elle a annoncé l'imminence de mon arrivée mais je l'imagine se réveillant pour dire à mon père : « Il faut que j'aille à l'hôpital », et celui-ci en train de rire de ce bon poisson d'avril. Et puis ma mère se tordant sur le lit : « Je rigole pas. » La souffrance sur le visage de ma mère – une biche percutée par un pare-chocs.

Le jour de ma naissance, je pesais 1,2 kilo et les médecins informèrent mes parents que je ne survivrais pas. J'avais la peau rouge et fine comme du papier, et de grands yeux d'extraterrestre. Mon père a pris une photo de moi : mon corps tout entier tient dans la paume de sa main. À cause de mon faible poids, des excroissances bordeaux se mirent à enfler sous ma peau : c'étaient des tumeurs sanguines, un paquet de sang à peine retenu par cette peau si fine. Deux s'ouvrirent et se mirent à saigner. Vers l'âge de quatre ans, elles se résorbèrent entièrement, laissant une cicatrice marbrée là où elles avaient poussé, sur le ventre, le poignet, à l'arrière de ma cuisse. J'avais aussi une grosseur dans l'abdomen qui nécessita l'intervention d'un chirurgien. Il fut obligé d'inciser mon ventre sur toute sa longueur et je m'imagine sur la table d'opération, disséquée comme une grenouille sur une paillasse de classe de sciences nat. Plus tard, la cicatrice allait s'étirer, gonfler et gratter à l'endroit des points de suture. Quand les médecins comprirent que j'allais vivre, finalement, ils avertirent mes parents que j'aurais de nombreux problèmes. Ils étaient surpris de constater que mes poumons fonctionnaient. « Le cœur est bon », ajoutèrent-ils. Sur une autre photo, ma mère approche un tuyau de mon visage, j'ai des poches rouges sous les yeux. J'ai l'air épuisé. Je survécus, silencieuse et tenace, dans ma couveuse, le corps bardé de tuyaux. Pendant les deux mois que je passai à l'hôpital, ma couleur rouge s'estompa. Peu à peu, je pris du poids ; mon ventre, mes jambes de grenouille et mes bras décharnés s'étoffèrent. Mes yeux réintégrèrent l'intérieur de mon crâne. L'équipe soignante me laissa enfin sortir, jaune, chauve, grosse et couverte de cicatrices le 26 mai 1977, le jour de l'anniversaire de ma mère : elle venait d'avoir dix-neuf ans.

On quitta la maison de ma grand-mère pour s'installer dans un deux pièces. Mes cheveux se mirent à pousser – noirs, fins, bouclés – mais s'arrêtèrent quand ils atteignirent un centimètre, pour ne recommencer à croître qu'à partir de mes trois ans. Sur les photos de cette période, on peut voir que ma mère les peignait vers l'avant en visière soyeuse pour qu'ils encadrent mon visage, dans l'espoir de me faire ressembler davantage à une fille. Le jour de mon deuxième anniversaire, je porte une chemise à manches longues en coton rouge de style folklorique, recouvertes d'épaisses broderies bordeaux, et un pantalon noir. De manière récurrente, le rouge est la couleur que ma mère choisit pour m'habiller ; ni rose, ni bleu, ni vert, ni violet, mais rouge. Rouge comme les tumeurs. Je n'ai jamais été un bébé rose. Sur une autre photo, nous nous trouvons dans la montagne, au-dessus d'Oakland et Berkeley, on aperçoit derrière moi la terre et les herbes jaunies. La poussière de ces montagnes sèches donne à la lumière une tonalité dorée. J'ai l'air en pleine forme, on dirait un beau garçon. La plupart des tumeurs, qui commençaient à peine à se résorber à l'époque, sont dissimulées sous mes vêtements. Je fixe la personne qui tient l'appareil photo avec sérieux.

Mon père m'a toujours dit qu'il avait pris comme une insulte le fait que les médecins lui aient affirmé que j'allais mourir. Sans aucun égard pour moi qui me trouvais dans la couveuse, la tête tournée sur le côté, la fine paroi de ma poitrine soulevée par une respiration précipitée, le docteur avait dit à mes parents : « Il est fort probable qu'elle ne survive pas. »

Mon père n'avait pas bronché. Il tenait la main de ma mère qui ne se laisserait pas aller à pleurer tant qu'elle ne serait pas seule. Mes parents ne comprirent pas grand-chose à ce que les médecins leur expliquèrent à propos de ma naissance, et de ma mort probable. Ils ne se souviendraient de rien quand je les interrogerais plus tard à ce sujet. Ils étaient jeunes, et pauvres, et noirs dans l'Oakland de la fin des années 1970. Une fois le médecin parti, mon père glissa sa grande main dans le gant en plastique soudé sur la paroi de la couveuse et caressa ma minuscule main avec son doigt. Il ne pouvait pas mettre son index dans ma paume pour que je l'attrape car il était aussi gros que mon bras à l'époque.

« J'avais envie de leur dire que t'étais une battante, me raconta-t-il des années plus tard, à l'adolescence. J'avais envie de leur dire que ma fille pouvait pas mourir parce que c'était une guerrière. »

Nous venons d'une lignée d'hommes et de femmes habitués à se battre pour survivre. Dorothy, ma grand-mère maternelle, a élevé toute seule sept enfants dans un trois pièces. Au fil des années, elle travailla, économisa et transforma le trois pièces en cinq pièces. Elle fut domestique, coiffeuse, couturière et enfin ouvrière dans une usine pharmaceutique. « On cherche une femme qui travaille aussi dur qu'un homme. » Elle obtint ce poste à l'usine parce qu'un homme l'avait vue soulever et porter sur ses épaules un porc adulte. Les hommes de ma famille ont travaillé pendant des décennies comme jardiniers, menuisiers, ouvriers, contrebandiers et commerçants, et ont construit leurs maisons de leurs propres mains.

Mon père savait déjà que je ne les décevrais pas.

J'ai peu de souvenirs de ces trois premières années passées en Californie. Mon père avait fait les quatre cents coups avant notre arrivée, à ma mère et moi. Il s'était fait plusieurs fois arrêter avec toute sa bande lors de descentes de police pour trafic de drogue ou pour une bagarre avec une bande rivale à propos d'un bout de trottoir ou d'un coin de rue. Ils se retrouvaient à dix dans une cellule du commissariat, gueulaient sur les flics, rigolaient, secouaient la tête et racontaient des conneries. « T'as fait quoi, mec ? Non mais t'as fait quoi en vrai ? » L'artiste en lui s'éprit de Jimi Hendrix ; il se mettait des produits chimiques dans les cheveux pour se faire une coiffure afro… mais l'afro s'écroulait au lieu de tenir droite. Quand il finit le lycée, on lui proposa une bourse dans une école de dessin. Il choisit cependant de ne pas y entrer : il fallait qu'il pense à sa mère et ses six frères et sœurs qui avaient besoin de lui. Il travailla comme pompiste dans des stations-service de quartiers en déshérence où les prostituées faisaient le trottoir. Il était aimable avec elles, les autorisait à utiliser les toilettes sans consommer et plaisantait avec elles pendant qu'elles attendaient le client. Le week-end, il se rendait à Fresno pour assister à des courses de voitures avec ses potes et prenait de l'acide. Au début de leur vie commune, à ma mère et lui, il leva un peu le pied. Il passait davantage de temps à la maison mais ce nouveau foyer ne l'empêchait pas de faire des siennes. Pour rester fidèle à ma mère, il lui aurait fallu une forme de discipline morale qu'il ne parvint jamais à acquérir et qui était constamment remise en cause par ses atouts naturels, son charme, son sens de l'humour, sa beauté hors du commun. Quand ma mère se mettait en colère, cela ne le rendait que plus sournois : il la trompait en douce tout en la berçant des paroles qu'elle avait envie d'entendre. « On n'a pas eu de père ni toi ni moi, donc c'est clair qu'on va former une famille. C'est clair que je vais rester. » À cette époque, ma mère suivait des cours du soir et travaillait dans mon école maternelle. Elle voulait passer un diplôme d'éducatrice spécialisée dans la petite enfance.

Mon père raconte qu'elle était roulée comme un cigare et qu'elle était très belle. J'ai vu des photos d'elle à cette époque et c'est vrai : des pommettes et un nez bien marqués, de grands yeux, de longs cheveux soyeux qui lui dégringolaient dans le dos, et un tout petit grain de beauté au coin des lèvres. Quand elle m'emmenait avec elle au magasin, les gens lui faisaient des compliments sur sa beauté et sur son adorable petit garçon. « C'est une fille », répondait ma mère. On me prenait si souvent pour un garçon qu'à force elle cessa de rectifier l'erreur de ses admirateurs.

À l'époque, j'ai deux ans et je marche. J'ai un gros bidon, des jambes courtaudes et de grands yeux noirs. La petite visière de soie sur la tête. Mes parents font une fête, le genre de fête organisée sans raison autre que de vouloir partager du bon temps avec les gens qu'on aime. Ma mère m'a vêtue d'une robe chasuble verte et je tournicote dans les jambes de mon père, de son cousin, de ma mère, des sœurs de mon père. On me soulève, moi le bébé miracle, on m'embrasse sur les joues que j'ai encore bien rondes comme des pêches mûres. Je vais dans ma chambre et j'enfile une paire de bottes et un chapeau de cow-boy que ma mère a achetés pour moi.

— Qu'est-ce que tu fais, Mimi ?

C'est mon surnom. La voisine du dessus a appelé sa fille comme ça et le prénom a tellement plu à ma mère qu'elle l'a adopté pour moi aussi. Je grimpe sur mon cheval à bascule en métal, installé dans un coin, en prenant garde à ne pas me pincer les jambes avec les ressorts, et je commence à me balancer, les grincements du cheval couvrent en partie les conversations des adultes en train de fumer et de boire. Ils rient. La fête se poursuit ; je ramasse les canettes des adultes quand ils ne me regardent pas – et parfois même quand ils me regardent – et j'en sirote les fonds avant qu'ils ne me les reprennent en s'exclamant : « Non, Mimi ! » Une photo qu'a faite ma mère me montre la canette dans les mains – la bière dégouline sur mon menton, la canette est quasiment aussi grande que mon torse. Sur la photo, je souris de toutes mes dents, bien campée sur mes deux pieds, presque fière. Je fais partie de la fête.

Mon père se souvient de cette époque mieux que ma mère. Ou bien il est plus ouvert, ou bien il éprouve davantage de nostalgie, toujours est-il qu'il n'y a que lui qui m'en parle. Malgré les bons souvenirs qu'il a de la Californie, le Sud lui manquait, dit-il. Pas à ma mère. Elle voulait rester là-bas. Elle n'en parle pas autant que mon père mais elle dit qu'elle s'y sentait libre, qu'elle aimait les paysages, les villes et les collines à perte de vue. Le Mississippi est un État sans beaucoup de relief et les forêts vous empêchent de voir plus loin que la maison d'à côté, le chien attaché à un arbre, le garçon qui fait du vélo sur la route. La nuit, parfois, quelques étoiles ; le jour, de gros nuages plombés bouchent l'horizon. En Californie, ma mère pouvait observer par la fenêtre le soleil se lever à l'est et se coucher dans l'immensité du Pacifique, à l'ouest. En Californie, au milieu des collines, ma mère pouvait se consacrer à son mari et à sa fille, sans le poids de la famille et du Sud.

Quand j'étais à l'université en Californie, l'air du Mississippi me manquait. Je me demande s'il en allait de même pour mon père, si le froid qui règne constamment dans la baie de San Francisco lui faisait regretter la chaleur du Mississippi. Lorsque mon père évoqua l'idée de rentrer, ma mère regimba. Ils se disputèrent. Finalement, ma mère céda car elle aimait mon père. De plus, elle était enceinte de mon frère et peut-être souhaitait-elle être soutenue par sa famille quand ce deuxième enfant serait né. Nous étions en 1980. J'avais trois ans.

Mon père et ma mère enfournèrent tout ce qu'ils possédaient dans leurs deux voitures – un break et une Riviera Lowrider – et s'engagèrent sur la longue route qui passe d'abord par Los Angeles puis oblique et traverse les étendues désertiques du Sud-Ouest. Quelque part en Arizona, ma mère entra dans une épicerie, avec son ventre saillant de femme enceinte, et s'évanouit. Il n'y avait pas de clim dans les voitures, ce qui ne l'empêcha pas de parcourir trois mille sept cents kilomètres au volant, mâchoires serrées, fenêtres ouvertes, tandis que mon frère déjà gros lui donnait des coups de pied, séparé du volant en maillons de chaîne métallique par une fine couche de peau et de chair. Je voyageais dans la même voiture, pelotonnée sur le siège passager. Ma mère conduisait, le désert brûlait, et moi je dormais et les rêves que je faisais brûlaient eux aussi. La voiture traversa l'interminable étendue du Texas avant de rejoindre la verdoyante Louisiane et enfin DeLisle, Mississippi : nous étions enfin arrivés chez nous.

Du jour au lendemain, mon frère débarqua sans crier gare. Il vint au monde au Memorial Hospital de Gulfport. Gros, jaune et avec de grands yeux liquides. Sa bouche ouverte révélait ses gencives nues. Parfois, quand j'étais assise, ma mère m'autorisait à le prendre sur mes genoux. Sa tête m'arrivait alors à l'épaule et ses pieds dans les jambes. Je n'ai que des bribes de souvenirs de Joshua bébé, pas assez, donc, pour reconstituer l'histoire de sa première enfance. Il arriva à terme mais ce ne fut pas un accouchement facile. Ma mère raconte qu'il naquit en regardant le ciel qu'il ne pouvait pas encore voir ; le nez en l'air, dit le docteur. Celui-ci le retourna à trois reprises dans le ventre de ma mère. Trois fois, ma mère sentit qu'il se retournait vers le ciel, comme si, dès le départ, il voulait voir le monde par ses propres moyens. C'était un beau bébé : une peau dorée, des cheveux brun foncé qui tombèrent ensuite pour être remplacés par une toison blonde. Du jour au lendemain, donc, mon frère débarqua sans crier gare. Et, du même coup, je me retrouvai grande sœur.

Après notre retour dans le Mississippi, nous avons déménagé souvent. Une petite maison blanche de trois pièces à Pass Christian, mais mes souvenirs de cet endroit sont vagues. Puis une petite maison bleue, de quatre pièces celle-là, construite sur la propriété de mon arrière-grand-mère Ellen à DeLisle, là où mon père jouait quand il était enfant et où il perdit son œil. La maison se trouvait dans un coin du terrain, surélevée sur des parpaings, et les marches me paraissaient terriblement hautes. Le champ, lui, me semblait immense. La maison de Mother Ellen, d'un gris délavé, était située à trois cents mètres de là, blottie contre les bois qui délimitaient son terrain. Derrière notre maison, il y avait un poulailler ; mon père installa aussi deux niches sur le côté de la maison pour ses chiens – Homeboy, un pitbull noir, et Mr Cool, un petit pitbull blanc croisé.

Je grandissais. Ma mère coiffait mes cheveux en une multitude de petites couettes qu'elle attachait avec des élastiques ornés de deux boules de plastique. La nuit, quand je dormais, les boules de plastique s'enfonçaient dans mon cuir chevelu. J'avais cinq ans, mon frère trois et il m'arrivait à la taille. Il voulait toujours qu'on soit ensemble, cependant, dès que ma mère sortait et que mon père restait pour nous garder, j'en profitais pour le planter là et je remontais le long chemin qui conduisait à la route pour retrouver ma cousine Farrah. Nous jouions à la dînette et parfois nous nous glissions sous le rideau que son père avait punaisé entre la cuisine et le salon pour regarder la télé. D'autres fois, nous nous amusions dans le champ qui séparait nos deux maisons et c'est là que mon frère me retrouva un jour qu'il me cherchait. Il marchait bien désormais et ses cheveux avaient poussé, formant une afro blonde autour de sa tête. Il était tout nu, hormis sa couche. Il traversa toute la véranda dépourvue de balustrade et s'arrêta en haut des marches. Puis il se retourna, étira une jambe derrière lui jusqu'à rencontrer du pied la marche inférieure, se laissa glisser et fit de nouveau volte-face.

— Mimi ! cria Joshua.

Je me baissai, seuls mes yeux dépassaient. Je l'observai. Je n'avais pas envie de répondre, pas envie qu'il vienne me rejoindre dans le champ, pas envie de m'occuper de lui alors que je jouais avec ma cousine.

— Mimi ! hurla Josh.

Il était tellement maigre… Seul son ventre saillait, rond comme un ballon. Je ne lui répondais toujours pas. Il regardait avec étonnement le champ qui devait lui paraître encore plus grand qu'à moi : une vaste étendue d'herbes hautes et ces deux maisons muettes au loin où sa sœur avait disparu.

Mon père sortit en claquant la porte, vêtu seulement d'un short. Sans doute était-il en train de dormir. Il attrapa mon frère par le bras, le souleva d'un geste et se mit à le taper.

— Qu'est-ce que je t'ai dit, hein ? Je veux pas que tu sortes tout seul dehors !

Mon frère commença à hurler, en tournant sur lui-même comme le plomb d'une canne à pêche. La main de mon père s'abattait sans relâche sur la couche de mon frère et j'avais peur. Mon père ne se fâchait presque jamais. Je ne comprenais pas pourquoi il était à ce point en colère contre Joshua, ne voyais pas quelle leçon il essayait de lui donner. Je ne comprenais pas pourquoi mon frère pendouillait, suspendu comme une poupée. Encore aujourd'hui, je me sens responsable de la fessée qu'il reçut ce jour-là. J'ai honte de ne pas être sortie des herbes denses pour aller à sa rencontre, de ne pas l'avoir pris par la main et conduit en bas des marches comme une grande sœur qui se respecte, de ne pas lui avoir dit : *Je suis là, petit frère, je suis là.*

Mon père ne s'énervait pas facilement. Avec moi, il se montrait généralement tendre et patient, ne me frappait jamais. Mais il frappait mon frère. Avec lui, il était plus sévère et sa patience s'épuisait plus rapidement. Il était nécessaire de le mener d'une main ferme, pensait-il, parce que mon frère était un garçon. Un fils. Un enfant qui aurait à se battre encore davantage que la fille née avant terme mais avec un cœur solide. Mon frère devrait se montrer encore plus fort.

Il devrait grandir et devenir un homme noir dans le sud des États-Unis. Il lui faudrait affronter des situations que je n'aurais pas à connaître. Peut-être mon père rêvait-il la nuit des hommes de sa famille qui étaient morts jeunes et de la pire façon, et c'est ce qui animait sa main quand il trouvait à son réveil mon frère debout près de son lit, sourire aux lèvres, candide, innocent.

Quand il n'est pas en train de punir Joshua, mon père aime jouer. Un soir, notre mère nous laisse seuls avec lui, qui rentre d'une longue journée de travail : il se glisse sous la couverture et s'accroupit sur son lit. Joshua se blottit contre moi. Mon père sort de sous sa couverture, et nous nous mettons à courir tout autour de la pièce. Il nous suit d'un côté, de l'autre, en faisant des bruits de gorge bizarres. Nous rions à perdre haleine. Nous nous approchons à pas de loup mais alors mon père tend vers nous des doigts crochus et nous nous mettons à hurler, la joie et la terreur se mêlant dans nos gosiers, à nous en étrangler, presque. Nous décampons. Mon père joue avec nous dans la chambre surchauffée jusqu'à ce que nous n'en puissions plus. Nos petits corps dégoulinent de sueur, nos cheveux tiennent tout droits sur nos têtes comme des auréoles. À la fin, notre père nous attrape et nous entraîne tous les deux sous la couverture pour nous faire des chatouilles. Nous finissons par le supplier d'arrêter.

Le matin, avant que mon père ne parte travailler à l'usine de Gulfport, nous prenons notre petit-déjeuner en famille. Mon père allume la radio dans la cuisine. On est en 1982 et ma mère est enceinte de Nerissa.

New Edition[1] passe souvent à la radio ; avec Joshua, nous adorons New Edition. Mon père me tend une main, tend l'autre à Joshua, j'attrape la petite paume humide de mon frère dans la mienne et nous nous mettons à danser la ronde au milieu de la cuisine. Ma mère secoue la tête, sourit en nous regardant, repousse mon père d'un geste quand celui-ci essaie de l'attirer dans la danse. Elle doit se sentir sous pression, la famille s'agrandit, mon père continue à la tromper, à plaider non coupable, à lui jurer son dévouement, avant de la tromper de nouveau. Elle redoute ce qu'elle voit poindre à l'horizon. Pas question pour elle de danser dans la cuisine. Elle nous prépare des œufs au plat et nous nous asseyons en famille à la table de la cuisine pour manger.

Mon père avait un côté sombre. La violence l'attirait, il aimait la beauté élémentaire du combat, la façon dont il transformait son corps et ceux contre lesquels il luttait en machines de guerre. Il apprit à son pitbull pure race à se battre avec des chambres à air dégonflées. Parfois il le dorlotait et se montrait aussi tendre avec lui qu'avec ses propres enfants – mais Homeboy était exceptionnellement doué pour la bagarre et, tenté de le rendre encore meilleur, mon père faisait preuve de peu de compassion à son égard. Son chien, comme son fils, demandait à être éduqué d'une main de fer.

Debout dans l'embrasure de la porte, mon père tient mollement une hache dont la lame est d'un gris si

1. New Edition, groupe de R&B composé d'adolescents du Massachusetts, a enchaîné les tubes et connu le succès au cours des années 1980 notamment.

foncé qu'on la croirait noire. Dans sa chambre, ma mère regarde la télévision et Joshua et moi tournicotons dans les jambes de notre père. Dehors, Homeboy halète, langue pendante. Il a le poil noir et luisant, un corps trapu, une musculature bien dessinée comme celle de mon père. Il nous sourit.

— Restez à l'intérieur, ordonne mon père en dévalant les marches.

Collés au chambranle de la porte, nous attendons que mon père ait fait le tour de la maison en agrippant Homeboy par son collier à clous pour nous pencher à l'extérieur. Pas question de perdre une miette de ce qui va se passer. Un des cousins de mon père, en short et torse nu lui aussi, saisit la queue de Homeboy et la maintient fermement à plat sur une colonne faite de parpaings empilés. Homeboy attend patiemment, tranquillement, se retourne pour leur jeter un coup d'œil, essaie d'attraper un moucheron au vol. Il a confiance. D'un geste, Papa soulève la hache et l'abat violemment sur la queue de Homeboy, à quelques centimètres du bas de ses reins. Un flot de sang jaillit avec force sur le parpaing gris. Homeboy sursaute et glapit. Mon père laisse tomber sa hache et enveloppe le moignon d'un bandage, puis caresse les flancs de Homeboy, qui s'arrête de gémir.

— C'est un bon chien, ça, dit mon père.

Homeboy lui lèche la main, frotte sa tête contre lui.

Plus tard, ce soir-là, Joshua et moi sommes couchés dans notre chambre, qui n'est encore décorée que pour moi, avec des rideaux Cendrillon aux fenêtres et un couvre-lit du même acabit. Quand nous avons emménagé, Joshua avait sa propre chambre mais mon père a décidé qu'il voulait une pièce pour son banc de muscu et ses armes de kung-fu, alors ils ont installé Joshua avec moi. J'ai été en colère pendant une semaine environ parce qu'il empiétait sur mon territoire. Mais ce soir-là, nous reposons tranquillement dans nos petits lits, Joshua respire doucement, on dirait presque qu'il ronfle, et moi je suis éveillée dans le noir et j'entends mon père et son cousin dans la pièce voisine qui décrochent les pipes accrochées au mur, j'entends cliqueter les haltères, tous ces bruits qui traversent la chaleur étouffante du couloir dans le noir. Le vent gonfle mes rideaux qui retombent ensuite doucement. L'air humide qui pénètre par toutes les fenêtres ouvertes de la maison apporte une odeur d'herbe dans ma chambre. Je sais que c'est quelque chose qui se fume, une sorte de cigarette. Mon père en fume, ma mère non. Peut-être que mon père et son cousin parlent de leurs chiens. Peut-être qu'ils parlent de leurs voitures. Peut-être qu'ils racontent à voix basse des choses sur les femmes.

Ma mère venait d'accoucher de Nerissa. Ses espoirs de rendre mon père fidèle et de se l'attacher par une progéniture nombreuse se révélaient vains et elle était en train de le comprendre. Elle avait porté Nerissa jusqu'à terme et la naissance de ma sœur avait été difficile. C'était la plus grosse d'entre nous et elle refusait de descendre, si bien que le médecin et les infirmières avaient dû l'obliger à sortir en lissant le ventre de ma mère à l'aide de leurs avant-bras, en l'aplatissant depuis les côtes jusqu'au bassin et en attrapant la tête de ma sœur au forceps. « Elle ne voulait pas me quitter », explique ma mère. À la naissance, Nerissa était celle qui ressemblait le plus à mon père : elle avait des cheveux et de grands yeux noirs qui ressemblaient à des guillemets quand elle souriait.

La violence de cet accouchement et le lent effilochage de notre vie de famille commencèrent à affecter notre mère après son retour à la maison. Elle était souvent mutique et se renfermait sur elle-même. Quand elle était à bout, elle se disputait avec mon père à propos de ses maîtresses et, tandis que les colères de mon père étaient du genre spectaculaire, à faire valser les matelas par terre, celles de ma mère étaient d'une sécheresse contenue. J'imagine qu'elle voulait nous épargner le spectacle de leurs disputes, la violence qui planait sur leurs confrontations. Ils ne levaient jamais la main l'un sur l'autre, mais les objets de cette maison en prirent un coup.

Cet été-là, le monde extérieur nous donna à mon frère et à moi une leçon, chacun à sa façon. Nos jeux nous montrèrent que la violence pouvait surgir de manière soudaine, imprévisible et implacable.

Le frère de ma mère emmena Joshua faire un tour en mob. Oncle Thomas devait avoir dix-neuf ans et il possédait une mobylette blanche avec un siège bordeaux. Mon frère s'assit sur ses genoux et mon oncle se mit à tourner en rond dans la cour en poussant de grands cris de joie. Mon oncle avait un visage tellement dur quand il était sérieux que j'avais du mal à le reconnaître quand il riait. Je voulais moi aussi faire un tour sur son engin à moteur. Joshua se pencha en avant et attrapa le guidon pour faire semblant de le piloter. La mobylette accéléra. Mon oncle appuya sur le frein pour ralentir tandis que mon frère tirait sur l'accélérateur et ils firent une embardée.

Mon oncle braqua pour s'arrêter et ils tombèrent dans le fossé sablonneux. Joshua se mit à crier. Sa bouche saignait abondamment. Mon oncle n'arrêtait pas de s'excuser : « Je suis désolé, je suis désolé, je suis désolé », répétait-il. Ma mère ouvrit la bouche de Josh pour regarder à l'intérieur et vit que le petit fil de chair qui relie la langue au fond de la bouche avait été arraché. Mes parents lui firent sucer de la glace pour calmer la douleur et désenfler la langue. Ses larmes se calmèrent et il s'endormit. Ils ne l'emmenèrent pas à l'hôpital. Peut-être pensaient-ils que ça allait guérir tout seul, ou que le coût de l'opération reviendrait trop cher, ou encore avaient-ils la tête ailleurs à cause de leur relation qui battait de l'aile. Quoi qu'il en soit, il s'en remit.

Mon propre apprentissage de la violence, je le fis grâce aux pitbulls, bien sûr. Mon père venait d'acheter un pitbull adulte à un homme de DeLisle ; le chien s'appelait Chief. Mr Cool, le gentil bâtard blanc qui était mon ami depuis que j'étais petite, était tombé malade peu de temps auparavant. Mon cousin Larry l'avait entraîné dans les bois derrière la maison, une carabine à la main, car mon père n'avait pas le cœur à l'achever lui-même. Mon père avait l'intention d'emmener Chief se battre, comme il le faisait avec Homeboy qu'il avait eu tout petit. Le nouveau chien faisait deux fois la taille de Mr Cool et ne s'intéressait guère aux rejetons humains de mon père. Homeboy pouvait se montrer tendre comme Mr Cool et me protéger de son corps mais Chief me regardait sans aucune affection.

Par une belle et chaude journée d'été tout ce qu'il y a de plus ordinaire, je retrouvai Farrah et son frère Marty au milieu de l'allée de gravier. Homeboy dormait à l'ombre de la maison. Une chienne en vadrouille passa près de nous. Chief s'approcha pour l'examiner. Il se plaça auprès d'elle, très raide, et lui renifla l'arrière-train, la queue, le ventre. Il avait senti quelque chose qui l'intéressait. Les deux se tenaient sans bouger devant moi, captivés l'un par l'autre. Le soleil était haut. J'avais chaud et j'étais énervée, et Chief me bloquait le passage.

— Bouge, je lui dis.

Son oreille tressaillit.

— Bouge, Chief !

Farrah rit.

— Bouge, je te dis !

Et je donnai un coup de pied sur son large dos blanc.

Il grogna et me sauta à la gorge. Je tombai par terre en hurlant. Il se mit à me mordre partout, dans le dos, dans la nuque, à l'oreille ; son ventre à fourrure blanche, onduleux et puissant, passait et repassait au-dessus de moi. Ses grognements avaient étouffé tous les autres sons. Je me débattis. Lui donnai des coups de poing, droite, gauche, sans répit.

Soudain, il me lâcha et s'éloigna en glapissant, le dos voûté. Ma grand-tante Pernella, qui habitait la plus petite maison du terrain, venait de le chasser à coups de manche à balai. Elle me releva. Je geignais.

— Rentrez chez vous, ordonna-t-elle à Marty et Farrah.

Elle plaça doucement une main sur ma nuque et me soutint le long de la grande allée, jusqu'à la maison. Ma tête, mon dos, mes bras étaient à vif, ils me brûlaient davantage que le soleil d'été. Marcher était une torture. Ma mère se tenait dans l'embrasure de la porte. J'étais pieds nus, le visage couvert de sang qui coulait jusqu'au sol. Dans le dos, mon tee-shirt déchiré était en train de devenir noir. Bien des années plus tard, ma mère me raconta : « Je l'ai vu t'attaquer devant la maison de Pernella, j'ai vu comment elle le frappait à coups de bâton. Je ne pouvais pas bouger. » Elle était paralysée par la peur.

— C'est le chien, dit ma tante. Il l'a mordue.

Sa voix libéra ma mère qui appela mon père. Il fit couler de l'eau dans la baignoire. Il me prit dans ses bras et me plongea dans le bain. Je me mis à hurler. L'eau vira au rouge. Ma mère retira mon tee-shirt et, prenant la tasse qu'elle gardait à portée de main pour nous rincer à l'heure du bain, elle me versa de l'eau sur la tête. Les entailles se mirent à crépiter. Je poussai des cris perçants.

— Il faut te laver, Mimi, m'expliquèrent-ils. Ça va aller.

Ma mère en m'essuyant tacha ses serviettes de sang et quand elle m'habilla le rouge transperça mon tee-shirt. Mon père nous conduisit à l'hôpital. Joshua se tenait très calme, solennel, sur le siège passager. Ma mère et moi étions assises à l'arrière, ma tête sur ses genoux. Elle avait posé doucement les mains sur la serviette en coton qu'ils avaient enroulée autour de ma tête et qui se teintait progressivement de rouge. À l'hôpital, une infirmière, grande et blanche, me dit : « Oh, tu t'es fait mordre par un chien, non ? » Mes blessures me lançaient et je la trouvais stupide. Qu'est-ce que ça pouvait être d'autre ? Au moment de me vacciner contre la rage, ils durent faire appel à quatre hommes pour maîtriser mes cinq ans, chacun à une extrémité de mon corps. Je ruai dans les brancards. Après, ils entreprirent de me soigner. J'avais trois perforations importantes dans le dos. Une plaie de huit centimètres qui s'étendait horizontalement depuis le haut de mon oreille gauche jusqu'à l'arrière de mon crâne. Ces blessures, ils se contentèrent de les désinfecter et de les bander. Le bas de mon oreille gauche en revanche, qui avait été quasiment sectionné et pendouillait, retenu par un centimètre de chair et de peau, dut être recousu.

— C'est un pitbull qui a fait ça ? demanda le médecin.

— Oui, répondit mon père.

— Elle s'est défendue, ajouta ma mère.

— Ces chiens-là attaquent à la gorge, reprit le médecin. Si elle ne s'était pas défendue…

— Je sais, coupa mon père.

Mes parents me ramenèrent à la maison, où je passai un bon moment à me traîner d'un endroit à l'autre. Des cousins, des voisins vinrent me rendre visite. Marty rapporta à ma mère le petit anneau d'or que je portais à l'oreille gauche le jour de l'attaque et qu'il avait retrouvé parmi le gravier ensanglanté de l'allée. Mon père réunit une troupe d'hommes et de jeunes gens devant la maison, certains appuyés sur le capot de leurs voitures, ou accroupis, d'autres debout, comme mon père ; certains n'avaient pas quatorze ans, d'autres dépassaient la soixantaine. À tous ces hommes qui l'entouraient, mon père raconta que je serais morte si je ne m'étais pas débattue. Que le chien avait tenté de me lacérer la gorge. Que la chienne était sans doute en chaleur et que Chief m'avait sans doute perçue comme un rival. Ils étaient tous armés, portant leur fusil comme un bébé au creux du bras ou appuyé contre leur épaule. Mon père donna le signal du départ et les hommes partirent à la recherche du chien ; on l'avait vu errer furtivement dans le quartier, il cherchait à rentrer chez lui. Quand mon père le trouva, il l'abattit d'une balle dans la tête et l'enterra dans un fossé. Jamais je ne lui dis que c'était moi qui avais commencé. Que je l'avais frappé sur le dos. Je me sentais coupable. Aujourd'hui, la longue cicatrice à l'arrière de mon crâne ressemble à une paille en plastique pour cocktail et elle me démange, comme toutes les blessures de guerre.

La dernière fois que mes parents se disputèrent dans cette maison, les morsures du chien étaient déjà devenues des cicatrices rosées et on devait être au printemps parce que les fenêtres étaient ouvertes. Nous nous apprêtions à déménager de nouveau, pour nous installer dans la petite caravane où nous allions vivre pendant un an, année durant laquelle mes parents se rendraient progressivement de plus en plus malheureux et où nous, les enfants, serions au contraire les plus heureux du monde, inconscients de l'état de dégradation de leur relation parce qu'ils étaient passés maîtres dans l'art de nous dissimuler leurs disputes. Mais ce soir de 1984, ils furent incapables de retenir leur colère – mon père parce qu'il se sentait oppressé d'avoir une femme et des enfants qui requéraient loyauté et force d'âme, et ma mère parce qu'il lui avait promis de lui donner tout cela et qu'elle s'apercevait maintenant qu'il en était incapable. À cette époque, il avait déjà eu un premier enfant hors mariage. L'histoire de ma mère commençait à ressembler à celle de sa propre mère, et elle en prenait conscience.

Mes parents hurlaient et leurs éclats de voix me parvenaient par la fenêtre mais je ne comprenais pas ce qu'ils disaient. Il y avait un mot que j'entendais répéter sans arrêt : *toi*. *Toi* et *toi* et *toi* et *toi !* Tout cela ponctué par des objets qui volaient à travers la pièce. Le soleil s'était couché et le ciel était en train de virer du bleu au noir. Au-dessus de nos têtes, des chauves-souris fondaient en piqué à la poursuite d'insectes. Les fenêtres de la maison brillaient d'une lumière jaune. Nerissa, qui avait un an, se trouvait à l'intérieur de la maison avec mes parents et elle pleurait. Joshua et moi, nous étions assis sur le perron plongé dans l'obscurité, mon bras passé autour de ses épaules. Il tremblait, je tremblais, mais nous ne pouvions pas pleurer. Je le serrais contre moi dans le noir. J'étais sa grande sœur. Dans la maison, ma mère et mon père hurlaient l'un sur l'autre et les frous-frous secs des chauves-souris au-dessus de nos têtes se mêlaient aux bris de verre, aux grincements du bois, aux bruits des choses en train de rompre.

DEMOND DEDEAUX
Né le 15 mai 1972
Mort le 26 février 2004

Je n'ai pas connu Demond jeune. Lorsque j'ai fait sa connaissance c'était déjà un adulte, avec des rides marquées quand il souriait et des veines saillantes sous la peau fine de ses tempes. Sous les veines, le crâne avait l'air dur.

Je l'ai rencontré à l'époque où Nerissa vivait dans un grand trois pièces à Long Beach. Nerissa a été la première de nous quatre à louer un appart. Je suis l'aînée et je faisais mes études au loin, mais, d'une certaine façon, c'est Nerissa qui a grandi le plus vite, c'est elle qui, la première, a rompu les liens avec notre mère et a quitté la maison familiale pour s'installer ailleurs. De toute façon, elle n'avait pas vraiment le choix. Ma mère l'avait mise à la porte après de nombreuses disputes sur sa façon d'élever son fils, De'Sean, alors âgé de trois ans. De'Sean était un garçon à la peau chocolat, avec un nez plat hérité de son père de dix-neuf ans et un sourire facile, rempli de petites dents parfaites qui ressemblaient à des bonbons. Nerissa est la fille du milieu, elle a pris ce rôle-là ; un jour où ils se disputaient, quand nous étions petits, Joshua lui avait dit : « C'est toi que papa et maman aiment le moins. On a tous un truc : Mimi c'est la plus vieille, Charine la plus petite, et moi je suis le seul garçon. Et toi, t'as quoi ? » Même si ce n'était pas vrai, la perception que Nerissa avait d'elle-même était marquée par le désir de se distinguer, qu'on la trouve unique, qu'il s'agisse de ses parents ou des garçons attirés par sa beauté et son humour décontracté, naturel. Nous sommes très liées toutes les trois, Charine et moi avons donc passé pas mal de temps dans son premier appartement, à dormir sur les vieux canapés que lui avait refilés notre cousin Rhett.

Je suis assise à la table en verre que notre mère lui a offerte après leur réconciliation quand Demond entre dans l'appart en compagnie de Rob, le copain de Nerissa. Il doit faire un mètre quatre-vingts et a les mêmes couleurs que mon frère – peau café au lait, cheveux châtain clair – mais il est plus trapu, plus compact. Tout en muscles là où mon frère, plus enrobé, n'a pas encore perdu les rondeurs de l'enfance. Il porte des dreads qui balaient ses épaules à chacun de ses mouvements.

— Comment va, Pooh ?

C'est le petit nom que Rob donne à Nerissa depuis qu'ils sont ensemble. Demond glisse une cigarette entre ses lèvres, l'allume, et ne la retirera pas pour parler.

— Ça va, Demond ? demande Nerissa.

Demond sourit et passe un bras autour de ses épaules. Encore un copain de Rob dont elle est proche : ils se sentent à l'aise avec elle parce qu'ils aiment ses fossettes, son sourire, sa chaleur et la qualité de son écoute. Ils lui confient leurs secrets et elle les garde pour elle. Par sa façon de s'asseoir, jambes croisées, ongles peints, Nerissa, tout en courbes, incarne une certaine image de la féminité qu'elle contredit ensuite par sa façon de jurer et de faire des blagues.

Je suis en train de boire une bière. Cette année-là, ce n'est pas ce qui manque, la bière, bouteilles fraîches protégées par un sachet de papier kraft qui traînent un peu partout, sur le comptoir, sur les tables, qu'on tient à la main ou qu'on pose sur l'accoudoir du canapé. On est en 2003 et on a déjà pété un câble. Trois de nos amis ont disparu et nous sommes tellement jeunes que nous ne parvenons pas à réconcilier notre jeunesse avec l'idée de la mort, alors nous buvons, nous fumons et faisons encore d'autres trucs dans l'illusion que notre jeunesse va peut-être nous sauver, que quelqu'un, quelque part, va avoir pitié de nous. Tous les soirs, nous nous enfilons de l'Everclear assis dans des voitures où résonnent de grosses basses, sous un ciel plombé. Mes cousins fument des blunts qu'ils placent à l'envers, extrémité rougeoyante à l'intérieur de leur bouche, et soufflent la fumée dans la bouche de l'autre. Nous pensons : *C'est ça, la vie.*

— Je te présente ma sœur, Mimi, dit Nerissa.

Elle me désigne de la tête et je souris derrière ma bouteille.

— Salut.

Ma bière a beau être tiède, éventée, je la bois quand même. Je pense : *Je suis bien.* Et puis : *C'est ça, avoir été épargnée.*

Demond a grandi à DeLisle et son histoire le rend différent de tous les gens de ma génération, non seulement parce qu'il est fils unique mais aussi parce que ses parents sont toujours ensemble, et qu'ils ont tous les deux des vrais boulots. Sa mère travaille depuis des années dans l'usine de conditionnement pharmaceutique où Demond finira lui-même par décrocher un poste. Fils unique avec deux parents, cela signifie que Demond est le gamin du quartier qui dispose de tout ce dont les autres rêvent, comme une piscine ou un panier de basket réglable en hauteur. Même quand nous étions petits, sa maison était celle où tous les enfants voulaient aller. Avec mes frère et sœurs, nous étions trop jeunes et vivions trop loin pour profiter de ses largesses, mais les garçons plus âgés passaient des après-midi entiers chez Demond, à se bagarrer dans la piscine pendant des heures, imprégnés de l'odeur du chlore, les yeux et la peau brûlés. Ou bien à tenter de marquer des paniers, en transpirant dans la chaleur torride du Mississippi. Après le lycée, Demond a rejoint l'armée. Il s'est engagé pour quatre ans puis, à un moment donné, a décidé que ce n'était pas pour lui et est rentré à DeLisle.

Demond est le roi du système D, comme tant de gens ici, jeunes et vieux, par nécessité. Il ferait n'importe quoi pour gagner sa vie et celle de sa famille. Il a tout appris sur le tas. Ce qu'on lui demande, il l'exécute : une fois, il a même travaillé comme charpentier alors qu'il n'y connaissait pas grand-chose. Pendant un temps, il a travaillé à l'usine textile que tout le monde à DeLisle appelle « l'usine à tee-shirts ». On n'y fabrique pas que des tee-shirts, en réalité, on y passe aussi à l'acide des jeans qui sont trop larges aux fesses et trop serrés aux cuisses. Il fait chaud dans cette usine, et les grands ventilateurs qui brassent l'air dense augmentent encore la température.

Le dernier endroit où travaillera Demond sera cette usine, aux allures de caverne, l'usine de conditionnement pharmaceutique où sa mère est elle-même employée. De longues chaînes sinueuses font circuler des flacons de Pepto-Bismol et des cachets d'Alka-Seltzer devant les ouvriers qui portent des charlottes pour se protéger les cheveux, de grosses lunettes en plastique et des masques faciaux. Le travail est fastidieux, répétitif, et consiste à remplir les récipients, visser les bouchons, ranger les flacons dans des boîtes puis les boîtes sur des palettes. Mais depuis que l'usine de bouteilles en verre d'à côté a fermé ses portes, il y a quelques années, c'est le seul employeur pour les ouvriers du coin. L'économie de la région a radicalement changé à la fin des années 1980 et au début des années 1990 : beaucoup d'usines ont mis la clé sous la porte et l'élevage de crustacés n'offre pas autant d'emplois. Au fur et à mesure que l'économie se dégradait, l'État du Mississippi a voté de nouvelles lois autorisant l'ouverture de casinos sur des péniches. D'une manière générale, on est passé d'une économie secondaire – fabriquer des choses – à une économie tertiaire – services et tourisme. Et les Noirs de la région, qui, pour des raisons historiques, n'ont pas les moyens d'étudier, ne peuvent prétendre aux postes de direction et se retrouvent dans les emplois subalternes de serveurs, voituriers ou petites mains en cuisine. Demond a eu de la chance de décrocher ce boulot. À l'usine pharmaceutique de Gulfport, il fait les trois-huit : parfois il travaille toute la nuit, parfois du matin tôt jusqu'en début d'après-midi ou encore de l'après-midi jusqu'au soir. La plupart du temps, quand je le croise, il porte un tee-shirt négligemment enfilé sur son pantalon de travail, des chaussures de chantier, ses dreads retenues par un bandana pour éviter qu'elles ne se prennent dans les machines sur lesquelles il travaille à l'usine. Il porte son bleu et ses chaussures de sécurité comme un uniforme d'apparat et lorsque je le vois dans cette tenue, couvert de poussière à cause des produits qu'il a emballés ce jour-là, il me fait tellement penser à mon frère à l'époque où celui-ci papillonnait d'un boulot à l'autre que je suis obligée de détourner les yeux.

Demond habite dans une maison vert d'eau. C'était la maison de sa grand-mère, probablement construite par son grand-père comme le voulait la coutume dans le DeLisle de l'époque. Quand sa copine a accouché – il approchait alors de la trentaine –, sa mère leur a donné cette maison. Elle ressemble à la plupart des vieilles maisons de DeLisle, perchée sur deux ou trois parpaings pour se prémunir contre les inondations, avec des plafonds bas, des murs en lambris et une petite cuisine dans un coin. La maison de Demond trône au fond d'un vaste terrain situé au carrefour de deux rues. Dans son jardin, on trouve surtout de l'herbe, ainsi que quelques arbres regroupés près de l'entrée de la maison : un vieux chêne à la ramure étalée, un noyer, un lilas des Indes plein de bois mort. À l'avant de la maison, il y a une véranda fermée par des moustiquaires. Le salon est toujours plongé dans l'obscurité, éclairé seulement par la télévision qui projette sa lueur bleutée sur les murs et sur nos visages. La salle à manger est généralement vide, à part quelques dominos et jeux de cartes posés sur la vieille table en bois, et la cuisine est marron comme l'ensemble de la maison. On a coincé la salle de bains derrière la cuisine, petit recoin placé bizarrement, de biais, à côté de la chambre d'enfant. Le reste de la maison, soit deux autres chambres, s'étend en enfilade, chaque pièce donnant sur la suivante.

Je n'ai jamais franchi la porte de la chambre du fils de Demond pour pénétrer dans la chambre qu'il partage avec sa copine ni, derrière, dans l'autre chambre où dort parfois la sœur jumelle de celle-ci. Je me suis souvent demandé à quoi elles ressemblaient, s'il y faisait aussi sombre que dans les premières pièces, si elles paraissaient aussi hermétiques, aussi étriquées, et je les imagine s'enchaînant, chacune plus obscure que la précédente et toutes contenant des objets qui, plus tard, deviendront des trésors : une photo de Demond en train de sourire, son fils dans les bras ; ses fringues Enyce ; ses Timberland qui sentent encore vaguement l'odeur de ses pieds. Je n'ai jamais pu me représenter ces pièces avec des gens dedans, vu que les occupants de la maison semblent passer tout leur temps dans les pièces de devant.

Nous sommes jeunes mais nous vivons dans des maisons peuplées par davantage de fantômes que de vivants, entre les anciens morts et les nouveaux. Je pense à la grand-mère de Demond et à ses enfants et je me demande à quoi ressemblaient leurs vies dans cette maison. Vivaient-ils eux aussi avec les morts ? Éclusaient-ils l'alcool de contrebande comme nous la bière, l'herbe et les cachetons, pour se regarder ensuite dans la pénombre, les yeux vitreux, dans l'attente d'un changement quelconque ? Même si les parents de Demond sont encore mariés et s'ils ont tous les deux de bons boulots, sa famille n'est pas bien différente de la mienne, sa réalité est la même, la mort nous traque tous. Et si l'histoire de sa famille ressemble à celle de la mienne, est-ce que cela signifie que nous ne faisons que revivre toujours la même histoire, encore et encore, de génération en génération ? Que les jeunes Noirs ont toujours passé leur temps à mourir, jusqu'à ce qu'il ne reste plus que les enfants et quelques vieux, comme après une guerre ?

Cet été-là, nous décidons de faire une journée écrevisses chez Nerissa. Rob emprunte un brûleur à gaz et un immense faitout en inox à un copain du quartier. Il les installe au fond de la petite cour en béton noir de Nerissa, sort une table en plastique et six chaises. Il fait beau et chaud ; l'herbe est drue sous les pieds parce que c'est l'été, il pleut au moins un jour sur deux depuis un mois. Muni de deux glacières vides, Rob se rend chez un poissonnier spécialisé en crustacés et les rapporte pleines à ras bord et grouillantes de bestioles grisâtres. Avec Nerissa, il prépare les ingrédients du court-bouillon qu'il jette dans la marmite, si grande qu'elle pourrait contenir un nourrisson, et allume le feu dessous. Charine et C. J., son copain, blottis sur le canapé, veulent absolument qu'on regarde avec eux *Dragon*, le film consacré à la vie de Bruce Lee. Les gens débarquent peu à peu, un à un, deux par deux ou par voitures entières. Rob et Demond sont arrivés eux aussi. Demond s'assoit à la table où une partie de dominos est en cours. Une glacière remplie de bières fait son apparition, suivie de quelques bouteilles de whisky et de boissons maltées aux fruits pour les filles. On dispose du papier journal sur la table de la cuisine, à l'intérieur, et on y renverse les écrevisses cuites, rouge vif. Tout le monde attaque, décortique, suce, mange. Mes lèvres commencent à brûler et je m'aperçois que tous ceux qui mangent des écrevisses reniflent, les yeux humides et la bouche rouge et gonflée comme du groin de porc en gelée[1]. Demond est assis à table auprès de moi et de mes deux sœurs, nous sert à boire, me pose des questions.

— Et qu'est-ce que tu fais là-haut ?

— J'essaie de devenir écrivain.

— Sur quoi tu veux écrire ?

— Je veux écrire des livres sur nous. Sur le quartier.

— Elle parle de la vraie vie, lance Charine.

— Comment ça ? demande Demond.

— Dans son livre, ils dealent, répond Charine.

— Sans déc ? fait Demond en buvant une gorgée de bière.

— Ouais, c'est vrai, je réponds en descendant un tiers de la mienne.

— Je t'ai dit, elle écrit des purs trucs, reprend Charine.

— Tu devrais parler de ma vie, dit Demond.

— Ah ouais ?

Je ris de nouveau. C'est quelque chose qu'on me dit souvent. La plupart des hommes que je connais pensent que leur vie, qu'ils soient dealers ou rangés des voitures, vaut la peine d'être couchée par écrit. À l'époque, je me contente de rire. Aujourd'hui, en écrivant ce livre, je vois bien qu'il y avait quelque chose de vrai dans cette assertion.

— Ça ferait un tabac, déclare Demond.

— J'écris pas sur des choses qui ont vraiment eu lieu.

1. Spécialité cajun.

C'est ma réponse toute faite dans ce genre de cas mais, en la prononçant, j'entends que ça ne sonne pas tout à fait juste. Les garçons de mon premier roman, que je suis en train d'écrire à l'époque, ne sont pas aussi bruts de décoffrage qu'ils pourraient l'être, ils ne sont pas *vrais*. J'ai conscience qu'ils ne fonctionnent pas complètement en tant que personnages parce que je ne les pousse pas à vivre des choses que les hommes qui m'entourent dans la vraie vie, Demond compris, connaissent par cœur. Je les aime trop : en tant qu'auteur, je me prends pour un dieu bienveillant. Je les protège de la mort, des drogues, des peines de prison inutilement longues pour des erreurs de jeunesse aussi stupides que voler un quad, par exemple. Tous les jeunes hommes noirs de ma communauté ont subi ces choses-là dans la vraie vie, et pourtant, dans les vies que j'imagine pour eux, j'évite la vérité. Je ne sais pas comment aimer moins mes personnages. Comment regarder en face la réalité de ce qui arrive aux jeunes Noirs du Sud et comment la retranscrire honnêtement dans mes écrits. Comment être un dieu style Ancien Testament. Pour éviter de me poser trop de questions, je bois.

— J'y penserai, dis-je en souriant.

Demond sourit aussi. La veine qui traverse son haut front palpite et la peau autour de ses yeux se plisse en petites pattes-d'oie.

À minuit, Rob met la dernière fournée des trente-cinq kilos d'écrevisses à cuire, puis il éteint le gaz, rentre dans l'appart, les oublie et va se coucher. Tout le monde s'écroule un peu partout – canapés, sol, lits – bourré, les lèvres en feu. À deux heures du matin je me réveille, encore saoule ; j'ai faim. Je sors en titubant dans la cour et trouve la marmite froide, les écrevisses gonflées d'eau, molles, immangeables, et la pluie qui tombe à grosses gouttes tièdes. Les dominos, la table, les chaises : tout est trempé. Je traverse la pelouse à la recherche d'écrevisses abandonnées dans une assiette ou un plat ; la pelouse cède sous mon pied, s'enfonce. Chaque pas est un apprentissage de la perte. Je lève les yeux sur le ciel pluvieux puis abandonne, rentre à pas de loup en me disant que quelqu'un nettoiera tout ça demain matin et m'endors dans le lit superposé qui est celui de mon neveu quand il vient rendre visite à sa mère.

Illusions, c'est le nom d'une boîte qui a connu beaucoup d'avatars avant de devenir ce qu'elle sera pour nous cet été-là et le suivant. Elle a été un bar country, une discothèque pour ados, un club de popping et enfin une boîte pour jeunes Noirs que l'ouragan Katrina balaiera en même temps que l'ensemble de la côte quelques années plus tard. Le rez-de-chaussée consiste en un bar et une petite piste de danse encombrée. Au premier étage, on trouve des tables de billard, un autre bar, et un recoin dédié à un photographe qui un jour a pris une photo de mes cousins et moi devant un fond représentant une ville avec des gratte-ciel – une image qui n'a rien à voir avec nos agglomérations étendues et basses de la côte. « Un don du ciel », disait le cadre qui entourait le Polaroid. Quand la boîte est pleine, les murs transpirent et les verres se couvrent de buée.

Ce soir-là, c'est moi qui conduis la voiture pour aller à l'Illusions, avec Nerissa sur le siège passager et Tasha, la dernière copine de mon frère, qui rigole à l'arrière. Nous sommes sapées et parfumées, excitées d'être enfin sorties de l'appart de Nerissa, de la maison de Demond où nous passons beaucoup de temps cet été-là, d'être dehors, quoi. Je suis habillée tout en noir. Rob et Demond nous suivent dans la voiture de Demond, une Toyota Soarer ancien modèle, profilée et près du sol. Brandon, mon ex, nous y retrouve. Charine et C. J. ont décidé de rester chez Nerissa pour regarder *Forrest Gump* en fumant des joints. Au premier étage, Rob nous gratifie de son sourire éblouissant, lueur dans son visage sombre, et nous offre un verre. Il nous commande des Walk Me Down[1], bleu fluo et sucrés, contenant à peu près tous les alcools disponibles derrière le comptoir. Impossible de distinguer leur goût. J'avale mon verre, presque pressée de ressentir les effets de l'alcool. Debout près du bar, avec Brandon et Rob qui a un cigare aux lèvres, nous observons la scène : tels des canards aux plumes lisses, les femmes se fraient un chemin à travers la foule, vêtues de doré et de jeans couleur pastel, les cheveux raidis par le gel, tandis que les gars, réunis par quartiers, un verre à la main, les abordent en leur pinçant la hanche, en leur attrapant le poignet, en leur souriant, *salut*. Je scrute tous ces gens, je me demande quelle est leur histoire, et l'espace d'un court instant de lucidité je sais que leur histoire est la nôtre, et la nôtre la leur.

— Vous en voulez un autre ? propose Demond.

La commissure de ses lèvres esquisse presque un sourire. « Ouais », lâche Nerissa. J'acquiesce de la tête, Tasha aussi. Il nous fait glisser les trois verres le long du comptoir. En plastique transparent, frais

1. « Descends-moi », un cocktail à base de vodka, de rhum, de gin, de tequila, de Cointreau et de curaçao bleu.

au toucher, ils se couvrent immédiatement de buée. Je bois. En déglutissant, je souris à Demond en guise de remerciement muet. Il rit et me dit qu'il aime bien ma tenue. Ses dreads volent. Il est beau, charmant, le teint clair. Les femmes s'approchent et restent un moment dans son champ de vision, dans l'espoir qu'il leur parle, qu'il les complimente, qu'il leur dise bonjour. Il n'a pas besoin de draguer. Les gens sont attirés par lui et son charisme lui permet de les retenir encore davantage si l'envie lui prend de faire la conversation. Quand ce n'est pas le cas, les traits de son visage sont plus sévères, fermés, ses yeux comme des judas vus de l'autre côté de la porte, impénétrables. Il peut avoir un sale caractère. Mais ce soir-là, il n'est que gentillesse.

J'engloutis mon verre : j'ai soif, et le cocktail est frais, citronné. Je danse devant le comptoir. Nerissa pose son poignet sur mon épaule et danse avec moi. Tasha, qui danse mieux que nous deux réunies, rit et continue à boire. C'est là que tout se trouble : le visage de Demond devient flou et je dis à ma sœur que je ne me sens pas très bien. Nous allons aux toilettes ensemble. Elle entre dans le seul cabinet libre et se met à vomir. Je titube, la gorge en feu. Quelque chose me tord les boyaux. Je me sens super mal.

« Et merde ! » je dis en me penchant au-dessus de la grande poubelle pleine jusqu'à la gueule. Je vomis. Tout est chaud, poisseux ; je ressens les vibrations des basses du rez-de-chaussée à travers le carrelage crasseux du mur des toilettes. De jolies filles entrent et sortent sans me prêter attention, en s'essuyant le front avec des serviettes en papier. Une fille en violet et doré entre en titubant sur ses talons aiguilles de quinze centimètres de haut et m'encourage : « Vas-y, ma puce, lâche-toi. » C'est réconfortant, alors j'y vais. Le vomi gicle sur des gobelets en plastique. Nerissa ressort des toilettes et, d'un coup, j'ai fini. Tout tourne. Je l'attrape par les épaules, la suis hors des toilettes, et tombe dans les pommes.

Quand je reviens à moi, je suis affalée à l'arrière de ma voiture, sur le siège du milieu. À ma droite se trouve Nerissa, appuyée sur mon épaule. De l'autre côté, Tasha me tourne le dos, la tête posée sur le rebord du dossier. On entend les voix de Brandon, Rob et Demond. J'ouvre les yeux suffisamment longtemps pour voir qu'ils se tiennent debout près des portières ouvertes de la voiture et qu'ils nous regardent en rigolant. La brise du golfe pénètre dans la voiture, chaude, salée. Je ne peux pas bouger.

— Pour les descendre, ça les a bien descendues, note Brandon.

— Regarde-moi ça, ajoute Rob.

Malades, toutes les trois.

« C'est pas marrant ! » crie Tasha, et dans mon état d'hébétude alcoolisée j'ai envie de rire. Ils sont comme ça : malgré tout, ils nous font rire chaque fois qu'on est ensemble. Mais je ne parviens pas à ouvrir la bouche. J'entends juste Demond qui rit à ma place et le vent qui emporte son rire, net, précis, de l'autre côté du parking où il s'effiloche comme une brise décousue. Je me recroqueville sur moi-même. Tout ce que je souhaite à ce moment-là, c'est que tout s'éteigne, que le monde disparaisse. Je voudrais retomber dans les pommes. Et c'est ce qui m'arrive.

Lorsque nous retournons à l'Illusions, c'est plus d'une année plus tard, pour le réveillon du

Nouvel An 2004, et nous sommes plus nombreux. C'est là que nous prenons la photo du « don de Dieu ». Mes cheveux détachés forment une grosse masse bouclée, je porte un haut rouge asymétrique et des bottes rouges avec des clous argentés et des talons aiguilles effilés comme des lames. Sur la photo, tout le monde a l'air bourré et sourit à pleines dents. On sait bien que ce genre de photo est ringard mais on est une bande, un quartier, une famille, alors on a la banane. Genoux fléchis, déhanchements, bras passés autour de la taille. Bourrée et sentimentale, je les aime tous d'être encore en vie.

Je ne conduis jamais quand j'ai trop bu. Un de mes cousins ou de mes amis, moins saoul que les autres, une de mes sœurs peut-être, nous ramène à DeLisle ce soir-là, et nous nous retrouvons dans le jardin de Demond à quatre heures du matin. Le ciel est d'un noir d'encre, saupoudré d'un sel d'étoiles. Nous sommes tous bourrés, tous défoncés, et fumons tous des cigares Black & Mild, perchés sur les capots des voitures. La sono des voitures balance de la musique tandis que nous poursuivons une conversation, le corps moite après la soirée passée en boîte, ivres et sérieux à la fois. Demond se fraie un chemin entre les voitures en rigolant, une grande canette de bière à la main.

— T'es partie pour toute la nuit, hein ? me demande-t-il.

Je suis appuyée contre le capot à côté de mon cousin Blake qui me fait tirer sur son cigare. Je n'en ai encore jamais fumé. C'est tellement fort que ça me fait tourner la tête, j'aime bien cette sensation, mais pas suffisamment pour recommencer, du moins c'est ce que je pense à ce moment-là. La gorge me brûle.

La nuit vrombit d'insectes qui émettent des crissements graves, saccadés. Je souris à Demond, je leur souris à tous. Nulle part ailleurs je ne pourrais être aussi heureuse que dans ce jardin à cet instant précis, contre cette voiture, avec les lumières des habitacles qui s'allument par intermittence et l'unique réverbère du coin de la rue si faible qu'il nous oblige à écarquiller les yeux dans l'obscurité.

Demond passe la tête par la portière de la voiture où sont assis deux de mes cousins et ordonne :

— Baisse un peu la musique, mec.

Il n'attend pas la réponse et repart, ses dreads se balancent en cadence. La fête lui plaît mais il ne veut pas que les flics du comté débarquent à l'improviste, ni que les voisins les appellent. Il a des responsabilités familiales, et cela fait deux ans qu'il essaie d'esquiver le genre d'embrouilles typiques des quartiers gangrenés par la drogue, où la moitié des gens qu'on connaît deale et l'autre moitié consomme. Demond a assisté à un meurtre et a accepté de témoigner contre le tueur présumé. La fusillade a eu lieu à DeLisle pendant un jour férié. Il a aussi accepté de se porter témoin contre un dealer qui n'était pas de DeLisle mais qui opérait dans le quartier. Sa conscience l'a poussé à accepter dans le premier cas et il a été contrôlé par les flics dans une voiture où se trouvait ledit dealer, donc, pour le second cas, il n'a pas eu tellement le choix. Ce sont des choses qui pèsent sur ses épaules et lui donnent le sentiment qu'il n'a pas droit à l'erreur.

Mes cousins lèvent les yeux au ciel – « Tu crains, mec ! » – et ne touchent pas au volume de l'autoradio. Le soleil se lève, inonde le jardin d'un gris laiteux puis le couvre de blanc, et, un à un, nous partons pour regagner nos foyers, ouvrir sans bruit la porte d'entrée, nous immiscer dans nos chambres et sombrer dans un sommeil de plomb tandis que le soleil continue sa course dans le ciel et que le reste de la communauté se réveille pour accueillir le jour nouveau. Tout ce que nous vivons la nuit, au cours de ces heures glauques, pendant que les autres dorment ou travaillent, a le goût d'un fruit dérobé. Nous nous glissons dans les interstices du temps comme les cafards à l'intérieur des murs, dans les espaces et les heures négligés, bêtement contents d'être encore en vie alors même que nous faisons tout pour mourir.

Le 26 février 2004, Demond travaillait de nuit. Avant de partir pour l'usine, il téléphona à Rob pour lui demander de l'accompagner à son retour au centre commercial de Gulfport acheter des couches pour sa fille dans une pharmacie de garde.

N'importe quel autre soir, Demond se serait rendu chez la mère de Rob en voiture, aurait conduit jusqu'à l'allée qui descend en pente douce depuis St. Stephen's Road et se serait garé près de la porte d'entrée. Rob serait sorti d'un pas rapide, se serait glissé à l'avant, sur le siège passager de la trois portes bordeaux, aurait engagé la conversation avec Demond, et ils auraient remonté Lobouy Road, bordée de bois de pins et frémissante de vie animale sous le ciel nocturne, jusqu'à l'autoroute. À cette heure-ci, Gulfport aurait été sinistre : une enfilade de boutiques franchisées, de fast-foods, d'hôtels, de néons, de parkings jaunes et noirs couverts de taches d'huile et, derrière, des pins et des lotissements de petits pavillons. La voiture de Demond aurait été l'un des rares véhicules visibles à cette heure-là, au feu rouge ou à la pompe à essence, ou garés près du centre commercial Walmart. Rob et Demond auraient fait tomber les cendres de leurs cigares par la fenêtre de la voiture et elles seraient devenues poussière au contact de l'asphalte. Une nuit comme les autres : la compagnie d'un ami aurait aidé Demond à décompresser, à oublier les heures passées debout à accomplir des tâches répétitives. Mais ce ne fut pas une nuit comme les autres car Demond n'arriva jamais jusque chez Rob.

Plus tard, à l'usine où travaillait Demond, on raconta qu'on avait vu un camion posté près de la porte d'entrée, quelqu'un qui observait les allées et venues des voitures lorsque Demond était arrivé. Au lieu de se rendre chez Rob en sortant du travail, Demond rentra chez lui. Rob, qui l'attendait, s'endormit devant la télé qui l'absorba dans sa lumière bleutée. Baigné de lueurs intermittentes et de crépitements métalliques, il ne se réveilla pas avant le matin. Près de chez Demond non plus, dans les maisons voisines, personne ne se réveilla, ni sa fiancée ni sa fille, quand quelqu'un surgit des buissons devant sa maison et l'abattit d'une balle au moment où il se dirigeait vers la porte d'entrée, fatigué, poisseux, avec le besoin impérieux de prendre une douche, une bière aussi peut-être. Des heures plus tard, l'absence de Demond dans la chambre caverneuse, dans le lit froid, réveilla sa compagne. Elle regarda par la fenêtre, vit sa voiture. Elle sortit sur la véranda dont le plancher craqua légèrement sous ses petits pieds et aperçut quelqu'un qui dormait sur la pelouse. Qui pouvait bien dormir comme ça dans le jardin ? Demond était allongé par terre, ses dreads étalées, le visage immobile, les yeux ouverts, la poitrine rougie ;

exception faite de ces derniers détails, on aurait cru qu'il dormait. Elle tomba sur lui en hurlant.

Charine reçut le coup de fil vers sept heures le lendemain matin. Nous avions mis au point une sorte de téléphone arabe entre nous : la première personne à apprendre la nouvelle en appelait une deuxième qui prévenait une troisième qui avertissait la quatrième, et quelque part dans la chaîne quelqu'un prévenait Rob qui appelait Nerissa qui téléphonait à Charine qui venait me le dire, quelle que soit l'heure. J'étais à la maison pour les vacances de Pâques, plongée dans un sommeil sans rêve, quand Charine entra dans ma chambre, alluma la lumière et déclara sans préambule :

— Mimi, Demond a été tué.

Je l'entends, mets ma main sur mes yeux et inspire un grand coup. L'annonce d'une mort me fait l'effet d'un premier plongeon de printemps dans une rivière encore glacée.

— Putain, c'est quoi ce bordel ? finis-je par dire.

Charine se dandine d'un pied sur l'autre.

— Qu'est-ce qui s'est passé ?

— Je sais pas. C'est peut-être une histoire de dealers. Tu te rappelles qu'il devait témoigner contre un mec de La Nouvelle-Orléans ?

Charine se glisse dans mon lit et se tourne contre le mur. Si elle pleure, c'est sans bruit, je ne sens aucun mouvement dans son dos, dans son ventre. Je l'encercle de mon bras et la serre contre moi comme quand elle était un bébé dodu qui commençait à peine à marcher et que j'étais une gamine de huit ans tout en jambes. Elle s'endort et chaque fois que mon bras se soulève avec sa respiration je suis reconnaissante de la sentir encore en vie, même si, au même moment, j'en suis malade de cette chose, quelle qu'elle soit, qui nous tue les uns après les autres. *C'est de la folie*, je pense. *Ça ne s'arrêtera jamais. Jamais.*

Je me réveille quatre heures plus tard, les yeux rouges et bouffis, les cils collés par les larmes et le sommeil. J'enfile un sweat-shirt et prends la voiture avec Charine pour rejoindre Nerissa qui se trouve déjà chez Demond. Garée dans la rue, j'écoute en boucle la même chanson, avec la nette impression que la vie m'avait promis autre chose quand j'étais plus jeune, que ça ne serait pas si dur peut-être, ou que les miens n'allaient pas tous mourir ainsi les uns après les autres. *Je n'ai que vingt-six ans*, je me dis. *J'en ai marre de ces conneries.*

Dans le salon, la compagne de Demond, déjà veuve à mon âge, est assise, le visage gonflé. Sous sa peau sombre, le rouge affleure. Elle fume cigarette sur cigarette.

— J'ai rien entendu, déclare-t-elle. Rien.

Elle dit ça comme si le fait qu'elle n'ait pas entendu le coup de feu signifie que ça ne peut pas avoir eu lieu. Ce jour-là, nous ne savons pas que la police mènera une enquête de plusieurs mois, en collant des affiches dans les stations-service près de l'autoroute à la recherche de renseignements sur le meurtre de Demond. Nous ne savons pas que le meurtrier restera sans visage, tel le grand loup du marécage qui ne laisse pas de traces, que l'enquête ne portera pas de fruits.

Le lendemain de la mort de Demond, je suis assise sur les marches en béton du perron de sa maison. À la tombée du jour, la confrérie de chauves-souris qui habite dans son grenier sort brutalement par les bouches d'aération du toit et se répand dans la nuit en une masse noire et piaillante. Sur la pelouse, là même où nous nous étions garés pour faire la fête, il n'y a plus qu'un ruban de scotch jaune que la police a collé de pin en pin, encerclant le mimosa. Nerissa fume et recrache des nuages dans l'air froid, la peau au coin de ses lèvres est sèche et je me demande qui a bien pu sortir de l'obscurité pour tuer Demond. Même si je sais que la silhouette qui l'attendait, tapie dans les buissons frémissants, était humaine, j'ai envie de me tourner vers ma sœur et de lui poser la question : *Tu crois que c'est quoi ?*

BLESSURES
1984-1987

Toute la famille quitta la petite maison dans le grand pré pour s'installer dans un mobile home blanc et jaune situé à DeLisle, sur une route de terre en cul-de-sac. Le mobile home était entouré principalement de bois, mais il y avait un petit groupe de maisons près de l'entrée de l'impasse, et, dans chacune de ces maisons, des garçons avec qui j'allais devenir amie pour le restant de mes jours. J'avais sept ans. Joshua, les garçons et moi passions nos journées suspendus au punching-ball que mon père avait accroché dans le noyer devant la maison, ou à nous battre dans la boue, à faire la course sur la route, à voler des poires pas mûres chez ma tante qui habitait un peu plus loin et à nous en goinfrer au point de nous rendre malades. Je pensais que mes parents étaient plutôt heureux à l'époque mais je sais maintenant que c'était mon propre bonheur qui m'aveuglait.

Un jour, mon père rentra à la maison avec une moto. C'était une Kawasaki, une Ninja neuve, rouge et noir, brillante.

— N'y touchez pas, dit mon père. Interdit de jouer avec.

— Elle est à toi ? lui demandai-je.

— Ouais, fit mon père.

Puis il s'accroupit près de moi et me désigna les parties argentées du moteur, près des barres en métal sur lesquelles il posait les pieds.

— Tu vois ces trucs-là ?

J'acquiesçai.

— Ça chauffe tellement fort que ça peut te brûler. C'est pour ça qu'il faut pas monter dessus.

— Oui, papa.

Nos parents nous avaient appris à leur répondre ainsi, avec une déférence polie, quand ils nous donnaient des ordres.

Ma mère n'avait rien dit. Elle repoussa sur son nez ses lunettes, larges et épaisses, à la mode de l'époque, qui écrasaient son joli petit visage. Renifla, un rictus aux lèvres. Puis elle se détourna et rentra dans la maison en claquant la porte. Après avoir tourné un moment autour de la moto, observé comment notre père la frottait avec un chiffon pour en faire briller le métal, et écouté les petits cliquetis du moteur qui refroidissait, tout le monde revint à l'intérieur. Ma mère était en train de préparer à manger. Elle restait mutique, son dos était comme une porte fermée. J'étais une enfant ; beaucoup de choses m'échappaient. Je ne savais pas que mon père s'était servi dans l'argent mis de côté à la demande de ma mère pour acquérir un terrain, et qu'il avait acheté sa moto avec. Je ne savais pas que son propre père, mon grand-père Big Jerry, lequel était un sacré coureur en son temps mais qui aurait tout donné pour ses enfants, lui avait dit : « C'est pas sur une moto que tu vas trimballer une femme et trois enfants. »

— Allez prendre votre bain, ordonna ma mère.

Et c'est ce qu'on fit.

Un an plus tard, les voisins à qui nous louions le mobile home décidèrent de le récupérer pour un membre de leur famille. La famille traversa DeLisle pour s'installer chez ma grand-mère Dorothy. J'avais huit ans. C'était la maison où ma mère avait grandi et où une partie de ses frères et sœurs étaient nés. De forme allongée, recouverte de bardeaux de bois, elle reposait sur deux parpaings devant et trois derrière car elle était située sur une colline. À l'origine, elle comportait un salon de bonne taille, une cuisine étroite, une petite salle à manger, une salle de bains et deux chambres. Quand mon grand-père quitta ma grand-mère pour une autre femme, elle dut élever seule leurs sept enfants. Elle fit agrandir la maison, ajouta deux grandes chambres et une salle de bains. Avec ce que mon grand-père lui avait laissé, elle fit davantage et elle survécut.

C'est une rengaine bien connue dans ma communauté et plus encore dans ma famille. J'ai toujours pensé que celle-ci avait quelque chose d'un matriarcat, vu que les femmes du côté de ma mère ont maintenu la cohésion de la famille contre vents et marées. Mais notre histoire n'a rien d'unique. Et il n'en a pas toujours été ainsi. Il y eut une époque où l'Église catholique jouait un rôle important chez nous et où le divorce était inconnu ; les hommes n'abandonnaient pas leurs femmes ni les enfants qu'ils avaient eus avec elles. Mais, à la génération de ma grand-mère, tout commença à changer. Dans les années 1960, hommes et femmes se mirent à divorcer et les femmes, qui avaient toujours cru qu'elles auraient des partenaires pour les aider à élever leurs enfants, se retrouvèrent seules. Alors, elles travaillèrent comme des hommes pour subvenir du mieux qu'elles purent aux besoins de leurs enfants tandis que leurs ex-maris entretenaient des relations avec d'autres femmes qu'ils épousaient puis finissaient par abandonner elles aussi, à la recherche peut-être d'un sentiment de liberté ou de pouvoir que leur statut de Noir dans un État du Sud leur interdisait. Si on ne les appelait pas « monsieur » en public, du moins pouvaient-ils être respectés, craints et désirés par les femmes et les enfants qui les aimaient. Dévalorisés de toutes parts sauf dans leur foyer, c'est là qu'ils renversaient la vapeur en dévalorisant ceux qui se trouvaient sous leur coupe. Le résultat de tout cela, bien sûr, c'est que les femmes qui subissaient un tel traitement devaient faire preuve d'une force mentale surhumaine pour maintenir à elles seules un semblant d'équilibre dans leur foyer. C'est ce que fit ma grand-mère.

Tous les frères et sœurs de ma mère et leurs enfants vivaient déjà là. Avec nous, cela faisait quatorze en tout : mes quatre oncles qui n'étaient pas encore mariés, mes deux tantes dont chacune avait un enfant à l'époque, ma grand-mère, mon père, ma mère, Nerissa, Joshua et moi. Mes oncles dormaient deux par deux dans les petites chambres, et ma grand-mère se réservait la chambre du fond, plus spacieuse et dotée d'une salle de bains. Mes tantes dormaient dans l'autre grande chambre, celle qui avait été ajoutée plus récemment à l'arrière de la maison ; la pièce était si vaste qu'elle contenait deux lits doubles, et chaque tante en partageait un avec son enfant. Mon frère et moi dormions dans des lits superposés calés dans un coin de cette même pièce, moi en haut et mon frère en bas. Mon père et ma mère clouèrent un rideau sur la porte de la salle à manger et, après avoir retiré la table qu'ils entreposèrent dans un garde-meuble, ils y installèrent leur propre lit double qu'ils partagèrent avec Nerissa puis, après sa naissance en 1985, Charine. Au cours des deux années qui suivirent, la plupart des gens que j'aimais se trouvaient réunis sous le même toit, ce qui était une joie pour nous autres gamins et une pression terrible pour les adultes, victimes de la politique reaganienne qui avait supprimé les quelques appuis financiers dont disposaient jusque-là les pauvres et plongé la fragile économie du Sud dans la dépression.

À l'époque de notre emménagement dans cette maison en bois, toute de guingois, pleine de coins et de recoins, j'étais déjà tombée amoureuse de la lecture. Je crois que mon amour des livres venait du besoin d'échapper au monde dans lequel j'étais née, de me glisser dans un autre où les mots étaient simples et honnêtes, où la frontière entre le bien et le mal était clairement marquée, où les filles étaient assez fortes, futées ou folles pour combattre des dragons, s'enfuir de chez elles, s'installer dans un musée, devenir espionnes, se faire de nouveaux amis ou créer des jardins secrets. Peut-être cet environnement était-il plus hospitalier que celui dans lequel je vivais, où mes parents se disputaient violemment à voix basse dans leur salon transformé en chambre à coucher et où mon père disparaissait après ces disputes pendant des semaines entières et s'installait chez sa mère, à Pass Christian, avant de revenir vers nous. Peut-être était-il plus simple pour moi de plonger dans ces univers que de comprendre un monde qui ne m'expliquait rien, surtout pas le chemin à suivre. Ma grand-mère travaillait dix heures d'affilée à l'usine. Ma mère avait un boulot de femme de chambre dans un hôtel. Mon père travaillait encore à l'usine de bouteilles en verre et même quand il était avec nous il disparaissait souvent sur sa moto. Mon plus jeune oncle allait encore au lycée mais les autres travaillaient, tout comme mes tantes. Souvent nous nous retrouvions seuls, Joshua et moi, avec Aldon, qui partageait un lit avec sa mère dans la chambre où nous dormions, et un oncle en congé ce jour-là qui regardait un film sur PBS, l'une des deux chaînes dont nous disposions. Parfois, il y avait aussi mes tantes qui suaient sang et eau dans la cuisine, pour préparer des haricots rouges dans une marmite qui m'arrivait au torse, et des petits pains. « Allez jouer dehors », nous disait-on souvent. Alors je posais mes livres un moment et je sortais jouer avec Joshua et Aldon.

Je voulais être une héroïne, moi aussi. Derrière la rangée de maisons qui bordait la route 357, s'étendait une forêt. Un jour, j'avais suivi mon grand cousin Eddie à travers les bois jusqu'à une clôture en fil barbelé le long de laquelle des panneaux fixés à intervalles réguliers indiquaient : « Forêt de DeLisle, propriété de DuPont, interdiction d'entrer ». La propriété remontait depuis la baie jusqu'à notre maison et redescendait ensuite jusqu'à mon école élémentaire. Dans les années 1970, DuPont avait promis de nombreux emplois à la communauté si l'État lui louait suffisamment de terres pour construire une usine et constituer une ceinture boisée tout autour. Mon cousin Eddie, qui devait avoir douze ans à l'époque, sautait la barrière, fusil à la main, et disparaissait dans l'obscurité. Il partait à la chasse au lapin, à l'écureuil, à n'importe quel gibier sauvage qui pourrait mettre un peu de viande dans nos assiettes. D'un côté, j'avais envie de l'imiter, et, de l'autre, cela me faisait peur. Ces bois étaient à la fois merveilleux et menaçants. Et l'accès en était interdit.

Quand je jouais avec Joshua et Aldon, j'étais tentée de leur proposer de partir en exploration dans les bois comme le font les personnages du *Secret de Térabithia*, mais je ne m'y risquais pas. Au lieu de cela, nous jouions autour de la cabane en bois derrière la maison, sautions à pieds joints par-dessus la fosse septique, dérapions sur la pente glissante de l'ancien puits artésien, désormais réduit à un goutte-à-goutte, qui transformait le jardin en marécage. Notre seule exploration autorisée nous menait derrière la maison de ma grand-tante. Elle vivait à côté de chez nous. Là, il y avait un petit bois de pins. À l'ombre de ces arbres, le sol était couvert de fétus de paille, de souches poisseuses et de troncs abattus par les ouragans dont l'écorce marron se décollait par plaques.

— On va s'installer un endroit rien qu'à nous, déclarai-je un jour. Il faudra lui trouver un nom.

— Comment on va l'appeler ? demanda Aldon.

Ils avaient cinq ans tous les deux, trois ans de moins que moi. Leurs têtes semblaient trop grosses pour leurs épaules, leurs cheveux étaient un fin duvet et ils avaient de grands yeux. La peau de Joshua était claire et celle d'Aldon plus sombre, mais les deux portaient des tee-shirts similaires en résille et tissu brillant qui ressemblaient à des polos de footballeurs, et des shorts kaki munis de méchantes fermetures à glissière en métal qui me faisaient mal aux doigts chaque fois que je les aidais à s'habiller. Ils avaient besoin de moi. Quand l'un allait quelque part, l'autre le suivait, mais cette fois ils m'avaient suivie tous les deux. On comptait trouver un endroit rien que pour nous, ce serait notre petit monde à nous.

— On l'appellera le Pays des enfants. Ça sera notre pays. Notre royaume.

— Ouais, c'est bien, dit Aldon.

— Ça me plaît, déclara Joshua.

Je les entraînai dans les bois. Les arbres tombés devinrent des chevaux et des châteaux. Les branches, des épées et des ennemis. Bataille. Fuite. Joshua percuta un arbre et se fit une éraflure violette. Je m'en occupai, l'essuyai avec ma chemise, soufflai dessus.

— Ça fait mal, dit-il.

— Ça va passer.

Joshua me faisait confiance. Ses yeux, qui s'étaient embués de larmes, s'asséchèrent. Il haussa les épaules, sautilla un peu sur sa jambe valide, prêt à repartir à l'attaque. J'étais fière de lui.

Le nom ne me satisfaisait pas. *C'est tellement banal*, pensai-je, *pas magique comme Térabithia.* Mais j'étais contente de notre royaume, et d'Aldon et de Josh. *Deux bons guerriers.* J'avais l'impression d'avoir fait le premier pas sur le chemin de l'aventure, franchi la première étape pour devenir l'une des filles qui peuplaient les livres que je lisais.

Dans la vraie vie, j'observais mon père et ma mère et comprenais vaguement qu'il était plus difficile d'être une fille, que les garçons se la coulaient plus douce. Chez nous, les garçons s'achetaient des motos grâce auxquelles ils allaient et venaient à leur guise, et ils avaient la classe quand ils se postaient, torse nu, au coin de la rue pour rire et discuter en faisant tourner une bière, cigarette au bec. Pendant ce temps, les femmes que je connaissais travaillaient même quand elles n'étaient pas au boulot : elles préparaient à manger, faisaient des lessives énormes qu'elles étendaient ensuite sur la corde du jardin, et nettoyaient la maison. Elles n'avaient jamais le temps de se détendre, de profiter de la vie. À l'époque déjà, je percevais vaguement la différence de genre entre mon frère et moi, je savais que le monde attendrait de nous et nous autoriserait des choses bien différentes. Mais pour moi, la réalité de ces différences se réduisait à un symbole tangible : les cigarettes.

Mes oncles fumaient des Kool – j'étais capable de lire le nom inscrit sur leurs paquets. À mes yeux, la cigarette incarnait précisément ce côté cool et décontracté qui était l'apanage exclusif des hommes. Quand, avec Joshua, Aldon et mon cousin Rhett, nous avions récolté suffisamment de petite monnaie auprès des adultes, nous enfourchions nos bicyclettes et dévalions la route jusqu'à une petite boutique installée dans un abri de jardin, à un ou deux kilomètres de là. Les patrons étaient blancs. J'avais souvent l'impression qu'ils nous surveillaient pendant que nous choisissions avec soin notre paquet de chewing-gums, nos chips, notre unique canette, nos bonbons. Avec deux dollars, nous pouvions nous offrir tout cela mais si nous avions moins (un dollar, par exemple), les options étaient plus limitées. Joshua et Aldon ne prenaient que des bonbons, Rhett des chips et une canette, et moi des bonbons et des chewing-gums. Ce que je préférais, c'étaient les cigarettes en chocolat. Je les fumais à vélo sur le chemin du retour ; certains modèles étaient légèrement poudrés au bout et quand je portais le filtre en sucre à ma bouche je pouvais souffler dessus et un peu de fumée s'envolait comme de l'écume.

Un jour, un de mes oncles alluma une cigarette, tira rapidement dessus, la jeta par terre alors qu'il en restait un quart et s'éloigna dans la rue. La véranda était vide, pas un bruit n'émanait de la maison et nous étions seuls dans la cour de terre battue.

Je plongeai sous la voiture et récupérai la cigarette là où mon oncle l'avait jetée. Elle était encore allumée. Je la pris par le filtre, extrémité pointée vers le sol, et me dirigeai vers Josh et Aldon.

— Venez.

Ils se levèrent et me suivirent jusque derrière la maison. Je m'arrêtai entre le mur arrière et la bande de béton de la fosse septique.

— On va fumer cette cigarette, déclarai-je.

Je voulais m'approprier un peu de l'autonomie de mon oncle, de sa liberté.

Ils approuvèrent docilement, comme seuls peuvent le faire des enfants de cinq ans. J'essayai de tirer sur la cigarette mais rien ne vint. Avant que j'aie le temps de la passer à Aldon, sa mère nous entendit depuis la fenêtre de la salle de bains sous laquelle je nous avais postés et se mit à crier :

— Mimi, Aldon, Josh ! Venez ici tout de suite !

On abandonna là la cigarette. Mes deux tantes étaient assises à la table de la cuisine.

— Qu'est-ce que vous fabriquiez ?

Silence.

— Vous étiez en train de fumer ?

— Non, fis-je, prise d'une panique subite, la poitrine en feu.

— Ne mens pas, intervint mon autre tante. Vous étiez pas en train de fumer une cigarette, peut-être ?

— Si, avouai-je d'un ton pitoyable.

— J'ai tout entendu depuis la salle de bains, reprit la mère d'Aldon. Pourquoi vous avez fait ça ?

— Je sais pas. Je l'ai vue par terre et je l'ai ramassée.

— Eh ben ne recommencez pas, dit-elle. Vous avez pas besoin de ça.

— Si vous nous promettez de jamais recommencer, on dira rien à vos mères.

Nous étions tous d'accord. Elles nous renvoyèrent jouer dehors. J'étais soulagée, sachant que nous avions échappé à une punition terrible. Mais, le soir même, à notre mère qui le séchait après lui avoir donné un bain, Joshua déclara : « Mimi et Aldon ont fumé une cigarette. » Ma mère me fit venir dans la salle de bains et m'interrogea. Je lui racontai ce que nos tantes avaient dit. Elle était en colère d'apprendre qu'elles ne l'avaient pas informée de notre incartade. J'aurais préféré que mon père soit là, mais il était sorti. Mes tantes racontèrent la vérité à ma mère. Elle nous donna une fessée à Joshua et à moi et nous ordonna de rester un week-end entier dans nos lits superposés, dans notre chambre sombre qui ressemblait à une grotte en ce beau milieu d'été. Nous ne pouvions sortir que pour manger et aller aux toilettes. Le temps passa à dormir et à nous raconter des histoires en chuchotant ; je lus, parfois à voix haute pour Joshua. Pendant ce temps, Aldon jouait dehors et nous l'entendions rire : notre tante était plus indulgente avec lui. Nous voyions son ombre se dessiner sur les rideaux, entre les pins et le noyer. Je l'avais mauvaise ; même quand ils étaient punis, certains garçons se la coulaient plus douce.

Le samedi matin, la plupart du temps, nous n'avions pas à nous préoccuper des adultes. La maison nous appartenait car nous nous levions dès six heures pour nous glisser dans le salon, allumer la télé et regarder les dessins animés. Nous restions des heures à plat ventre sur le sol récemment recouvert d'une moquette bleu foncé, à regarder les Schtroumpfs, les Snorky, Tom et

Jerry, les Ewoks et les personnages des Looney Tunes. Notre émission préférée, c'était « Popeye ». Elle était tournée dans un studio de La Nouvelle-Orléans rempli de gradins sur lesquels s'asseyaient des gamins blancs invités par la chaîne de fast-foods Popeye. Ils tenaient tous un carton gras de poulet frit et un petit pain en équilibre sur leurs genoux, pendant que l'animateur présentait les dessins animés les uns après les autres. J'avais tellement faim à les regarder que mon ventre me brûlait, avec des pointes de douleur aiguë.

— Je vais préparer quelque chose à manger, disais-je alors.

Comme tous les samedis, j'escaladais le plan de travail pour ouvrir les placards et en sortir les cornflakes et le lait en poudre fournis par le WIC, le programme d'aide alimentaire destiné aux femmes et aux enfants en bas âge. Je mélangeais le lait en poudre avec de l'eau selon les instructions du paquet et préparais à chacun un bol de céréales que nous mangions debout, à la porte du salon, pour continuer à regarder en même temps les dessins animés. Manger et renverser de la nourriture dans le salon pouvait nous valoir une fessée. Les céréales – en fait, c'était le lait – avaient un goût bizarre. Rien à voir avec le lait qu'on achetait avant de nous installer chez ma grand-mère, à l'époque où mon père avait un vrai travail et les moyens de nous offrir du vrai lait de chez l'épicier, frais et liquide, dans une bouteille en plastique. Mon père avait perdu son emploi à l'usine pour une erreur d'étiquetage de boîte, et enchaînait les petits boulots. Certains samedis, j'ajoutais du sucre au lait en poudre dans l'espoir de retrouver le goût du lait véritable. Ce n'était pas le cas, mais au moins nos céréales étaient sucrées. Après avoir mangé nos cornflakes arrosés de cette mixture aqueuse et grumeleuse, Joshua, Aldon, Nerissa et moi avions encore faim. Tous les samedis nous regardions les petits blondinets qui participaient à « Popeye », dodus, roses, pétants de santé. Avant chaque dessin animé, ils plaçaient tous leurs mains comme des jumelles devant leurs yeux et hurlaient : « Moteur ! » La graisse de leurs cartons à poulet faisait des taches sur leurs genoux. Nous finissions tout ce qu'il y avait dans nos bols, raclions le fond avec nos cuillères, buvions le lait qui restait jusqu'à la dernière goutte. La mixture se déposait telle de la vase dans mon estomac rancunier et je les haïssais.

Entre deux boulots, mon père passait du temps avec nous. *Le Dernier Dragon* était son film préféré et nous le regardions si souvent que nous avions fini par en connaître les dialogues par cœur. Nous rejouions les scènes dans le salon transformé en chambre à coucher : il faisait le Shogun de Harlem, Josh était Leroy et moi Laura Charles. Quand mon père était à la maison, c'était comme si ma mère n'y était pas : on ne les voyait jamais ensemble dans la même pièce. Je sentais bien que quelque chose n'allait pas, mais je n'aurais pas su dire quoi. Parfois, mon père nous emmenait, mon frère ou moi, sur sa moto, accrochés à lui comme de petits singes, et nous faisait faire un tour dans DeLisle ou Pass Christian, des écouteurs glissés à l'intérieur du casque qui appuyaient sur nos crânes tendres. On écoutait « Purple Rain » de Prince à fond la caisse, grâce au magnétophone que mon père avait fixé à sa ceinture. Aujourd'hui je pense que j'aurais dû comprendre qu'il essayait de me dire quelque chose, du style *Je suis un homme, je suis jeune, beau, en vie, et je veux être libre*, mais je ne le saisissais pas. Au bout de quelques semaines, mon père trouva du travail dans une conserverie d'huîtres de Pass Christian, beaucoup moins bien payé que son ancien boulot. Quand il avait du temps libre, il enfilait ses tenues de motard en cuir achetées à l'époque où il travaillait encore à l'usine, nattait ses longs cheveux noirs et parcourait la côte à moto. Ce que j'ignorais, c'est qu'il allait voir ses copines, qui étaient nombreuses, pour les emmener faire un tour derrière lui. Je ne crois pas qu'il leur disait qu'il était marié ni qu'il avait des enfants, et je ne sais pas si c'est à elles ou à nous qu'il pensait le jour où il rapporta du travail des sacs entiers remplis d'huîtres fraîches qu'il se mit à ouvrir dans la cour. Il avait gardé ses grandes bottes noires en caoutchouc et son bleu de travail, et avalait les huîtres crues dans la lumière du soleil couchant. Derrière lui, récemment étendus sur la corde à linge, des draps volaient.

— Je peux en avoir une ? demandai-je.

— Ça va pas te plaire.

— J'ai envie de goûter.

— Elles sont vivantes quand tu les avales.

— Elles voient tout le chemin à l'intérieur de la gorge ?

Il acquiesça.

— Tu veux quand même goûter ?

Je le voulais d'autant plus qu'il paraissait réticent. Je voulais qu'il soit fier de moi. Je voulais rester avec lui toute la vie à manger des huîtres dans le soleil couchant.

— Ouais.

Il glissa son couteau dans la coquille et l'ouvrit d'un rapide coup de poignet. La chair de l'huître était grise avec des reflets argent et un soupçon de violet à l'endroit où mon père la sépara de la coquille à l'aide de son couteau.

— Tiens, dit-il en me présentant l'huître sur le plat du couteau comme s'il s'agissait d'une cuillère. Ouvre la bouche.

J'ouvris la bouche et aspirai. C'était chaud, salé, mouillé : j'imaginai l'huître en train d'étouffer et d'observer le long tunnel de ma gorge avec désespoir. Je la gardai là un moment.

— Ne crache pas, fit mon père, et le sac en toile de jute à ses pieds remua légèrement et tinta. Ne la recrache pas.

C'était trop chaud. C'était vivant.

— Avale.

Je condamnai l'huître à mort et déglutis. Mon père avait l'air content.

— Ça t'a plu ?

J'avais détesté. Je secouai la tête. Mon père rit, ses dents semblaient très blanches dans son visage de plus en plus obscur avec la tombée du jour. Il introduisit son couteau dans une nouvelle huître et l'ouvrit. Décolla délicatement l'huître à l'aide de son couteau, la porta à sa bouche et aspira. Je me balançais d'un pied sur l'autre et me grattais l'intérieur du mollet de la plante de l'autre pied couverte de corne. Je me demandais comment mon père faisait pour ne jamais se couper, pour être si beau, si grand, si fort.

On ne fêta pas mes huit ans. L'année précédente, mes parents avaient organisé une grande fête chez ma grand-mère où tous mes cousins étaient venus me chanter « Joyeux anniversaire » autour d'un gâteau couvert de sucre rose, je portais une belle robe violet et blanc et on m'avait offert un vélo tout neuf avec une selle banane mauve. Mais cette année-là, les finances étaient mauvaises. Le jour de mon anniversaire, mes parents me firent passer par la porte de la cuisine et me conduisirent au coffre de la voiture duquel mon père extirpa une longue corde bleu et blanc, aussi grosse que mon cou. J'étais perplexe. Mon père se mit à rire. La corde était deux fois plus longue que l'allée.

Il enroula la corde autour de ses épaules jusqu'à ce qu'elle forme un épais manteau, puis escalada le chêne vert dont l'ombre portait sur la maison et s'assit sur la branche qui dominait le toit. Une fois là-haut, il avança lentement jusqu'au milieu de la branche. Il déroula la corde, passa une extrémité autour de la branche et fit un énorme nœud qu'il tira et testa jusqu'à ce qu'il soit sûr qu'il n'allait pas se défaire. Il fit de même avec l'autre extrémité avant de redescendre en se laissant glisser le long de ce qui était désormais une balançoire d'au moins dix mètres de haut, faite d'une corde si épaisse que même un adulte pouvait s'asseoir dessus et se balancer confortablement bien qu'elle soit dépourvue de siège en bois.

— Bon anniversaire, dit ma mère.

Elle posa sa main à la base de ma nuque ; sa peau était rêche à cause du contact avec les produits ménagers de type industriel que les femmes de chambre devaient utiliser. Bien plus tard, elle m'avoua qu'elle était très malheureuse dans cet endroit, que le travail était dur, interminable, et que ses collègues ragotaient à son sujet à cause de mon père et qu'elles se montraient ouvertement vaches avec elle.

— Ça te plaît ? demanda-t-elle.

Malgré mes huit ans, j'avais compris qu'elle se sentait mal de ne pas avoir les moyens de m'offrir autre chose qu'un bout de ficelle pour mon anniversaire.

— J'adore, répondis-je. Et c'était la vérité.

Je m'assis dans la boucle et mon père me poussa pendant quelques minutes avant de rentrer dans la maison. Alors, je saisis la corde à deux mains et grimpai, jambes serrées, corps tendu, jusqu'à parvenir au sommet, à pouvoir toucher la branche sur laquelle s'était assis mon père quelques instants auparavant. J'étais très haut, à dix mètres du sol au moins, et mon cœur battait la chamade. Je voyais le toit de la maison, le jardin, la petite caravane bordeaux des voisins, la rue, les bois mystérieux. J'étais fière d'avoir grimpé, de ne pas avoir eu peur, si peu en fait que j'allais passer des heures cet été-là et même l'hiver suivant à escalader, la corde coincée entre les cuisses, pour me percher tout en haut et observer le monde. Curieusement, le fait de grimper me donnait la sensation de me rapprocher de mes parents alors que, physiquement, je me trouvais aussi éloignée que possible de la maison. Parfois, si je lui demandais très longtemps et très gentiment, un de mes oncles acceptait de tirer la corde vers lui, me maintenant un moment suspendue au-dessus de sa tête avant de lâcher et de m'envoyer voler à travers les airs au-dessus du jardin, cramponnée à la corde, folle de joie.

Mes parents essayaient de sauver leur couple et prenaient parfois du temps pour eux le week-end, nous confiant à une amie qui vivait dans un petit quartier résidentiel de la ville d'à côté. Elle nous gardait souvent, mon frère et moi. J'avais appris, en écoutant parler les grands, que son mari la battait et je savais que c'était mal. Voilà au moins une frontière qui était pour moi clairement délimitée ; je l'avais compris le jour où toute la famille de ma mère s'était rendue à Pass Christian armée de fusils de chasse parce que le petit copain de ma tante l'avait frappée. Ils s'étaient plantés dans la rue devant sa maison et lui avaient dit que si jamais il levait à nouveau la main sur elle, ils le tueraient. Il ne l'avait plus touchée.

Un jour, alors que j'avais neuf ans et Joshua six, cette amie de mes parents avait mis mon frère au défi de boire du Tabasco à la bouteille et ce dernier, qui avait un estomac d'acier et avait même mangé de la nourriture pour chien une fois pour m'impressionner, le fit.

— Tu vas avoir mal au derrière quand tu vas faire caca, dit-elle.

Il la regarda en souriant. Il avait les dents rouges et l'haleine piquante.

— Même pas vrai, claironna-t-il.

J'étais épatée. Elle me tendit la bouteille mais je refusai de la prendre. Parfois, c'était Joshua qui ouvrait la voie et moi qui suivais. C'était un de ces moments. L'amie nous préparait souvent des croque-monsieur accompagnés de Kool-Aid rouge dans de petits gobelets en plastique. Mon frère et moi engloutissions nos croque-monsieur sans reprendre notre souffle. Nous courions pieds nus dans l'appartement et sur le palier, sautions des escaliers dans la rue et jouions avec les chats errants, en évitant de trop nous approcher des bennes à ordures. Elles puaient ; les gens qui y jetaient leurs sacs de loin rataient parfois leur cible et abandonnaient leurs poubelles là où elles tombaient, les laissant pourrir.

Un jour, l'amie de mes parents nous laissa tout seuls chez elle à regarder la télé tandis qu'elle rendait visite à ses voisins du dessus. Je n'étais pas tranquille, ou peut-être avais-je envie d'un autre croque-monsieur. Je grimpai les escaliers et trouvai la porte de leur appartement entrouverte. L'appartement était sombre ; au mur étaient accrochées des œuvres d'art en velours et en verre strié de veines de couleur qui paraissait marbré. L'amie de mes parents était assise avec un couple de Blancs à la petite table de cuisine. Au milieu de la table était posé un miroir, face réfléchissante vers le haut. L'homme était en train de faire glisser une lame sur sa surface pour diviser une poudre blanche en plusieurs lignes. Il se pencha et renifla comme s'il voulait retenir sa morve de couler. Ses cheveux lui tombaient sur le visage. L'amie de mes parents leva alors la tête et me vit dans l'embrasure de la porte. « Mimi, rentre à la maison », dit-elle. Je rentrai. Je ne savais pas ce qu'ils faisaient. Je ne savais pas que je venais d'assister à un rituel auquel se livraient les adultes quand ils étaient pauvres, acculés et au bord du pétage de plomb, pour tenter de s'extraire d'eux-mêmes. Je ne savais pas que cette pratique poursuivrait aussi ma génération jusqu'à l'âge adulte.

Mes parents parvinrent encore, j'ignore comment, à gratter un peu d'argent pour nos cadeaux de Noël. Plusieurs jours à l'avance, ma grand-mère se mit en cuisine et prépara de grandes marmites de gombo aux fruits de mer, des petits pains, et des tartes aux noix de pécan et aux patates douces. La cuisinière à bois du salon tournait à plein régime, et il faisait tellement chaud à l'intérieur que les grands sortaient souvent prendre l'air et se relayaient pour me pousser sur ma balançoire. La veille de Noël fut agitée pour mon frère et pour moi. Joshua était excité à l'idée de recevoir des cadeaux et moi, à neuf ans, je désirais une bicyclette à dix vitesses de toutes mes forces et je me demandais si toutes mes supplications allaient enfin payer. S'il y aurait un miracle. Quand je m'endormis enfin, je rêvai que la police du comté venait à la maison pour emmener tous mes oncles et mon père en prison. Dans mon rêve, je pleurais, et quand je m'éveillai j'avais le visage mouillé. Pourquoi avais-je rêvé de ça cette nuit-là ? Je n'avais pas conscience d'activités criminelles dans lesquelles mes oncles et mon père auraient été impliqués. Aujourd'hui, en tant qu'adulte, je ne crois pas qu'ils l'étaient. Je sais qu'ils aimaient boire et fumer et faire la java le week-end. Mais, petite, j'entendais ma grand-mère s'inquiéter pour ses fils : la police pouvait les arrêter et les fouiller uniquement parce qu'ils étaient noirs, ou bien parce qu'ils pouvaient se trouver mêlés à une bagarre dans un bar avec des Blancs et être inculpés pour agression alors que les Blancs en question seraient relâchés immédiatement. Et je voyais la bouche serrée de ma mère quand mon père était absent et qu'on était sans nouvelles, car il pouvait avoir eu un accident de moto et être conduit au poste pour cela. Pour la gamine impressionnable que j'étais, les ennuis que rencontraient les hommes de ma famille étaient avant tout liés à la police. C'était à la fois plus facile et plus dur d'être un homme : s'ils jouissaient de davantage de liberté que les femmes, ils risquaient plus qu'elles de la perdre. Mais au sortir de ce rêve, après avoir réveillé Joshua et m'être glissée dans la chambre de mes parents pour les supplier de nous laisser ouvrir nos cadeaux, je découvris un dix-vitesses rouge qui m'attendait contre le mur du salon et j'en oubliai presque mon rêve.

Je suppose que notre mère nous fit asseoir, Joshua et moi, pour nous l'annoncer, peut-être dans le salon, sur le même canapé où cinq ans auparavant mon père lui avait demandé sa main. Après avoir eu deux enfants, mes parents s'étaient mariés ; après deux autres, ils divorcèrent.

— Votre papa ne reviendra pas. Il s'en va.

Elle ne prononça pas le mot « divorce ». Nous n'aurions pas compris. Mais le jour suivant, en voyant que notre père n'était toujours pas rentré, la réalité de ce qui était en train de se passer se fit ressentir à l'intérieur de nos petites poitrines osseuses. Papa ne reviendrait pas. Il était parti. C'en était fini de traîner derrière lui dans la cour, de lui tenir un clou ou un morceau de bois pendant qu'il construisait un clapier à lapins. Plus la peine de monter avec difficulté jusqu'en haut de la grande corde, de toucher la branche et de crier « Tu vois ? » pour qu'il soit fier de moi.

Plus tard, je sus que ma mère l'avait mis dehors après avoir appris l'existence de sa dernière copine en date, la fille d'un collègue qui avait quatorze ans à l'époque où il l'avait rencontrée. Elle avait travaillé l'été à l'usine l'année où mon père avait été viré. Quand celui-ci fut embauché à la conserverie d'huîtres et que ma mère découvrit cette nouvelle infidélité, elle comprit que mon père ne changerait jamais, que leur amour était voué à l'échec. À ce moment-là, elle était enceinte de ma dernière sœur, Charine, mais ni Joshua ni moi n'étions au courant.

Quand ma mère eut fini de nous parler, je me réfugiai dans la chambre que nous partagions avec nos tantes et me roulai en boule sur le lit du bas, celui de Joshua, où je passai un bon moment à pleurer et à lire alternativement le dernier livre que j'avais emprunté à la bibliothèque de l'école. J'étais sous le choc de l'annonce du départ de mon père qui me faisait l'effet d'un rejet, non de sa femme ou de sa vie de couple, mais de ma personne. Les enfants s'accusent souvent eux-mêmes d'être responsables du départ d'un des parents et je ne faisais pas exception.

Joshua fila dans le jardin. C'était l'été et il faisait chaud. Il se mit à courir en rond autour de la maison en pleurant et en appelant papa. Nos oncles et tantes le rattrapèrent, le prirent dans leurs bras, lui dirent de s'arrêter mais ses larmes ne faisaient que redoubler et il se débattait pour qu'ils le laissent partir. Il avait six ans, avait grandi, son afro blonde de jadis avait été coupée court, et il était costaud. Ils le lâchèrent et il repartit de plus belle. Il fit le tour de la maison pendant des heures, en courant et en pleurant, et ne s'arrêta que quand il tomba à genoux, ses sanglots réduits à des hoquets et des gémissements. Il s'endormit là, tête baissée, dans la poussière. Un de mes oncles le porta à l'intérieur et je lui fis un peu de place dans le lit.

Peu de temps après, ma mère déposa une demande d'aide au logement, trouva une maison deux villes plus loin, à Orange Grove, dans une banlieue à l'abandon, et annonça à ma grand-mère que nous déménagerions l'été suivant. Je venais d'avoir dix ans. Avant de partir, et même si je me doutais bien que j'étais trop grande pour cela, je me promenai une dernière fois au Pays des enfants en tentant de ressusciter la magie enfuie et les croyances… en vain.

Cet été-là, peu de temps avant le déménagement, j'installai Aldon, Joshua et Nerissa, assez grande désormais pour tenir en place et m'écouter, sur la balancelle de la longue véranda en béton, face à la route, afin de jouer à notre jeu favori. Il s'appelait « C'est ma voiture » et les règles étaient simples : comme j'étais la plus vieille, c'était moi qui attribuais un numéro à chacun d'entre nous et nous attendions ensuite de voir passer la voiture qui nous correspondait.

— Je suis la première et toi la deuxième, rappelai-je en posant une main maternelle sur la tête de Nerissa et elle acquiesça. Toi, tu es troisième.

— OK, fit Aldon.

— Et toi quatrième, dis-je à Josh.

La première voiture qui passa devant la maison venait de DuPont – quelqu'un qui rentrait du travail, peut-être. Elle était bleu foncé, plutôt neuve, avec des lignes carrées.

— C'est ma voiture ! hurlai-je, et les autres applaudirent.

Une voiture blanche à deux portes avec un long capot pointu passa à toute vitesse.

— C'est ta voiture, dis-je à Nerissa.

On applaudit consciencieusement. C'était honnête, à défaut d'être génial.

Le véhicule suivant se fit entendre avant d'être vu : un bringuebalement métallique syncopé renforcé par les pétarades d'un moteur mal embouché.

— Oooh, commenta Josh.

La voiture, un patchwork de gris et de marron, apparut poussivement sur la route. Le conducteur, conscient peut-être du côté minable de son véhicule, gardait les yeux rivés devant lui et ne nous adressa même pas un signe ni un coup de klaxon.

— C'est ta voiture ! dis-je à Aldon en riant.

— Un tas de boue ! hurla Josh.

— Mais pourquoi c'est moi qui ai la bagnole la plus pourrie ? protesta Aldon.

Tout le monde éclata de rire. Aldon se leva et se mit à agiter les bras en direction de la voiture de la honte, qui poursuivait péniblement sa route, comme s'il voulait la repousser, comme on faisait avec les ratons laveurs quand ils venaient renifler les poubelles ou avec les opossums qui traversaient silencieusement le marécage malodorant de la cour sur leurs petites pattes roses pour s'enfuir dans les bois sans fin.

— Va-t'en ! Va-t'en ! s'exclamait Aldon et nous riions plus fort encore.

Nerissa applaudit. Aldon se rassit.

— À Josh, maintenant, dis-je.

Bien serrés les uns contre les autres sur la balancelle, notre petit groupe se remit à fixer la route droit devant. L'oreille tendue pour percevoir le ronronnement d'un moteur ou le fracas d'une carrosserie. L'œil à l'affût de la moindre tache de couleur, du moindre signe qui nous annoncerait notre avenir.

CHARLES JOSEPH MARTIN
NÉ LE 5 MAI 1983
MORT LE 5 JANVIER 2004

La première image nette que j'ai de C. J., un de mes nombreux cousins, remonte à l'époque de ses six ans, quand j'en avais douze. Il a la peau claire, le visage plein de taches de rousseur. Petit, il était blond comme Josh ; mais, depuis, ses cheveux ont foncé, ont poussé, longs et bouclés, et sa mère les lui coiffe en petites tresses au ras du crâne ou bien les coupe très court sur la tête en laissant une longue mèche dans le dos, comme une queue de rat. Il est petit, mince, tout en muscles. Son visage est taillé en triangle et la seule chose sombre chez lui ce sont ses yeux, tellement noirs que cela surprend.

C. J. est là lors des réunions familiales du côté de mon père, petit, doré, nerveux, avec sa queue-de-rat qui lui tombe au milieu du dos. Le menu des enfants est composé de hot-dogs avec du ketchup et de la moutarde, de chips, de sodas froids que nous buvons si vite que le gaz acide nous brûle la gorge après quoi nous nous lançons dans des poursuites interminables autour du jardin.

— Vas-y, fais un flip, suggère quelqu'un.

— OK, répond C. J.

Nous formons une haie d'honneur afin qu'il puisse faire la démonstration de son talent. Il prend son appel, puis se met à courir le long de la bande d'herbe. Arrivé presque au bout de la piste, il fait une rondade, enchaîne avec un flip arrière et un salto. Sa queue-de-rat vole derrière lui. C'est un véritable ressort humain. Tout le monde applaudit. J'ai chaud, je me sens molle. Lui, au contraire, multiplie les figures sans relâche, se propulse dans l'air épais et poisseux et chaque fois le coupe proprement en deux. Quand il retombe sur ses pieds, il rebondit. Quand il est fatigué, il court se chercher à boire. Le groupe se dissout. Je pars errer de mon côté, frustrée de sentir mon corps tellement arrimé au sol, tellement affecté par la chaleur. Je finis par trouver la cabane, un cube de contreplaqué qui tient grâce à quatre chevrons. Je m'allonge sur le sol, le sable me gratte le dos, et je regarde les autres. Ils se courent après, s'attrapent par les vêtements, se battent pour les dernières canettes fraîches dans le jour finissant. C. J. leur file entre les jambes, les fait tomber, récupère ce qu'il voulait et s'enfuit si vite qu'ils ne peuvent jamais le rattraper.

Pendant longtemps je n'ai pas revu C. J. Je suis partie pour l'université quand il avait douze ans. Un jour, je reviens et, tac, il a grandi, fait ma taille au moins, même s'il reste petit pour un homme. Il est torse nu. Son corps s'est étoffé mais demeure sec, nerveux, avec des muscles saillants comme des roches sous sa peau fine. Pas une once de graisse. Ses cheveux sont longs, maintenant, et plaqués contre son crâne en petites tresses, ce qui met en relief les traits de son visage. Sa peau est toujours aussi claire et ses taches de rousseur n'ont pas disparu. Il semble capable de faire des choses avec son corps que je n'aurais pas crues possibles.

À cette époque, nous vivons encore pour la plupart chez nos parents, et même si certains ne sont pas contre le fait que leurs enfants reçoivent de la visite, d'autres – comme ma mère –, si. Et la plupart des parents n'aiment pas, de toute façon, que les visites se reproduisent trop souvent ou qu'il y ait beaucoup de voitures garées dans le jardin parce que ça pourrait attirer des *embrouilles*, à savoir l'attention de la police. Ce genre de précaution, qui n'aurait peut-être pas d'importance dans un quartier blanc, est nécessaire dans notre quartier noir et populaire. Du coup, les jeunes passent leur adolescence au parc, un ancien champ coincé entre le presbytère et le cimetière. Le comté n'a pas investi beaucoup d'argent dans sa construction : un petit terrain de basket en asphalte, deux balançoires, une cage à poules et des gradins en bois qui ont rapidement pourri à cause de l'humidité et de la chaleur ambiantes. Ma mère dit que le parc est « minable ». Ça la met en colère qu'il soit si différent de celui des autres villes du coin, soit parce qu'elles sont blanches, soit parce qu'elles ont davantage d'argent. Mais ça nous est égal : nous évitons les planches pourries quand nous nous asseyons sur les gradins, nous surveillons de près les petits quand ils jouent dans la cage à poules et nous y passons des journées entières, en faisant mine de ne pas remarquer les policiers qui nous tournent autour comme des oiseaux de proie, persuadés qu'ils vont réussir un jour à nous surprendre en train de dealer.

Le jour où je prends des photos de C. J. dans le parc, il ne participe pas au match. Assis sur les gradins, nous regardons des gars du quartier jouer au basket sur un coin du terrain. Certains sont torse nu et luisants de sueur, d'autres portent des tee-shirts plaqués sur la peau par la transpiration. Ce jour-là, C. J. est assis sur la première rangée de gradins et il fume. Près de lui, un ballon de basket à la main, Charine attend. Elle doit avoir environ quatorze ans. Toutes les cinq minutes, il se dirige vers elle, elle lui passe la balle et il la lance vers le panier le plus proche de nous. Charine tente un *jump shot*, le rate. Le temps est chaud, lourd, le ciel est couvert et la pluie menace perpétuellement de tomber. Soudain le vent se lève et l'espace d'un instant il fait frais. Le grand chêne rouge sous lequel je suis assise fait un peu d'ombre. J'écrase des moustiques. La route scintille au loin.

Des voitures viennent se garer sur l'herbe près du terrain de basket. Comme souvent, les garçons ouvrent en grand les portières et le coffre pour qu'on entende bien la musique qui passe à fond sur leur autoradio.

C'est au tour de Charine de tirer, elle s'entraîne au tir en suspension et au *fadeaway* sur le panier qui se trouve côté presbytère. C. J. attrape la balle au bond et court vers un autre panier, dribble vite et fort, prend de la vitesse avant de s'élancer dans les airs. Le ballon frappe le panneau et ricoche vers l'autre bout du terrain. C. J. a sauté si haut qu'il s'accroche par le coude au rebord du panier et qu'il reste là à pendouiller, un grand sourire aux lèvres.

« La vache ! » Je n'ai jamais vu quelqu'un de si petit sauter aussi haut. J'ai dans les mains mon vieux Nikon, le soupèse et crie : « Refais-moi ça, C. J. ! »

Il se laisse tomber et rebondit. Charine lui passe le ballon. Il pique un sprint vers le fond du terrain et revient vers son panier, se propulse dans les airs. Il vole. De nouveau, le ballon heurte le panneau au mauvais endroit, rebondit, Charine le rattrape et le lui renvoie. Je me déplace dans les gradins pour me rapprocher du panier et j'essaie de prendre des photos de lui, de ce miracle d'homme volant. Mais il est trop rapide et mon appareil trop vieux. J'entends le métal qui frotte quand l'obturateur s'ouvre puis se referme. Trop lent. Plus tard, de retour à la fac, le développement de la pellicule confirmera mes craintes : on y voit C. J. dans des poses bizarres, ou flou, sa grâce infinie perdue dans le moment saisi par l'appareil.

— J'y arrive pas, Mimi, dit-il en revenant vers les gradins.

Il prononce mon nom de manière bizarre, en traînant, ça donne quelque chose comme « Meymi ». Lui et son cousin Mario sont les deux seuls de la famille à m'appeler comme ça. « Je peux pas. » Il secoue la tête en riant, la sueur ruisselle sur son visage, les racines de ses cheveux crépus et dorés lui font un halo blond, comme Joshua quand nous étions petits.

— Tu sautes haut pourtant…

— T'as réussi à me prendre ? demande-t-il en désignant l'appareil.

— J'espère.

C. J. a commencé à sortir avec Charine quand il avait quatorze ans. Son charme a opéré. Il y a quelque chose d'attirant chez lui : son corps si petit, avec ses muscles si fins, est un véritable atout. Charine et C. J. se sentent assortis physiquement, comme s'ils faisaient partie de la même équipe. Ils n'ont pas à endurer le décalage inconfortable que les différences de taille et de masse musculaire produisent parfois entre homme et femme. Ils sont cousins, ce qui signifie que beaucoup de gens, y compris sa mère et ma mère, détestent l'idée qu'ils sortent ensemble. Mais Charine s'en fout, et C. J. également. Des cousins qui sortent ensemble, se marient et font des enfants, ça arrive tout le temps à DeLisle et à Pass Christian. Depuis des générations. Dans des villes si petites, au sein de communautés confinées par le racisme et les différences de classes, c'est inévitable. Charine aime C. J., et cet amour passe avant tout.

Dès le début, Charine et C. J. ont été inséparables, ce qui est rendu possible par le fait que mon cousin est un nomade. Il a une chambre avec un petit lit chez sa mère, à Pass Christian, mais il n'y dort pratiquement jamais. Une partie du toit et du plafond de sa chambre est défoncée, et le sol et le lit sont encombrés de cartons d'affaires qui ne lui appartiennent pas. Quand il est chez lui, C. J. dort dans le salon du fond meublé avec un canapé et une petite télé. Il empile ses vêtements sur le dossier du canapé ou sur la télé. Il a posé de petites photos sur la table basse, des tirages que Charine m'a pris quand j'ai fait développer ma pellicule et où on les voit, en compagnie d'autres cousins. La porte du salon s'ouvre sur la cuisine et sur le reste de la maison. Sa mère est célibataire, elle n'a jamais épousé ni le père de C. J. ni celui de sa sœur qui est beaucoup plus jeune que lui. Elle travaille dur pour donner un foyer à ses enfants, elle lutte contre les contraintes et les limites qui lui sont imposées par son contexte familial et social. Peut-être C. J. se sent-il un fardeau pour elle ; peut-être est-ce pour cela que, pendant des mois entiers, il vit ailleurs, il dort sur d'autres canapés.

Quand il n'est pas chez sa mère, il est parfois chez son père qui vit à DeLisle, avec sa copine et les filles de celle-ci. Son père a essayé de l'intégrer dans sa nouvelle famille, il lui a offert une voiture, a tenté de la réparer avec lui, mais elle ne marche pas. Quand il n'est ni chez son père, ni chez sa mère, il est chez notre cousin Duck, son meilleur ami. Il dort dans la chambre de Duck, à l'avant de la maison ; sa mère ne dit rien parce que C. J. fait partie de la famille. À DeLisle et Pass Christian, les enfants circulent d'une maison à l'autre depuis des décennies. Du temps de mon arrière-grand-mère, une femme pouvait céder un nouveau-né à un couple sans enfants après en avoir eu cinq ou dix ou quatorze, et, une fois qu'ils étaient plus grands, les enfants quittaient souvent le foyer pour vivre avec d'autres membres de la famille. Parfois c'étaient les parents qui les chassaient, parfois les enfants eux-mêmes étaient mus par le désir de bouger. Ici, la famille a toujours été un concept mouvant. Il arrive qu'elle recouvre l'ensemble de la communauté, ce qui fait que C. J. dort aussi sur le canapé de Rob et sur celui de Pot, bien qu'ils n'aient pas de liens de sang avec lui. Lorsqu'il vit chez Duck, C. J. porte les mêmes fringues plusieurs jours d'affilée et passe les heures les plus chaudes de la journée à tripoter mollement ses nattes, assis sur les racines géantes d'un vieux chêne, à l'angle de Hill Road et de St. Stephen. C'est de notoriété publique qu'il y attend sa petite clientèle qui vient lui acheter de la drogue. Beaucoup de gens du quartier, moi y compris, ont une mauvaise opinion de lui à cause de ça. Ce que je ne sais pas alors, c'est qu'il déteste être là sous l'arbre, qu'il souhaiterait faire autre chose mais qu'il n'a aucune idée de comment s'y prendre.

À dix-sept ans, C. J. a abandonné ses études. L'école l'ennuyait et l'énervait en même temps, et il a arrêté après la troisième. Je ne sais pas exactement pourquoi mais j'imagine qu'il avait le sentiment que personne ne faisait attention à lui, qu'il passait totalement inaperçu dans la classe, juste un corps de plus qui encombrait l'école. Il n'était pas doué pour les études et n'aimait pas les sports collectifs même s'il avait le talent physique pour intégrer une équipe. En tant que jeune Noir réussissant mal, il était perçu comme un problème. Et à cette époque l'administration scolaire résolvait le problème du jeune Noir par une forme de négligence sympathique. Plus tard, cette négligence deviendrait franche hostilité, avec fouilles illégales des collégiens accusés de dealer et rédaction de rapports sur leur compte – des pages et des pages de rapports consignant leurs infractions réelles ou imaginaires et qui permettraient, une fois que les dossiers auraient atteint l'épaisseur requise, de les virer pour protéger le classement de l'établissement et sa réputation.

Parfois, C. J. accompagne Charine chez mon père, à Gulfport, dans la maison qu'il loue à Gaston Point. C. J. et Charine parcourent les rues de Gaston Point en short de basketteur, débardeur et long tee-shirt blanc. Les deux s'habillent de la même façon. Ils marchent jusqu'à l'épicerie pour acheter du pain, du lait, de la viande pour midi, puis rentrent chez mon père. Ils mangent, regardent un film, restent à l'abri de la chaleur. Le soir, quand il fait un peu plus frais, C. J. fait parfois de la muscu sur le banc branlant que mon père a installé dans la cour.

Un jour d'été particulièrement chaud, comme beaucoup de journées cet été-là, C. J., Charine et notre cousin se rendent à l'épicerie pour acheter des glaçons et des esquimaux. Sur le chemin du retour, ils entendent un aboiement aussi léger qu'un souffle.

— Vous avez entendu ? demande Charine.

— Ça vient de là, dit C. J. en désignant la véranda d'une maison entourée d'une barrière en aluminium.

— Vous le voulez ? poursuit le cousin.

Sur la véranda étroite se tient un petit pitbull femelle, avec des oreilles larges et douces comme des feuilles de plante d'intérieur et des pattes immenses par rapport à sa taille. Elle rapplique vers eux en aboyant et chaque fois qu'elle aboie elle rejette la tête en arrière comme si elle devait user de toute sa force pour expulser ce son. Elle a l'air d'une bagarreuse. Elle leur plaît.

— C'est parti, fait C. J. en sautant par-dessus la barrière.

Il attrape la petite chienne et la rapporte à Charine, qui ouvre son sac de classe orange fluo pour qu'il la glisse à l'intérieur, à côté des esquimaux glacés. Ils rentrent chez mon père en courant et déballent l'animal en même temps que les courses.

— Elle était à nous, dira plus tard Charine. C'était notre bébé.

Chaque fois que je reviens du Michigan pour les vacances, j'essaie d'entraîner Charine pour qu'elle fasse des trucs avec moi. C'est la dernière des quatre enfants à habiter encore chez ma mère et, du coup, bien qu'on ait huit ans de différence, elle devient ma meilleure amie. En général, elle propose à C. J.

de nous accompagner et nous embarquons encore deux ou trois copains du quartier. Je les invite tous au cinéma où je les oblige à voir des films genre *Le Seigneur des Anneaux*, puis on se faufile dans une autre salle voir un autre film et on ressort du cinéma quatre heures après y être entrés, écœurés de pop-corn. Le vendredi et le samedi, on va à l'Illusions.

Été 2003 : nous nous entassons dans ma voiture, Charine, Nerissa, C. J. et moi, pour aller retrouver un copain de Nerissa dans un hôtel de la plage, près de la boîte de nuit. Il y a loué une suite pour la semaine. On ne sait pas très bien pourquoi il a loué un truc aussi cher pour aussi longtemps, vu qu'il a une maison ; j'imagine qu'il veut montrer qu'il a les moyens, qu'il veut étaler sa richesse, gagnée en dealant, afficher son standing. Là-bas, nous fumons des joints assis dans ma voiture. Les eaux du golfe, noires dans la nuit, s'écrasent sans relâche sur la plage. Nous sommes bien. Nous observons le parking de la boîte, les voitures qui se frôlent pour entrer et sortir comme les deux courants d'une même rivière, les gens qui grouillent, tous sur leur trente et un. Les basses de la boîte résonnent comme un appel auquel répondent les basses des voitures. Puis nous allons à l'hôtel, C. J. s'assoit sur le canapé, Charine se pose sur un de ses genoux et moi sur l'autre. Je ne me suis jamais assise sur lui jusque-là ; même au repos, ses muscles sont bandés et d'un coup je me sens mal d'être assise sur lui, de peser sur sa frêle carcasse, alors je me lève.

— Tu peux rester là, dit C. J.

Je me rassois. Nous regardons la télé sans parler. Le copain de Nerissa, qui avait été pressenti pour rejoindre une équipe de football américain dans une fac mais n'y est jamais allé, entre dans la salle de bains. Il y reste quelques minutes puis ressort. Il renifle, ravale sa morve, puis se remet à discuter et à rigoler avec nous. Ses reniflements saccadés m'agacent. *Il doit avoir une sinusite*, me dis-je naïvement. Il ne tient pas en place, fait les cent pas dans la pièce et recommence.

— Il faut que j'aille aux toilettes.

Il y a plein de mégots dans le bol des toilettes et dans le lavabo. Pas de papier, pas de savon, et une seule serviette, par terre, sale, chiffonnée. Je me convaincs que je n'ai pas besoin de faire pipi, finalement, et reviens m'asseoir auprès de C. J. et Charine sur le canapé.

— La salle de bains est dégueulasse, je dis, subitement déprimée.

— Allez, venez, lance C. J.

Nous sortons de l'hôtel et traversons la route en courant, nous faufilant entre les voitures qui roulent à toute allure, pour rejoindre la plage. La lune brille comme une coquille d'huître blanchie et nous passons là le reste de la nuit à boire de la bière sur la promenade en bois. Au retour, C. J., qui est le seul à ne pas être bourré, déclare :

— Ils ont pris de la coke dans la salle de bains.

— Quoi ?

— Ça ressemble toujours à ça quand les gens prennent de la coke. Plein de mégots et tout.

Je pose ma tempe sur l'appui-tête et je regarde la fine ligne de plage, les arbres, la mer qui sont en train de virer au gris, puis au bleu. Je finis par m'endormir en pensant à ce qu'il vient de me dire. Est-ce qu'il est déjà entré dans une salle de bains de sniffeur de cocaïne avant celle-ci ? Comment peut-il savoir ça ? Si C. J. ajoute quelque chose, je ne l'entends pas.

Quelques semaines plus tard, Nerissa, Charine et moi sommes en train de regarder un film à la télé un soir où notre mère n'est pas là. La porte d'entrée est ouverte, la lumière allumée. Charine nous quitte pour téléphoner et quelques minutes plus tard nous entendons un bruit dehors dans l'obscurité, comme quelque chose qu'on traînerait sur la route, le long du bois, jusque devant la cour.

— Qu'est-ce que c'est que ce bordel ? demande Nerissa.

Charine sort en courant, dévale les marches en béton et se dirige vers la route, où le bruit continue à se faire entendre par intermittence. Nerissa et moi avançons sur le perron et apercevons C. J. et Duck au bout de l'allée de gravillons. Nous allons les saluer. Une grosse glacière bleue avec une longue poignée blanche est posée au sol entre les garçons, C. J. s'assoit dessus et en sort une canette de bière. Nous en offre une. Je l'accepte et bois à petites gorgées, la bière est amère. Duck nous raconte des vannes sans jamais rigoler. Peu de temps après, il nous quitte, nous laissant en compagnie de C. J. et de la glacière. C. J. sait que ma mère ne l'apprécie pas beaucoup, du coup il se tient à distance de la maison. Le fait que la relation entre Charine et lui soit mal vue par tant de gens confère un air romantique à leur histoire, leur donne l'impression d'être des amants maudits. Bien que ma mère soit sortie, C. J. préfère rester dehors et nous nous asseyons par terre, au bord du terrain, pour discuter tout en écrasant moustiques et moucherons.

— J'abandonne, dis-je au bout d'un moment.

J'en ai assez de me faire piquer par les moustiques.

— Moi aussi, déclare Nerissa qui me suit à l'intérieur.

Charine reste dehors avec C. J. Vingt minutes plus tard, le téléphone fixe se met à sonner.

— Allô ?

— Vas-y, venez dehors.

— Qui c'est ?

— Ta sœur a les boules. Elle croit que vous êtes fâchées contre elle. Faut que tu lui parles.

— V'là autre chose…

Nerissa hausse les épaules et ne bouge pas de devant la télé. Je sors en me demandant ce qui a bien pu se passer au cours des vingt minutes qui viennent de s'écouler. Quand j'arrive, C. J. est en train de ranger son mobile dans sa poche. Charine est assise sur l'une des traverses de chemin de fer que ma mère a installées pour décorer le jardin. Elle est pliée en deux, la tête dans les mains.

— Ta sœur est en train de pleurer, annonce C. J.

— Pourquoi ?

— Elle croit qu'elle vous a déçues.

— Et d'où ça sort, ça ?

— Je te jure, ta sœur, elle t'aime…

Je réfléchis en me grattant la jambe. Je n'ai aucune idée de pourquoi Charine se montre aussi émotive, mais je prends ça à tort pour un débordement hormonal, une crise d'adolescente. Elle a dû se disputer avec C. J. et a déplacé sa colère sur sa relation avec Nerissa et moi. Je n'ai aucune envie de m'occuper d'une petite sœur en manque d'attention. C. J., lui, bien que bourré et défoncé, ne donnerait sa place pour rien au monde.

— Je ne sais pas quoi lui dire.

C. J. me fixe dans l'obscurité, ses yeux sont grands et sombres.

— Parle-lui, dit-il.

Charine refuse de découvrir son visage.

— Charine. (Elle frissonne.) Qu'est-ce qui se passe ?

— Parle-lui, répète C. J.

— J'ai déconné, dit Charine à travers ses doigts.

— C'est pas vrai. Calme-toi.

— Dis-lui que tu l'aimes, suggère C. J.

Il se penche sur la glacière, attrape une autre bière, fait sauter l'opercule.

— Quoi ? fais-je. C'est à elle que je parle.

— Dis-lui.

— Charine, je t'aime.

Elle se met à sangloter plus fort. C. J. me prend par le bras et m'entraîne dans le noir, jusqu'à la partie de la route recouverte de gravillons. Il se penche vers moi pour chuchoter, son visage luit dans le noir, la nuit rend ses traits encore plus durs, réduit son nez à une arête, ses pommettes sont deux noyaux de pêche, son front un éclat argenté. Il avale une gorgée de bière.

— Sans déconner, tu comprends pas. Faut que tu lui parles.

Son ton est insistant. J'évite de trop penser qu'il me tient par la nuque, comme le faisait ma mère quand j'étais petite pour me guider à travers une foule, la poigne ferme, le poids de son bras sur mes épaules.

— Je rentre.

— Tu devrais lui parler, insiste-t-il.

— D'accord.

Je me retourne vers Charine. Elle est toujours assise sur sa traverse, la tête entre les mains, et continue de pleurer.

— Je rentre à la maison.

Je me détourne et remonte l'allée. Les insectes font un véritable vacarme dans les bois. C. J. jette sa canette sur la route. Elle rebondit dans un fracas métallique. Les cailloux entrent dans la chair de mes pieds nus, alors je cours sur les pointes pour avoir moins mal. *C'est quoi leur problème ?* Je mets l'attitude de Charine sur le compte du chagrin : Joshua est mort trois jours avant son anniversaire et au cours de cet été qui se transforme peu à peu en automne, le deuil nous fait agir de façon parfois étrange. Je me demande si C. J. a pris quelque chose. Dans le salon, Nerissa s'est endormie ; la lueur de la télé bleuit son visage. Dehors, j'entends des cris, le bruit de la glacière qu'on traîne sur le sol, puis une pause, puis encore ce bruit, alors je m'agenouille sur le grossier tapis vert et soulève le store pour regarder dans la rue. À la pâle lueur du réverbère, je vois C. J. qui traîne la glacière sur quelques mètres, boit un peu de bière, lève sa canette vers le ciel et se met à crier en direction des bois. Je n'entends pas ce qu'il dit. Il jette les canettes les unes après les autres dans le fossé ou contre les arbres, donne des coups de pied dans la glacière. Charine le suit, elle s'assoit par terre, ou sur le couvercle de la glacière en plastique, ou reste debout à ses côtés. À la façon dont il balance les canettes, qui doivent être à moitié pleines parce qu'elles volent loin et vite au lieu de flotter comme le ferait une boîte d'aluminium vide, je comprends qu'il est en colère. Je me laisse glisser au sol, Nerissa dort toujours et je ne sais pas pourquoi j'ai peur.

— Préviens tout le monde, dis-je, on va à La Nouvelle-Orléans.

Nous partons en bande vers huit ou neuf heures du soir, au moins quinze personnes entassées dans un 4×4 Chevrolet. Personne n'est attaché. Comme une idiote, je m'en fiche. Depuis que j'ai quitté la maison, j'ai découvert que la vie dans le vaste monde consistait à lutter contre le vide, contre le silence, contre le chagrin – celui de la mort de mon frère et de Ronald – qui me suivent partout et que je remarque d'autant plus que tout est calme autour de moi. Quand je suis à DeLisle, j'aime réunir le plus de gens possible, des cousins, des potes du quartier, et organiser des virées à La Nouvelle-Orléans où nous écumons Bourbon Street, un verre en plastique à la main. Nous nous garons sur Decatur Street et pénétrons à pied dans le Vieux Carré français[1]. Une limousine avec des jantes tournantes est à l'arrêt ; ce modèle vient de sortir, jusqu'à maintenant, je n'en ai vu qu'à la télé. C. J. s'agenouille près d'une roue.

— Mate un peu ce truc, dit-il.

Il donne de l'élan à la jante et le métal accroche la lumière tel un couteau qui tournoierait dans les airs.

— Ça tourne vraiment !

Nous rions de cette invention, de la bêtise du truc, d'être en train de faire quelque chose d'idiot que nous ne devrions probablement pas faire. Nous passons la nuit à déambuler et à nous bourrer la gueule, jetant de temps à autre un œil par la porte de clubs de strip-tease où seuls quelques-uns d'entre nous ont l'âge d'entrer. Toute la nuit, C. J. guide Charine à travers la foule avinée, c'est son protecteur. Bien qu'il ne mesure que quelques centimètres de plus et ne

1. Quartier historique de la ville, dessiné au XVIIIe siècle à l'époque de la domination française, devenu zone touristique.

soit pas plus épais qu'elle, il semble plus imposant quand il marche à ses côtés, gonflé par un sentiment de possession.

Le lendemain matin, je me réveille sur le canapé-lit de la chambre d'amis de Nerissa. Je me lève et, soudain, au moment de me diriger vers la porte, mes jambes se dérobent sous moi. Je tombe par terre. Comme je me suis bien amusée la veille, je ne vois d'autre explication à cette faiblesse subite que le médicament que je prends contre les migraines dont je souffre depuis l'âge de quinze ans. C. J., Charine, Nerissa et Hilton entrent dans la chambre, C. J. s'assoit sur une chaise d'enfant qui se trouve là, un tee-shirt blanc entortillé autour de sa tête.

— T'es prête à remettre ça ? me demande-t-il.

Je souris.

— Ouais.

Il est huit heures du matin. Nous recommençons à picoler et à fumer. C. J. branche un petit lecteur de CD portable dans la chambre et nous fait écouter le nouveau disque de Lil Boosie. Il repasse sans arrêt la même chanson, et chante en même temps. Je ne l'ai jamais entendu chanter auparavant. Sa voix forte est claire sous le tee-shirt. Il me fait rire avec ses blagues idiotes, toutes simples. Il m'étonne : je ne savais pas qu'il pouvait être aussi drôle, aussi gentil. Et puis la conversation dévie subitement sur la coke.

— T'en as déjà pris ? m'interroge C. J.

— Non, je réponds.

— T'as connu des gens qu'en ont pris ? À la fac ?

— Oui, quelques-uns. Mais je les fréquentais pas trop.

— Touche pas à ça.

C. J. se tortille dans le fauteuil pour enfant, réajuste le tee-shirt. Celui-ci, trop lourd, recommence à glisser. Il sourit à moitié.

— J'ai essayé une fois, dit-il. Puis j'en ai repris. (C. J. se frotte le crâne.) J'aurais mieux fait de jamais y toucher.

Je hoche la tête en signe d'acquiescement et je comprends pourquoi il en savait autant sur l'état des toilettes de la suite à l'hôtel, pourquoi il était tellement insistant et incohérent le soir où il traînait sa glacière sur la route, pourquoi il y a des jours où il me fait peur et d'autres où je le trouve gentil et drôle, étonnamment sincère, prêt à partager avec moi des choses dont il a un peu honte, caché derrière un tee-shirt qui fait office de voile.

« J'ai l'impression que je vais pas faire de vieux os », disait C. J. Il l'avait dit à Charine. Il l'avait dit à ses cousins proches. *Pas de vieux os.* Il menait sa vie en conséquence. Ne parlait jamais comme le reste d'entre nous, ne formulait jamais de rêves pour l'avenir. Ne disait jamais : *Je veux être pompier.* Ou : *Je veux être soudeur.* Ou encore : *Je veux travailler sur une plate-forme pétrolière.* La seule personne avec qui il parlait parfois de l'avenir, c'était Charine ; il lui disait qu'il voulait avoir des enfants avec elle. « On se débrouillera, on gagnera des sous. On aura une belle vie. » Mais, après avoir abandonné l'école, il ne parvint jamais à décrocher un vrai travail, dissuadé peut-être par l'expérience des autres jeunes du quartier qui, pour la plupart, se faisaient virer vite fait ou bien démissionnaient parce que le salaire minimum arrivait trop tard et disparaissait trop vite. Ils vendaient de la drogue entre deux boulots, avant de retrouver un emploi de gardien, de jardinier ou de caissier dans une supérette. C'était comme entrer dans un cycle de futilité. Peut-être C. J. regardait-il ceux qui étaient encore en vie et ceux qui étaient déjà morts et ne voyait-il pas de grande différence entre les deux : acculés par la pauvreté, l'histoire et le racisme, nous mourions tous à l'intérieur de nous-mêmes. Peut-être que, dans ses moments difficiles, quand il était en descente de coke, il ne croyait plus ni au rêve américain, ni aux contes de fées, ni à l'espoir. Peut-être ne croyait-il plus à rien tout court. « Arrête tes conneries, répondait Charine quand C. J. parlait de mourir jeune. Tu vas rester ici avec moi. »

Des années plus tard, Nerissa me raconte une histoire qu'elle a entendue de la bouche d'un ami de C. J. Ils étaient en train de marcher le long de la voie de chemin de fer parce que c'était la façon la plus rapide de traverser Pass Christian. Je visualise bien C. J., le pied léger, survolant avec assurance les blocs de granit en équilibre instable tandis qu'il file de traverse en traverse. Celles-ci ont noirci à cause du soleil du Mississippi et de la chaleur dégagée par les trains. De part et d'autre de la voie, des fossés profonds remplis d'eau. Les roseaux poussent haut. C. J. a dû l'entendre le premier, le sifflement du train au loin derrière lui. Son ami fait encore quelques enjambées rapides avant de se glisser derrière la barrière métallique, se demande pourquoi C. J. continue à avancer, un petit sourire aux lèvres – mais même ce sourire est dur comme une avalanche de pierres dans un ravin. Ou peut-être C. J. garde-t-il les yeux au sol en avançant. Quoi qu'il en soit, il fait mine de ne pas entendre le train qui fond sur lui à grande vitesse. De ne pas entendre son ami, qui tressaille au sifflement du train. « J'en ai pas, répétait C. J., j'en ai pas pour longtemps sur terre. » Il attend de sentir le train qui fend l'air dans son dos, d'entendre le sifflet dans ses oreilles, d'être sûr que le conducteur est en train de paniquer pour enfin inviter son mince corps doré à montrer ce dont il est capable et bondir hors des voies, hors de danger, en vie pour quelque temps encore.

C. J., Hilton et moi passons le 4 janvier 2004 au parc de DeLisle, dans les gradins pourris. C. J. a demandé à Hilton de rouler un blunt avec de l'herbe que ma sœur lui a donnée, des têtes vert vif tassées, humides. Les tresses blond-brun de C. J. tombent sur son front, il sourit. Le doux soleil d'hiver du Mississippi fait scintiller ses cils blonds comme s'ils étaient en métal doré. C. J. est tranquille, détendu. Je lui propose de venir au cinéma avec nous plus tard, voir Tom Cruise dans *Le Dernier Samouraï*.

— Carrément, répond-il.

Pendant que Hilton roule le blunt, je regarde les voitures qui passent dans la rue et essaie de convaincre C. J. d'allumer un feu dans le bidon rouillé qui fait office de poubelle, pour éloigner les insectes.

— Allez, C. J., je suis sûre que t'as super envie d'allumer un feu.

— C'est toi qui as envie de l'allumer, Pocahontas, me reprend-il.

— Non, dis-je en riant. Moi, je respecte l'environnement !

— Vas-y, Mimi, tu peux le faire.

Hilton me regarde en rigolant, les joues creusées par ses fossettes, les épaules secouées par son rire. J'ai la gueule de bois et suis un peu déprimée. Aucune envie de reprendre la route le lendemain pour retrouver le Michigan et son hiver interminable. Je jette un coup d'œil autour de moi pour voir ce qui pourrait alimenter le feu : de grandes herbes sèches, des branches de chêne taillées, des feuilles mortes, des glands, des morceaux de serviette, des sachets de chips et des bouteilles de Coca jonchent le parc. À travers un interstice entre les troncs des pins, j'aperçois deux de nos cousins plus âgés, d'anciens amis devenus accros au crack qui arpentent la route principale en attendant leur dealer.

— Je suis accro à ce truc, dit C. J. en riant et en désignant le blunt qu'il tient à la main. Sans déconner !

Quand Hilton me le tend, je décline d'un geste. Ils fument pendant trois heures, jusqu'à ce que le soleil se couche et qu'un épais brouillard débarque avec la nuit. Tous les trois ou quatre ans, un brouillard blanc recouvre toute la région du golfe du Mexique, réduisant à néant la visibilité. Durant ces épisodes de brouillard hivernal, nos phares de voiture ne parviennent pas à éclairer le paysage ; nos lanternes sont des chercheurs solitaires perdus dans la grande nuit.

En fin de compte, nous n'allons pas au cinéma. Je dois faire mes bagages. Je plie mes vêtements, grave des CD pour mes sœurs et mes cousins, charge la voiture et m'attarde dans la cour à écouter la cacophonie que font les insectes dans les bois qui entourent la maison, même en plein hiver. C'est un bonheur d'entendre ces sons familiers même si je ne vois pas grand-chose à cause du brouillard. Pendant que je me prépare, Charine et C. J. passent un moment dans ma voiture, à fumer. Il n'a pas envie de rentrer chez Duck ou chez Rob ou chez Pot, pour aller dormir sur le canapé. Il a envie de rester dans ma voiture avec Charine et de discuter avec elle jusqu'au petit matin. Sa maison, c'est elle. Mais Charine lui dit : « J'ai horreur du froid. » Elle rentre vers minuit et il part. Il descend la rue en direction de chez Duck et disparaît dans la brume. Je l'imagine en train d'attendre sous le grand chêne que ses cousins surgissent du brouillard pour venir le chercher. S'il ne reste pas avec Charine, autant ne pas dormir et profiter de la nuit pour faire autre chose. Lui et d'autres cousins à nous vont aller dans le nord du Mississippi pour ramener le nouveau-né que vient d'avoir l'un d'eux.

Charine s'est endormie mais je suis encore en train de faire mes bagages quand le téléphone sonne à deux heures du matin. C'est la mère de C. J. *Pourquoi est-ce qu'elle appelle à cette heure-ci ?*

— Allô ?

— C. J. a eu un accident…

Je pense : *Non.*

— … et il y est resté. Préviens Charine, s'il te plaît.

Je pense : *Je ne peux pas faire ça.*

— D'accord.

La mère de C. J. réprime un sanglot et raccroche. Je regarde le mur du salon. Je m'écroule sur le canapé, j'ai du mal à respirer. L'air passe bizarrement dans ma gorge. J'appelle Hilton.

— Allô ?

Je lui raconte ce que la mère de C. J. m'a dit. Je me mouche, lui parle à voix basse, en pleurs :

— Je ne peux pas lui faire ça. Je ne peux pas lui dire. Je ne peux pas la réveiller pour lui annoncer ça.
— J'arrive, me dit-il.

Trente minutes plus tard, Hilton est là. Il traverse le salon, la cuisine, le bureau, pénètre dans la chambre de Charine, allume la lumière et la secoue. Il lui annonce la nouvelle. Elle sort dans le brouillard, je mets mes chaussures. Tous les trois, nous descendons en voiture au parc, là où je me trouvais avec C. J. à peine douze heures plus tôt. Nous nous garons dans l'obscurité, des gens émergent peu à peu du brouillard, des bois, et nous restons ensemble jusqu'au lever du jour, rassemblés par une troisième tragédie, réunis encore une fois par la mort, la perte et le chagrin. On fait circuler des blunts en guise de mouchoirs. Ma sœur fume jusqu'à ce que ses yeux, gonflés de larmes, ne soient plus que deux fentes.

C. J. était parti en voiture avec ses cousins ; après avoir déposé le bébé, ils avaient percuté un train. Le passage à niveau n'avait pas de barrières. Il y avait bien un signal lumineux et sonore mais il ne fonctionnait pas toujours, et comme il s'agissait d'un coin de campagne peuplé surtout de Noirs, personne ne s'était réellement préoccupé de le réparer. Nul ne sait si le signal avait fonctionné cette nuit-là mais, de toute façon, la sentinelle mécanique défaillante de ce pauvre coin du Mississippi n'aurait pas fait le poids face au brouillard hivernal qui absorbait la lumière. C. J. était assis côté passager. Le cousin qui conduisait avait fait un écart et le train avait percuté le côté droit de la voiture, qui avait été emboutie par le choc. C. J. s'était retrouvé coincé dedans. Ils avaient tenté de l'en extraire mais il était bloqué. La voiture avait pris feu et il avait brûlé sous les yeux impuissants de nos cousins qui avaient hurlé à l'aide dans la froide nuit blanche, leurs cris comme avalés par le brouillard du Mississippi.

Il y a beaucoup de choses que je ne peux pas demander à Charine au sujet de la mort de C. J., des choses auxquelles je préfère qu'elle ne pense pas. Je ne lui demande pas s'il était encore en vie après l'impact. Je ne lui demande pas s'il a parlé à nos cousins quand ils ont essayé de le tirer de la voiture. Je ne lui demande pas s'il était encore conscient quand l'incendie s'est déclaré. Je ne peux pas lui demander si c'est le feu qui l'a tué. Mais j'ai entendu d'autres personnes en parler, et elles maintiennent que C. J. était encore vivant. Selon certains, il aurait même ordonné à ses cousins de le laisser là alors qu'ils essayaient de le sortir de la voiture ; lorsque j'entends ça, je me dis qu'il devait terriblement souffrir. Les jambes écrasées par le métal, il savait que leurs efforts seraient inutiles. Dans d'autres versions il était encore en vie quand la voiture a brûlé, laissant entendre que les cris de C. J. se sont ajoutés à ceux de ses cousins qui appelaient à l'aide, et qu'ils ont tous hurlé ensemble, à côté du signal défectueux et de la voie ferrée qui traversait les bois. Mais je ne raconte pas ces histoires à Charine ; je ne veux pas rajouter de la peine à sa peine, d'autant qu'elle se reproche déjà beaucoup de choses. Elle dit souvent que si elle était restée un peu plus longtemps dans la voiture, C. J. ne serait pas parti avec ses cousins. « Si j'étais restée dans la voiture, répète-t-elle, il serait encore en vie. » Les regrets pèsent lourd et leur poids est implacable.

Le jour qui suit la mort de C. J., nous allons chez un ami qui habite plus bas dans la rue. Nous le trouvons en compagnie de quatre autres gars du quartier ; ils sont assis dans une voiture garée devant la maison, une bière à la main. Le moteur tourne et ils regardent droit devant eux, comme si, à n'importe quel moment, ils allaient appuyer sur l'accélérateur, traverser la maison et abandonner cet endroit une bonne fois pour toutes. Ils pleurent, le visage impassible. Charine grimpe dans la voiture et se glisse entre eux, elle étreint celui qui est le plus proche d'elle. Je tourne le dos à la voiture qui ronronne et couvre mon visage de mes mains. Je vois tout mais ne comprends rien.

La nuit suivante, j'emmène ma sœur faire un tour de DeLisle en voiture tandis qu'elle finit de fumer le sachet d'herbe qu'elle avait donné à C. J. Nous roulons jusqu'au petit matin, jusqu'à ce que le réservoir soit vide, et je me demande si nous sommes en train de flirter avec la mort nous aussi. Pourquoi nous poursuit-elle ainsi, avec tant d'insistance, infatigable, sinon pour nous attirer à elle un par un ? Ma sœur fume son sachet d'herbe, elle en fumera beaucoup d'autres. Elle m'explique que ça la calme, comme les clopes. Elle fumera tous les jours après cette nuit-là, et, pendant des années, il lui arrivera de fondre soudain en larmes dans ma voiture, sans prévenir. Dans ces cas-là, je monterai le volume de l'autoradio et je la laisserai pleurer, incapable de dire autre chose que : « Je sais, je sais. »

Je me flatte de connaître les mots, de savoir comment m'en servir pour qu'ils me soient utiles. Des années plus tard, à ma demande, ma sœur exhume de ses affaires les papiers de l'enterrement de C. J., un petit texte et un marque-page. Elle se met à pleurer, parle du regret, de la perte, du chagrin qui la suit comme un frère jumeau. Elle me confie qu'elle rêve souvent de C. J. et que toujours dans ce rêve elle le poursuit. Agile, la peau dorée, il court, saute, bondit, et elle ne parvient jamais à le rattraper.

J'ai appris récemment que le terrain sur lequel a été construit notre parc va être converti en cimetière quand celui de la ville sera devenu trop petit ; un jour, nos tombes engloutiront notre terrain de jeux. L'endroit où nous passons tant de temps deviendra le lieu de notre sommeil éternel. Y aurait-il quelque chose à faire pour ralentir un peu la multiplication des tombes ? Pour rallonger notre temps d'éveil ? Notre chagrin, ajouté aux autres fardeaux de nos existences, aux autres pertes, nous enfonce peu à peu dans le sol et un jour nous nous retrouvons ensevelis dans une tombe de sable rouge. Finalement, nos vies sont nos morts. Instinctivement, C. J. le savait. Les mots me font défaut.

TEMPS DE LATENCE
1987-1991

Après le départ de mon père, ma famille s'installa à Orange Grove, une banlieue de Gulfport, petite ville du Mississippi. Même si Orange Grove et DeLisle sont très proches à vol d'oiseau, c'était pour ma mère une façon de goûter à une certaine forme de liberté. Elle étouffait à DeLisle où elle connaissait tout le monde et où tout le monde la connaissait ; pis, les gens avaient été témoins de la trahison de mon père. Elle pensait que les femmes de la communauté se réjouissaient de son infortune, ravies que la dissolution de sa famille leur fournisse de quoi alimenter leurs ragots, et qu'elles avaient une piètre opinion d'elle pour avoir eu quatre enfants avec un homme volage. Gulfport lui offrait l'anonymat ; dans les nombreux lotissements récents du nord de la ville qui s'étaient développés dans les interstices laissés vacants par les nouvelles zones commerciales, les voisins étaient des étrangers de passage. J'avais dix ans, Joshua sept, Nerissa cinq et Charine trois ; nos affaires, nos ustensiles de cuisine, nos vêtements, quelques livres et nos jouets nous suivirent dans la nouvelle maison où nous allions désormais vivre avec notre mère, loin de notre famille élargie, et sans notre père.

Gulfport n'est pas entouré de nature comme notre DeLisle natal. Notre banlieue était située près de la route principale qui traverse Gulfport du nord au sud. Sur un grand panneau de bois planté à l'entrée du lotissement, on pouvait lire le nom du quartier, Bel-Air. À l'ouest, plus proche de la route, se trouvait une des deux zones encore un peu sauvages de cette partie de la ville. C'était un espace boisé, bordé de terrains de basket, séparé en deux par un ruisseau et traversé de sentiers de randonnée sur lesquels les familles venaient parfois se promener le dimanche. Ma mère ne nous laissait jamais nous rendre seuls dans le parc de peur qu'on ne se fasse kidnapper par un malade mental. L'autre zone vaguement sauvage était située juste derrière notre maison, en limite nord du lotissement. C'était un rectangle de deux kilomètres carrés environ, bordés de tous côtés par d'autres lotissements remplis de petits pavillons de trois ou quatre pièces construits dans les années 1970, tous plus ou moins sur le même modèle.

Notre maison était en brique couleur chocolat. Il y avait un arbre anémique dans le jardin de devant et un grand feuillu derrière, qui, la nuit, à la lumière de l'éclairage urbain, paraissait violet et gris. La cour arrière était petite et délimitée par une clôture métallique, comme la plupart de celles du quartier. Les maisons étaient si proches les unes des autres que celle des voisins faisait de l'ombre à une partie de notre jardin où nous nous asseyions les jours de grosse chaleur.

Emménager dans cette nouvelle maison me fit un effet étrange. J'allais devoir changer d'école et le reste de la communauté, de la famille, me semblait bien loin de Gulfport. Pour la première fois, j'allais vivre avec ma seule famille immédiate, et sans mon père. J'envisageais le monde comme un territoire nouveau et dangereux ; j'étais un animal à la recherche d'un abri loin de son terrier.

Mes deux parents avaient grandi dans des foyers sans père, et ni l'un ni l'autre ne le souhaitait pour leurs enfants. Malgré cela, pas plus à l'âge adulte que dans l'enfance, ils ne parvinrent à connaître autre chose que la famille monoparentale. Subsiste ici une forte tradition, encouragée par une pauvreté endémique, d'hommes qui abandonnent leurs familles. On pourrait penser que la couleur de la peau n'a rien à voir là-dedans mais en réalité si – surtout lorsqu'on songe au démembrement des familles que subirent les premiers Afro-Américains sous le joug de l'esclavage. Comme pour beaucoup de jeunes Noirs au fil du temps, le rôle de père et de mari était difficile à assumer pour mon père. Il apercevait un monde de possibles à l'extérieur des frontières du foyer et ne résistait pas à son attrait. Ma mère en revanche, comme beaucoup de jeunes Noires de sa génération, comprit qu'il lui fallait renoncer à l'idée même du possible, à l'appel de l'extérieur, aux fenêtres ouvertes sur le monde. Ma mère sut assez vite que son monde se résumerait aux murs de sa maison, aux corps osseux de ses enfants, à leurs bouches affamées. Comme les autres femmes de sa famille avant elle, ma mère prit conscience que le poids de ses enfants reposait sur ses épaules. Alors, elle fit ce que sa mère avait fait, ce que faisaient ses sœurs et ses tantes : elle travailla dur pour élever ses enfants. Elle ne savait pas encore qu'elle serait notre seul soutien financier jusqu'à l'âge adulte.

Concernant le travail, ma mère n'avait pas des tas d'options : elle avait fait des études secondaires mais devait trouver un emploi lui permettant d'être rentrée chez elle l'après-midi pour s'assurer que nous faisions nos devoirs, nous faire prendre notre bain, nous coucher à l'heure adéquate et nous renvoyer à l'école le lendemain matin. Un poste en trois-huit dans l'une des dernières usines de la région, qui lui aurait rapporté davantage, était incompatible avec ses horaires. Sa famille aurait pu lui donner un coup de main mais ma mère se sentait responsable de son choix d'avoir eu quatre enfants avec mon père ; elle ne voulait pas se décharger de notre éducation sur sa famille et refusait de nous faire garder à l'extérieur, même si elle en avait eu les moyens. C'était à elle d'assumer et elle trouverait des boulots qui lui permettraient de s'occuper de nous. Juste avant le départ de mon père, elle travaillait comme blanchisseuse dans un hôtel de Diamondhead. Elle continua ensuite à s'y rendre en faisant la route avec des cousins, car mon père était parti avec la moto et la voiture. Puis, avant notre départ pour Gulfport, ma mère parvint à économiser suffisamment pour s'acheter une Chevrolet Caprice des années 1970, si vieille que la peinture bleue était mate et qu'il fallait s'y prendre à deux mains pour refermer les portières. C'est cette antiquité qu'elle conduisait pour se rendre au nouveau boulot qu'elle trouva par la suite, un emploi de femme de ménage chez une riche famille blanche de Pass Christian qui vivait dans un vieux manoir en bord de mer.

Plus tard, elle me raconterait comment elle avait élevé ses frères et sœurs. Comment son propre père les avait abandonnés, lui aussi, et comment, avec mon père, ils s'étaient promis à ma naissance d'élever leurs enfants tous les deux. Ma grand-mère travaillait dur pour subvenir aux besoins de ses sept enfants et c'était donc ma mère, l'aînée, qui se levait la première le matin pour réveiller ses frères et sœurs et les habiller avant de partir pour l'école. Elle coiffait ses sœurs avec de petites couettes bien nettes et plus tard, quand ils seraient plus grands, elle ferait régner l'ordre dans la fratrie comme une maman.

À l'époque où mes parents vivaient ensemble, je les percevais tous les deux comme des parents sévères. Mon père punissait mon frère et ma mère grondait tout le monde. Quand nous avons déménagé à Gulfport, j'ai compris que c'était ma mère qui avait toujours été le plus à cheval sur la discipline. Peu de temps avant de partir, mon père nous avait fait poser pour des photos idiotes, ses armes de kung-fu à la main, un foulard couvert de signes kanji indéchiffrables noué autour de la tête. C'était lui qui venait nous chercher avec sa moto à l'école élémentaire, qui se garait devant la porte et qui épatait nos copains de classe quand nous montions derrière lui pour rentrer à la maison. Pendant ce temps-là, ma mère faisait la cuisine, le ménage, nous confiait de petites tâches comme vider la litière du chat ou faire notre lit, ranger notre chambre et passer l'aspirateur. Mon père rapportait un salaire tandis que ma mère faisait des petits boulots mal payés et tenait la maisonnée.

À Gulfport, cet été-là, ma mère m'annonça que j'avais une nouvelle responsabilité au sein de la famille : j'étais la fille aînée d'une fille aînée et en tant que telle je devais l'aider à tenir sa maison, comme elle-même avait aidé sa propre mère. Un jour, elle rapporta une bobine de fil en plastique vert. Elle creusa un trou dans le jardin derrière la maison, dans le coin opposé à l'arbre, et enfonça une croix de bois dans le sol. Elle attacha fermement une des extrémités du fil en plastique à un des bras de la croix, et traversa toute la cour en déroulant la bobine pour nouer la corde à une branche basse de l'arbre solitaire. Puis elle fit de même sur une autre branche et fixa le fil à l'autre bras de la croix. Elle venait de fabriquer deux cordes à linge. Elle sortit un paquet de vêtements humides de la machine à laver, traversa la cuisine avec son panier et me lança :

— Mimi, viens par ici.

— Oui, maman.

Joshua, Nerissa et Charine étaient en train de regarder la télé. Nerissa nous suivit dehors tandis que Charine restait assise sur les genoux de Joshua, sur le sol, au pied du canapé.

— Aide-moi à étendre le linge, dit-elle.

Elle tira du panier un tee-shirt, froissé et lourd, et attrapa une pince dans un sac qu'elle avait fixé sur la corde. Elle fit passer l'ourlet du tee-shirt sur la corde et l'attacha avec des pinces.

— C'est comme ça qu'on accroche les tee-shirts. La tête en bas.

J'acquiesçai en silence.

— Les pantalons, par la ceinture.

Elle me tendit un tee-shirt.

— Oui, maman.

Je savais déjà plus ou moins comment on s'y prenait pour l'avoir observée pendant des années chez ma grand-mère où, avec ses sœurs, elles lavaient le linge de treize personnes et le mettaient à sécher sur des cordes qui faisaient toute la longueur de la cour. J'entrepris d'étendre le linge sur le fil d'en face : les pantalons de travers, les serviettes en triangle.

C'étaient les tee-shirts qui m'embêtaient le plus. J'avais envie de les suspendre par les épaules parce que les nôtres étaient toujours déformés, et pendouillaient sur nos petites carcasses comme des robes trapèze, mais je m'en gardais bien. Chez ma mère, les choses se faisaient ainsi.

Le départ de mon père m'avait affectée. Je m'enfermais parfois dans la salle de bains, qui était la seule pièce de notre nouvelle maison où je pouvais avoir un peu d'intimité, et je me regardais dans la glace. Je ne retrouvais pas mon père dans les traits de mon visage. Il figurait en bonne place dans ceux de mon frère et de mes sœurs, dans leurs grands yeux noirs aux cils épais, mais les miens paraissaient trop petits. Trop clairs. Et les cils trop clairsemés. Le reste de mon corps me décevait également – cicatrices de naissance marbrées, rouges, qui accrochaient le regard, muscles maigrichons, peau pâle. La nature de mes cheveux, surtout, était complètement différente de celle de mon père : les siens étaient noirs et lisses, les miens, d'un brun sale, s'emmêlaient facilement. C'était ce qui me décevait le plus. J'avais l'impression de n'avoir rien su conserver de lui. Son départ me faisait l'effet d'un rejet de l'enfant que j'avais été et de l'adolescente que j'étais en train de devenir. Je me regardais dans la glace et je contemplais l'incarnation de ce que le monde autour de moi semblait mépriser le plus : une jeune fille laide, pauvre et noire. Sous-estimée par sa famille qui ne voyait en elle qu'une bête de somme. Sous-estimée par la société qui ne savait pas apprécier son travail ni son physique. Cette graine s'enfouit dans mon ventre et y fructifia. Je me détestais. Ses fruits, c'était ma façon de marcher, avachie, les yeux au sol, le peu d'efforts que je faisais pour m'habiller, ma manière de plonger dans la lecture pour éviter le monde, de prendre aussi peu de place et d'attirer aussi peu l'attention que possible, parce que je ne méritais pas davantage. Un déchet, en somme.

Si j'étais trop jeune pour comprendre ce mécanisme, les autres percevaient néanmoins le dégoût que je ressentais pour moi-même et ils y répondaient. À la fin de l'été, ma mère nous inscrivit à l'école primaire du coin que nous ne connaissions pas encore. J'étais en CM2. Au cours des deux premières semaines, avant qu'ils corrigent les tests d'aptitude qu'on m'avait fait remplir, je me retrouvai dans la classe d'un grand type qui décida de me martyriser. Chaque fois que j'étais seule dans un coin de la bibliothèque ou au fond de la classe, il m'attrapait par les poignets, me plaquait au sol ou contre le mur, le bureau, et essayait de me tripoter les fesses. Je me débattais et faisais de mon mieux pour l'éviter, mais en vain. Je luttais comme le lapin que j'étais : timide jusqu'à ce qu'on me touche, puis frénétique, donnant des coups de pied et me tordant dans tous les sens. Au bout de trois semaines, on me fit passer dans une classe d'un meilleur niveau. Je ne me débarrassai pas pour autant de mon sentiment inné de nullité. Pendant un mois environ, je fus copine avec les trois autres filles noires de la classe. Puis elles commencèrent à me tyranniser elles aussi et mes résultats se mirent à dégringoler. J'étais très malheureuse, sans cesse sur le qui-vive, l'esprit saturé d'adrénaline, et au fond de moi rien de tout cela ne me surprenait vraiment. Je pensais que je l'avais bien mérité parce que les autres me voyaient seulement comme j'étais, c'est-à-dire une moins que rien, et qu'ils me traitaient en conséquence. J'étais déprimée, à tel point que ma mère s'inquiéta et décida pendant les vacances de Noël de me retirer de cette école et de m'inscrire au collège de Pass Christian.

J'étais à la fois excitée et inquiète. J'allais sûrement retrouver certains élèves que je connaissais. La plupart de ceux qui sortaient de mon école primaire à DeLisle allaient ensuite au collège de Pass Christian. Mais cela serait ma deuxième école en un semestre et la première expérience avait été horrible. Et s'ils continuaient à me harceler ? Intuitivement, je me doutais que les autres me considéreraient comme une cible, et c'est en effet ce qui se produisit. Au collège de Pass Christian, je fus martyrisée par trois groupes de filles différents. Je passais tout mon temps libre à la bibliothèque du collège, encore moins bien pourvue que celle de mon école primaire. Je me fis seulement deux amies, une fille noire et une Vietnamienne, avec qui je mangeais des biscuits volés à la cafète en parlant de garçons et de bouquins. Je me sentais plus proche de la fille vietnamienne ; elle semblait, comme moi, venir d'une autre planète. J'essayais d'apprendre sa langue en écoutant des chansons de pop viet qu'elle m'avait fait découvrir. Mais dans la salle des casiers, en cours de gym et dans la plupart des cours, j'étais seule face aux autres brutes, et mes notes continuaient à chuter.

Ma mère ne savait pas quoi faire. Elle ne saisissait pas clairement la nature de la haine que je me portais. Au lieu de voir que celle-ci était dirigée contre moi, elle la prenait pour une colère morne, une forme de rage prépubère qui lui était destinée pour avoir quitté mon père et détruit notre foyer. Du coup, elle me ramenait encore davantage à elle, exigeant que j'accomplisse davantage de tâches à la maison. Elle pensait extirper de moi cette haine maussade à coups de punitions. Quand j'eus douze ans, elle me confia la charge de surveiller mes frère et sœurs pendant qu'elle était au travail. Ma mère savait que j'étais intelligente même si mes résultats dégringolaient, si bien que lorsque son patron – chez qui elle travaillait comme femme de ménage depuis qu'elle avait quitté mon père – lui demanda de mes nouvelles, elle lui dit la vérité. C'était un avocat blanc qui avait étudié à Harvard et pratiqué le droit des affaires à La Nouvelle-Orléans, et il se rappelait ce qu'elle lui avait raconté en entrant à son service : sa fille aînée était douée, elle obtenait de très bons résultats à l'école publique et elle avait bénéficié de programmes d'excellence. Ma mère lui répondit que mes notes étaient mauvaises. Qu'on me maltraitait dans toutes les écoles où j'allais. Peut-être son patron avait-il été lui aussi martyrisé, enfant, par ses camarades de classe ? Bien que charpenté comme un joueur de football américain, il parlait d'une voix douce, avec des gestes délicats, ce que les autres pouvaient aisément prendre pour de la faiblesse. Quelles qu'en soient les raisons, il offrit, ce qui n'était pas habituel, de financer ma scolarité et de m'envoyer à l'école privée épiscopalienne où allaient ses enfants. Ma mère, qui répugnait à accepter de l'aide depuis qu'elle avait été trahie par mon père – quand il partit, on lui refusa un crédit parce que toutes les voitures et les factures étaient à son nom à lui, et elle se retrouva avec quatre enfants à nourrir et aucune existence financière ; encore aujourd'hui, elle déteste recevoir de l'aide de peur qu'on ne la lui retire après la lui avoir accordée –, ma mère, donc, y réfléchit un moment et finit par accepter la proposition. Quand elle me demanda si je voulais changer d'école, j'acquiesçai avec joie. Je pense que ma mère aurait continué à travailler pour cette famille même si le mari ne lui avait pas proposé de payer mes études, mais en acceptant son offre je l'empêchais de quitter cet emploi, qu'elle ait envie de rester ou non, pour encore six ans au moins, le temps que je termine le lycée. De toute façon, ma mère ne voyait guère d'autre option : ce boulot lui permettait de nourrir ses enfants tout en lui laissant assez de temps pour les élever. Pas question d'être une mère absente.

Je n'étais pas la seule à avoir des problèmes scolaires. Joshua s'en tirait de justesse en CE1. Nerissa aussi avait des soucis à l'école maternelle ; sa maîtresse l'avait envoyée chez la conseillère, qui avait convoqué ma mère pour lui expliquer que sa fille souffrait d'un déficit d'attention et qu'elle devait prendre des médicaments. Ma mère refusa. Seule Charine semblait ne se rendre compte de rien et s'adaptait avec aisance au jardin d'enfants. Ma mère faisait de son mieux pour nous soutenir. Les devoirs restaient une priorité à la maison. Mais nous ressentions tous avec acuité l'absence de notre père, et ce sentiment de perte et de déséquilibre se traduisait d'une manière ou d'une autre dans nos études. Malgré tous les efforts qu'elle déployait, notre mère n'était pas auprès de nous à l'école durant la journée ; il lui était impossible de nous venir en aide vingt-quatre heures sur vingt-quatre. Chaque jour, après les cours, nous nous asseyions à la table de la cuisine avec nos cahiers et tentions désespérément de bien faire tout en sachant, de cette manière confuse propre aux enfants, que nous n'y arrivions pas.

Depuis que nous habitions à Gulfport, notre père était venu nous voir une ou deux fois ; quand il était là, ma mère échangeait quelques mots avec lui puis elle se retirait dans sa chambre ou dans la cuisine, porte close. Souvent elle nous écoutait lui parler, lui danser autour, fous de joie. Notre changement d'attitude devait être palpable pour elle ; notre père pouvait se payer le luxe de s'impliquer affectivement et de se montrer attentif lors de ses visites, tandis qu'elle, qui incarnait la discipline, avait le sentiment qu'elle ne pouvait pas. Peut-être lisait-elle sur nos visages pleins d'adoration ce qu'elle ressentait envers son père lorsqu'elle était petite. Peut-être fut-ce pour cela que, à notre insu, elle évoqua avec notre père la perspective d'une réconciliation.

À sa troisième visite je crois, mon père dîna dans le salon, un plateau posé sur les genoux. Ma mère avait cuisiné pour lui et lui avait servi à manger ; d'habitude, elle l'ignorait. Après le dîner, notre mère nous envoya prendre un bain puis nous coucher. Nerissa, Charine et moi étions allongées dans le noir sur le lit à eau qui ondulait doucement. Elles s'endormirent mais je restai éveillée, j'attendais que la porte s'ouvre, signe que mon père repartait, seul ou avec ma mère qui le raccompagnerait là où il vivait ces temps-ci. Depuis qu'ils s'étaient séparés, il galérait de boulot en boulot et pour le moment était au chômage. Il avait planté sa moto, et sa voiture ne marchait plus. Mais le bruit de la porte ne vint pas. Je me glissai hors du lit, en espérant ne pas réveiller mes sœurs, et traversai la pièce à pas de loup. J'entrouvris la porte. Toutes les lumières de la maison étaient éteintes, sauf celle de la chambre de ma mère. Je me rendis sans bruit dans la chambre de mon frère, de l'autre côté du couloir.

— Josh ?

— Quoi ?

— Tu dors ?

Question idiote. Je m'approchai du lit superposé et me penchai vers celui du bas.

— Papa est pas encore parti.

— Je sais, répondit-il.

Que dire de plus ? L'attente dura un bon moment dans le noir, oreille tendue, sans rien entendre. De temps en temps, nous échangions quelques mots : « T'as entendu ? – Tu crois que ? » Nous nous demandions intérieurement si cela signifiait que notre père était revenu. Je m'assis sur le sol et posai la tête sur le lit de Joshua. Sa respiration se fit plus profonde et je compris qu'il s'était endormi. Quand il se mit à ronfler, je retournai dans ma chambre tout doucement, inquiète à l'idée de faire le moindre bruit et que notre mère découvre que je n'étais pas dans mon lit alors que j'aurais dû être couchée depuis longtemps. Je me glissai auprès de mes sœurs, repoussai Charine contre Nerissa, mais je mis longtemps à m'endormir. Dans ma poitrine, mon cœur battait fort, d'espoir et de peur mêlés.

C'est ainsi que mon père revint à la maison.

Une fois qu'il eut réintégré le foyer avec ses vêtements et ses affaires d'arts martiaux, mon père annonça à ma mère qu'il avait un rêve : ouvrir une école de kung-fu. Peut-être que le fait que mon père formule ses rêves aidait ma mère à comprendre ce qu'ils représentaient réellement pour lui. Toujours est-il qu'elle accepta : « Vas-y, fais-le », dit-elle. Ses enfants seraient ses premiers élèves, puis il en recruterait d'autres et trouverait un local. « D'accord », conclut ma mère. Ce qu'elle ne disait pas, c'était : *Je continuerai à travailler pour nourrir toute la famille pendant que tu essaieras de réaliser ton rêve.* Le sacrifice qu'elle faisait ne fut ni formulé ni reconnu. « Un jour, dit mon père, l'école permettra à toute la famille de vivre. » Je pense que ma mère voulait y croire et que c'est pour ça qu'elle ne s'était pas opposée à ce projet.

D'abord, mon père monta un cours dans un établissement périscolaire de Biloxi, puis un autre dans un studio de danse de Pass Christian et encore un autre à Gulfport. Des élèves s'inscrivirent. Le cours de Biloxi ne réussit jamais à en réunir plus de deux, alors il l'annula pour se concentrer sur ceux qui en attiraient davantage, une dizaine d'élèves à Pass Christian et une quinzaine à Gulfport. Il nous trimballait aux cours quatre soirs par semaine, et les cours duraient trois heures. Nous n'étions pas de mauvais élèves ; il nous enseignait déjà les formes et différents types d'attaques quand nous habitions encore chez ma grand-mère à DeLisle. Nous avions appris la forme des huit coudes dans le jardin dégarni devant la maison. Lors des cours à Gulfport et à Pass Christian, mon père nous faisait faire des séries interminables d'abdos, de pompes en appui sur nos poings et d'enchaînements. Même si c'était une excellente façon de lancer son entreprise, il ne gagnait pas encore assez d'argent pour couvrir ses dépenses. Une fois qu'il avait payé la location des salles, il lui restait à peine de quoi mettre de l'essence dans le moteur. C'est ce que je découvris un soir, après le cours. Nous quatre, plus mon cousin Aldon, étions entassés dans la voiture qui nous ramenait à Gulfport. Je m'aperçus qu'elle était en train de ralentir.

— On est en panne d'essence, déclara mon père.

Je pensais qu'il nous faisait une blague et je me mis à rire.

— Pour de vrai, dit-il.

— On est en panne ? demanda Josh.

Aldon se redressa sur son siège et se pencha en avant. La voiture s'immobilisa. Il faisait noir.

— Il va falloir pousser, commenta mon père. Tout le monde dehors, sauf Nerissa et Charine.

Ce qui voulait dire Josh, Aldon et moi. J'avais douze ans et eux neuf. Nous étions tout courbatus de l'entraînement, encore vêtus de nos tenues.

— Allez, zou, fit mon père. Vous allez voir, ça va être marrant.

Dehors, ses dents brillaient dans l'obscurité. Il y avait des lampadaires tous les cinq cents mètres environ mais pas de circulation sur cette route de campagne déserte et mon père ne voulait pas nous laisser seuls dans la voiture.

— Il y a une station essence après le tournant. Il faut qu'on arrive jusqu'à la cabine.

Hochements de tête.

— Je vais pousser en tenant le volant, et vous vous mettez derrière. Attrapez le pare-chocs… voilà, comme ça.

Mon père se dirigea vers l'avant de la voiture, passa un bras par la portière du conducteur et s'arcbouta en grognant : « C'est parti ! »

On fit comme lui. La voiture s'ébranla mais ne bougea pas.

— Allez, plus fort !

Les orteils agrippés à l'asphalte défoncé, on recommença à pousser de toutes nos forces – jambes, dos, bras – en grognant comme notre père. La voiture se mit à avancer si lentement que j'avais du mal à croire qu'elle avait bougé.

— Continuez ! cria papa. C'est juste là !

Ce n'était pas « juste là ». La station était située au moins un kilomètre plus loin et je ne le savais pas. Chaque fois que j'avais l'impression que je n'allais plus pouvoir continuer à pousser, que mes bras étaient réduits en cendres et que mes jambes allaient s'effondrer sous moi, je brûlais de demander à mon père : *Quand est-ce qu'on arrive ? C'est encore loin ?* Mais je ne le faisais pas. Je n'en avais pas l'énergie et, de toute façon, il ne m'aurait pas entendue. Alors je baissais les yeux sur la carrosserie qui luisait faiblement dans l'obscurité et j'écoutais Joshua et Aldon qui ahanaient à mes côtés. J'imaginais qu'une voiture arrivait par-derrière, ralentissait à notre niveau, que le conducteur baissait la vitre passager et nous proposait de nous emmener jusqu'à la station essence, ou bien nous offrait un jerrican qu'il avait dans le coffre, n'importe quoi pourvu que cesse cet effort qui mobilisait tout mon être. Cependant, aucune voiture ne passa. Il n'y eut aucun inconnu sympathique à l'horizon. L'air était doux et aussi enveloppant qu'un bain tiède, et les insectes, le vent, étaient les seuls signes de vie dans les bois et les parcelles que nous longions. La dernière partie de route avant d'arriver à la station était en pente, une bonne pente. Quand la voiture passa enfin la crête et pénétra dans la station, mon père émit un bruit comme si quelque chose s'était cassé à l'intérieur de lui : c'était fermé. J'étais tremblante et molle, inutile. La voiture s'immobilisa sur le parking, dont le bitume était réduit en poussière. Mon père plongea la main dans son sac de gym, en sortit un *quarter*, et il appela ma mère depuis la cabine qui se trouvait face à une épicerie aux volets tirés. Joshua, Aldon et moi étions remontés dans la voiture, trop fatigués pour parler. Sur le siège avant, Nerissa et Charine s'étaient endormies. Notre père nous rejoignit. Lui non plus ne dit plus rien jusqu'à ce que ma mère arrive avec un jerrican plein d'essence.

— Dès qu'on rentre, vite un bain et au lit, dit-elle à notre intention.

Il était tard. Elle avait les mâchoires serrées. Elle remonta dans sa voiture dont le moteur tournait toujours et nous attendit.

J'imagine la rancœur croissante de ma mère à l'idée que son dur labeur – nettoyer la cuvette des toilettes des autres, passer la serpillière dans des demeures de quatre cents mètres carrés – permettait à mon père de réaliser son rêve. J'imagine la déconvenue de mon père quand la concrétisation de son rêve se heurta au monde réel ; il se voyait tel une sorte de sage, un maître en arts martiaux dont les élèves malléables auraient bu avidement les paroles, comme dans les films de kung-fu que nous regardions parfois en famille le dimanche. Pour ces maîtres, l'argent n'était jamais un problème et ils n'avaient visiblement pas d'enfants. J'imagine le ressentiment de mes deux parents, chacun confronté au rôle qui était le sien à l'intérieur de la famille. Ma mère réagissait en se renfermant sur elle-même de plus en plus, en se montrant encore plus stricte, plus silencieuse. Quant à mon père, une de ses stratégies consistait à fuir la réalité en regardant des films et c'était quelque chose que nous pouvions partager avec lui.

Mon père nous emmenait à travers bois derrière la maison, nous longions quelques clôtures et nous poursuivions jusqu'à un centre commercial qui se trouvait sur Dedeaux Road. Chez le loueur de vidéos, mon père sélectionnait trois films qu'il avait envie de voir et nous laissait, Joshua et moi, en choisir un.

Joshua et moi passions notre temps dans la section des films d'horreur. Côte à côte, nous étudiions les jaquettes des cassettes, toujours mal dessinées et légèrement inquiétantes. Je lisais les synopsis intégralement, avec voracité – comme tout ce que je lisais. Après avoir loué tous les films d'horreur standard que le magasin avait en stock, on s'attaqua aux moins connus : des films de lutins, de vampires, de masses visqueuses et de créatures étranges qui vivaient dans les égouts. Ma mère avait acheté une machine à pop-corn et nous passions la plupart de nos week-ends vautrés sur la moquette, un saladier de pop-corn entre nous. Pour mes parents, c'était la manière la moins chère de distraire leurs quatre enfants. Nous adorions ça. Pendant ces tranches de vie d'une heure et demie, l'image de la famille idéale telle que nous l'avions rêvée lorsque notre père était absent s'incarnait à la perfection. Insensibles à l'insatisfaction dont souffraient nos parents, nous gloussions, bienheureux, le visage couvert de beurre.

Une nuit d'hiver de 1990, ma mère reçoit un coup de fil. C'est une femme de DeLisle qu'elle connaît et qui travaille au commissariat de police municipal, à Gulfport.

— Tu sais où est ta voiture ?

Quand la femme lui donne l'adresse, ma mère comprend aussitôt. Mon père est chez l'adolescente qu'il fréquente. Il a garé la voiture de ma mère juste devant la maison de sa copine. Sans doute a-t-il raconté à ma mère qu'il ne la voyait plus, qu'il voulait se consacrer à leur relation et à leur vie de famille pendant qu'elle travaillerait et qu'il essaierait de monter son école d'arts martiaux. Elle n'aurait pas renoué avec lui sans cela. J'imagine le choc qu'elle a dû ressentir en entendant la nouvelle au téléphone, la douleur qui a irradié dans sa poitrine avant de lui tomber dans l'estomac. Elle s'assoit un moment après avoir raccroché, les yeux dans le vague. Nos voix d'enfants qui jouent ou se disputent ou regardent la télé résonnent dans l'horrible silence qui règne dans sa tête. Elle s'arme de courage mais cette arme-là n'est que pacotille face à l'amour qu'elle ressent encore pour mon père. Et, pour couronner le tout, une telle lassitude… Ses articulations lui font sans doute mal car ses jointures ont déjà commencé à diffuser le flot constant de douleur qui cinq ans plus tard sera diagnostiqué comme de l'arthrite. Voilà ce que c'est que de faire le ménage pendant des années. Voilà ce que c'est que de travailler. Voilà ce que c'est que de se lever tous les matins, laissant derrière soi les rêves de la nuit, parce qu'il y a à faire et qu'elle seule peut le faire.

Ma mère me dit de surveiller mes frère et sœurs et monte dans sa voiture. Elle s'est acheté une deuxième voiture, une petite Toyota Corolla assez neuve pour briller d'un bleu pimpant. Elle se rend chez la fille et, sans un regard pour celle-ci, assise sur les genoux de mon père, elle ordonne à ce dernier de remonter dans la Caprice, de la ramener à la maison et après, dit-elle, il pourra se casser.

Mon père a toujours partagé ses rêves avec tout le monde, si bien que même la préadolescente que j'étais à l'époque les connaissait. Depuis des années, je savais qu'il voulait diriger sa propre école d'arts martiaux. Il avait d'autres rêves que je percevais mais que je n'arrive toujours pas à mettre en mots. L'achat de sa moto, peu judicieux ; ses combinaisons de cuir clouté à franges, qu'il portait même quand il faisait 35 °C ; la musique de Prince qu'il écoutait sur son walkman en conduisant la moto : il y avait quelque chose chez mon père de trop vaste pour le monde dans lequel il était né. Il était épris pour toujours de la promesse d'un ailleurs ; et les filles qu'il trompait et qu'il aimait, les unes après les autres, n'étaient que des télescopes de chair pointés sur une autre réalité.

Ma mère avait enterré ses rêves au cours du long trajet en voiture depuis la Californie jusqu'au Mississippi. Avec un désespoir croissant, elle les avait enfouis au fond de son ventre, à côté de mon frère, convaincue désormais de leur futilité. Elle avait tenté d'échapper au destin qui lui était promis à sa naissance, à ce monde de femmes laborieuses, de pères absents, où l'éducation était sommaire et les opportunités inexistantes. Elle avait cherché à se soustraire à cette fatalité, tout comme mon père, d'ailleurs. Le rejoindre en Californie avait constitué un vrai pari, un élan vers la liberté. Rentrer lui avait donné le sentiment d'avoir échoué. C'était renouer avec la pauvreté rurale, le sacrifice permanent exigé des femmes noires et démunies dans le sud des États-Unis. Mais le souvenir de ce rêve perdura à travers l'image qu'elle se faisait de mon père. C'est en partie pourquoi elle l'aima si longtemps, avec tant de constance, et c'est aussi pourquoi il lui fut si douloureux, ce jour-là, de le croiser près de la porte d'entrée, avec ses blousons en cuir, ses joggings noirs et ses tee-shirts à franges noirs fourrés dans des sacs-poubelle et de lui dire : « Va-t'en. »

Et c'est ainsi que mon père repartit.

Après son départ, je retrouvai mon rôle de soutien de famille. Si nous étions restés à DeLisle, la gestion du foyer aurait peut-être été un peu plus simple, mais, à Gulfport, ma mère ne pouvait pas porter seule le poids de toute la maisonnée. J'en prenais conscience peu à peu. Ma mère me confia une clé de la maison. Ce n'était qu'un élément parmi d'autres sur une liste de responsabilités de plus en plus longue. En plus de devoir plier les vêtements, les ranger, les suspendre, passer l'aspirateur, faire la poussière, nettoyer la salle de bains, surveiller mon frère et mes sœurs durant les vacances quand ma mère était au travail, la clé signifiait que, pendant l'année scolaire, c'était à moi d'ouvrir la porte si nous arrivions de l'école avant que ma mère ne soit rentrée. Mais, adolescente, j'étais déjà tête en l'air et j'oubliais beaucoup de choses. L'été, je laissais souvent ma clé à l'intérieur, claquais la porte d'entrée et nous enfermais ainsi à l'extérieur. Or, depuis le départ de mon père, il n'y avait plus personne pour nous ouvrir la porte tant que notre mère n'était pas rentrée. Pendant l'année scolaire, il m'arrivait d'oublier la clé dans mon casier à l'école et de ne m'en apercevoir qu'une fois devant la maison avec mes frère et sœurs.

Ce jour-là, je tapotai mes poches, Josh à mes côtés, Charine dans mes bras.

— J'ai oublié la clé.

— Quoi ? fit Josh.

Je cherchai dans ma poche, encombrée par Charine que j'essayais de poser par terre mais qui refusait de se laisser faire.

— Quelle idiote ! dis-je.

Josh, qui, à neuf ans, était presque aussi grand que moi, leva les yeux au ciel.

— J'ai envie de faire pipi, annonça Nerissa.

— Moi aussi. J'ai envie de faire pipi, renchérit Charine.

— Il va falloir aller dans les bois.

— Je veux pas aller dans les bois, décréta Nerissa.

— Moi non plus, ajouta Charine.

J'attrapai Nerissa par la main et Joshua nous suivit. Je les conduisis dans le bois derrière la maison, celui que nous traversions avec notre père pour nous rendre au magasin de vidéos – nous n'étions pas autorisés à marcher jusqu'à Dedeaux Road sans lui. À cinq mètres, à l'endroit où un sentier partait sur la droite, se trouvait un fourré bien dense. Derrière ces buissons, quelqu'un, probablement l'ancien locataire de notre maison, avait jeté un matelas. L'endroit ferait l'affaire.

— Venez.

Je les entraînai derrière l'écran formé par les buissons. Charine se mit à pleurer. Elle était convaincue que quelque chose allait la piquer à l'instant où elle baisserait son pantalon. Un serpent. Ou des fourmis.

— Y a pas de serpents, répliquai-je, alors que nous étions en été et que les sous-bois pouvaient être envahis de reptiles venus y chercher un peu de fraîcheur aux heures les plus chaudes de la journée.

Charine résistait.

— Tu veux faire pipi dans ta culotte, ou quoi ?

Elle continuait de sangloter et s'accroupit. Je me sentis coupable d'avoir été aussi dure avec elle.

— Allez, c'est pas grave, dis-je.

Charine acquiesça en s'essuyant le nez du revers de la main. Joshua, qui montait la garde sur le sentier, s'élança vers le matelas.

— Je vais faire un saut périlleux ! annonça-t-il.

Il prit de l'élan et sauta sur le matelas. Je m'attendais à le voir décoller dans les airs mais il ne rebondit que d'une trentaine de centimètres. Il n'y avait pas de ressorts et le matelas faisait un piètre trampoline. Joshua fit quand même un saut périlleux et atterrit sur le dos. Il se releva en souriant, l'air étourdi, titubant un peu, et se remit à sauter sur le matelas. Nerissa le rejoignit d'un bond et Charine me lâcha la main pour courir à son tour vers le matelas, sans plus craindre les serpents ni les fourmis.

Même si je sentais sur mes épaules le poids des responsabilités depuis le départ de mon père, comme ma mère avait dû le sentir quand le sien était parti (mais, dans son cas, davantage), j'étais encore une gosse. Nous étions tous des gosses, épris des mystères et de la beauté des bois, assez heureux finalement de notre exil auto-imposé hors de la maison. Le temps passa rapidement, à courir et rigoler dans les bois, jusqu'au retour de notre mère.

Un jour, j'étais avec Charine et Nerissa dans le jardin en train de faire des colliers de fleurs quand

Joshua sortit du bois et vint s'asseoir auprès de nous. Il était parti en exploration.

— J'ai découvert un truc, déclara-t-il.

— C'est quoi ?

— Un endroit secret. Je vais vous montrer.

On le suivit à travers les rangées d'arbres, le long du sentier qui tournait à droite, celui qui nous faisait traverser tout le lotissement et débouchait sur Dedeaux Road au niveau de l'épicerie. Nous marchions en file indienne car le chemin était très étroit. Les taillis, les herbes qui poussaient en bordure du sentier étaient tellement denses qu'ils nous griffaient les mollets. Je pris Charine dans mes bras. Elle avait quatre ans. Joshua allait en tête, Nerissa sur ses talons, fière de pouvoir marcher dans ses pas alors qu'elle n'avait que six ans. Puis il s'écarta du sentier : je basculai Charine sur mon dos et poursuivis, penchée en avant ; il fallait se frayer un chemin à travers des buissons pleins de feuilles et d'épines, les pieds dans les ronces, la tête dans les grands pins. Soudain, les arbres firent place à une petite clairière. Le sol était moelleux, tapissé d'une couche d'aiguilles de pin.

— Regarde, fit Joshua en s'agenouillant.

Il tapota les aiguilles de pin le long de ce qui ressemblait à un fossé peu profond, puis repoussa un peu de terre et un trou noir apparut à l'endroit où se trouvait le fossé précédemment.

— T'as vu ?

Nous étions agglutinées derrière lui. J'attrapai Nerissa par la main et me penchai par-dessus le dos étroit de Joshua avant de comprendre de quoi il s'agissait. Quelqu'un avait creusé la terre pour fabriquer une cache, puis il l'avait recouverte de chevrons de bois et camouflée par des aiguilles de pin.

— Qui c'est qui a fait ça ? demandai-je.

— J'en sais rien, répondit Joshua.

Il avait des copains dans le quartier, des garçons noirs et un blanc aussi qui, tout comme mes copines, vivaient tous dans des familles monoparentales. *C'est peut-être eux*, pensai-je, mais cela semblait une entreprise bien complexe pour ces gamins maigrichons aux genoux cagneux, dont on pouvait compter les côtes quand ils faisaient du vélo torse nu dans les rues du quartier. *Il a fallu beaucoup creuser. Et planifier.*

— Allez, on s'en va, dis-je en tirant Nerissa par le bras.

— Vous voulez pas qu'on descende voir ? demanda Joshua.

À sa façon de proposer cela, je compris qu'il n'y était pas encore allé et qu'il espérait qu'on explore la cache ensemble.

— Non. On s'en va.

Je tenais Nerissa par le bras.

— Accroche-toi bien, dis-je à Charine et elle serra ma taille avec ses jambes.

J'écartai les branches, commençai à me frayer un chemin en direction du sentier. Josh était resté planté à l'entrée du trou.

— Viens !

Il hésita puis nous suivit. En arrivant sur le sentier, je me mis à courir ; Charine rebondissait sur mon dos et ça la faisait rire.

— On fonce !

On trébucha sur les racines, les plantes nous fouettaient les chevilles comme des fils de canne à pêche. Au bout du chemin, on laissa le matelas sur la droite, franchit d'un bond le fossé qui séparait les bois de notre jardin, puis on passa la clôture pour se retrouver chez nous, hors d'haleine. J'ouvris le robinet et donnai à boire à tout le monde avec le tuyau d'arrosage. On passa le reste de l'après-midi très près de la maison. Joshua fit bien quelques sauts périlleux sur le matelas, mais fut le seul à remettre les pieds dans le bois.

Ce soir-là, après m'être fait gronder par ma mère pour avoir encore une fois oublié ma clé, après le bain du soir et l'extinction des feux, je restai dans mon lit sans fermer les yeux, tentant d'apercevoir la commode, nos peluches, mon poisson solitaire dans son petit aquarium rectangulaire. Alors que j'aurais voulu qu'ils brillent dans le noir pour m'apaiser et me rappeler que je n'étais pas seule, ils restaient muets dans l'obscurité, invisibles. J'avais presque envie de secouer Nerissa pour qu'elle se réveille ; ses yeux luiraient dans le noir et au moins elle émettrait quelques grognements, mais je ne le fis pas. En plus des nouvelles responsabilités qui pesaient sur moi, le deuxième départ de mon père avait ranimé mon sentiment d'abandon et de nullité personnelle. Allongée à côté de mes sœurs endormies, pleine de doutes quant à l'amour que me portait mon père, je faisais un rapprochement entre la cache que nous avions découverte dans les bois et mon malheur bien mérité. Au lieu de réveiller Nerissa, je me représentai la bouche ouverte de la cache qui bâillait comme une tombe dans le noir, dans l'avenir.

Le jour suivant, je n'en parlai ni à mon amie Kelly, ni à mon amie Tamika, ni à mon amie Cynthia. Je continuais toutefois à y penser tandis que Kelly me racontait des histoires que je n'écoutais qu'à moitié.

Nous étions pieds nus sur le terrain vague qui jouxtait la maison.

— Eh, t'as entendu la nouvelle chanson du rappeur blanc ?

Je ne savais pas de quoi elle parlait.

— Il est trop mignon, poursuivit-elle.

J'avais treize ans et n'étais que minceur, grandes dents et cheveux indociles que ma mère avait d'abord cessé de peigner avant de tenter de les dompter grâce à un produit assouplissant. Kelly sourit en disant cela et ondula de toutes les parties féminines de sa personne. Elle avait quatorze ans. Elle leva les yeux au ciel en réponse à ma question.

— Attends de le voir.

Quand je vis le rappeur blanc à la télévision, je lui trouvai les traits durs et trop de paillettes. Certains garçons du quartier me semblaient plus séduisants, avec leurs pommettes saillantes, leurs cheveux noirs et leurs yeux presque noirs eux aussi. Ces garçons ressemblaient à mon père quand il était jeune. Mais je n'avais pas de copain. Je pensais que j'étais trop maigre et trop moche pour intéresser les garçons ; je n'aurais jamais osé en aborder un que je ne connaissais pas et la plupart du temps ils ne m'abordaient pas non plus. Et si, par hasard, ils le faisaient, je me sentais plus gênée que flattée. Kelly, elle, avait des copains. De même que Crissy, une de mes amies du collège de Pass Christian. Nous nous téléphonions de temps en temps et elle me racontait ses histoires.

— J'ai presque fait l'amour, m'annonça-t-elle un jour.

— Hein ?

— Je te le jure.

— C'est vrai ?

— Mon copain est venu chez moi et ma mère était pas là. On était dans la chambre, on s'embrassait et tout. Il a essayé de la mettre mais ça rentrait pas.

— Oh.

J'étais épatée par son audace.

— Ça doit vouloir dire que d'après Dieu c'était pas le bon moment.

Bien que n'ayant que treize ans, sa dernière remarque m'étonna quand même. Je ne voyais pas ce qu'Il avait à voir avec une adolescente qui avait envie de faire l'amour.

— Ah ouais, sûrement, répondis-je.

Nous n'avions pas le droit d'inviter des amis chez nous quand notre mère n'était pas là et, en général, je n'en avais pas envie. Nous nous retrouvions dans la rue ou dans les bois, et, à Gulfport, je n'avais que des amies filles. Mes copines draguaient mais ça ne m'intéressait pas. Je lisais des livres et, en secret, jouais encore à la poupée. Une fois, oui, je laissai entrer un garçon dans la maison de ma mère alors qu'elle était au travail. Non pas que je le trouvais mignon ou que j'espérais qu'il se passe quelque chose entre nous, mais j'avais cru que c'était un copain de Joshua. Ce fut un désastre.

Cela se passa quelques semaines après notre découverte de la cache. Deux garçons du quartier débarquèrent devant la maison : Phillip, qui était effectivement un ami de Joshua, plus maigre que lui et un peu plus grand, avec une coupe de cheveux asymétrique à la Gumby[1]; et son pote Thomas, de mon âge et que nous ne connaissions pas beaucoup.

1. Personnage de pâte à modeler des années 1950 dont le sommet du crâne part en biais.

Il dépassait Phillip d'une bonne tête et était plus costaud. Il avait un nez large et plat et une épaule plus haute que l'autre, comme si tout l'axe de son corps était de travers.

— On peut entrer ? demanda Thomas.

Joshua, Charine et Nerissa étaient dans le salon en train de regarder la télé, et je me tenais devant la porte latérale qui donnait sur l'auvent de la voiture. Il faisait beau et chaud ; tout autour, les insectes se lamentaient à voix haute de la chaleur. Dans la maison il faisait frais, même si ma mère réglait le thermostat sur 27 °C pour faire des économies d'électricité pendant les mois d'été. Il nous était interdit de modifier le réglage sous peine de fessée, et nous n'y touchions jamais.

— Si tu veux.

Les deux garçons me suivirent dans le salon. Phillip s'assit près de Joshua sur le canapé et ils se mirent à parler. Je m'assis sur l'autre canapé. Nerissa et Charine, en pleine dînette sur le tapis, levèrent le nez un instant mais repartirent aussitôt dans leurs jeux.

— Je peux m'asseoir près de toi ? demanda Thomas.

— Si tu veux.

Il s'assit près de moi sur le canapé.

— Qu'est-ce que vous faites ?

— Rien. On regarde la télé.

— Il fait chaud, hein ?

— Ouais.

Thomas se rapprocha de moi. Sa jambe effleurait la mienne. Je me décalai vers le bout du canapé.

— Elle est où, votre mère ?

— Au travail.

Thomas se rapprocha de nouveau, sa jambe contre la mienne. Je voulus m'écarter mais j'étais coincée par le bras du canapé. Je ne comprenais pas pourquoi il n'allait pas parler avec Josh et Phillip.

— Pourquoi tu t'éloignes comme ça ? insista-t-il.

Je haussai les épaules et lui tournai le dos. Tout à leur discussion, Josh et Phillip sortirent par la porte latérale. Elle se referma derrière eux.

— Tu me plais, fit Thomas.

Je restai muette. Il se colla contre moi, me coinçant entre lui et le bras du canapé. Je tentai de me lever mais il m'attrapa par le bras et me força à me rasseoir.

— Je te plais pas ?

Je fis non de la tête. Sa main glissa le long de mon bras, jusqu'à mon épaule, mon cou. J'eus un mouvement de recul mais il s'approcha encore. J'étais impuissante.

— Arrête, dis-je.

On aurait dit un couinement de souris.

— Quoi ? J'ai rien fait.

— Arrête de me toucher.

Je pensai : *De toute façon, c'est tout ce que je mérite.*

— Allez, viens, dit-il en se penchant de nouveau vers moi, bouche la première.

Il m'empoigna le bras d'une main dure. Je pensai : *C'est ma faute.* Charine et Nerissa s'étaient tues.

— Arrête !

Je ne pouvais plus respirer. Il était trop grand. Je pensai : *Reste tranquille et si tu tiens le coup assez longtemps, ça sera bientôt fini.*

D'un bond, Charine se leva et se précipita vers le canapé. Elle sauta sur Thomas à pieds joints et se mit à lui piétiner l'entrejambe.

— Laisse ma sœur tranquille ! Laisse ma sœur tranquille ! hurlait-elle.

— Descends de là, ordonna Thomas en tentant de la repousser.

Ce faisant, il recula suffisamment pour me permettre de me dégager et de me lever.

— Laisse-la tranquille ! criait Charine en lui donnant des coups de pied.

Par terre, Nerissa pleurait. Je pris Charine sous les aisselles et l'assit sur ma hanche. Grâce à elle, j'avais recouvré l'usage de la parole.

— Dehors ! dis-je.

— Quoi ?

— Dehors ! Ou j'appelle ma mère.

Il se leva d'un bond. Je courus vers la porte, Charine toujours sur la hanche, et l'ouvris en grand. La chaleur extérieure entra d'un coup.

— Sors d'ici.

Il sortit dans la fournaise en nous dévisageant.

— Va te faire foutre, dit-il.

— Va te faire foutre toi-même !

Je claquai la porte et fermai le verrou à double tour. J'étais étonnée de ma propre colère.

Thomas se mit à donner des coups dans la porte, fort.

— Espèce de salope !

— Je suis pas une salope !

Mais tout en prononçant ces mots, je me sentais honteuse de ne pas m'être défendue plus tôt, sur le canapé. *C'est une gamine de quatre ans qui m'a secourue.*

— Sale pute !

Il donna de nouveaux coups. Je reculai, Charine agrippée à moi. Nous avions les yeux rivés sur la porte qui tressautait. Charine était sur le qui-vive, prête à se jeter sur lui de nouveau s'il le fallait. *Je suis vraiment trop nulle.* On frappa à la porte de derrière, et Josh entra. Je fermai le verrou de cette porte-là aussi.

— Pourquoi t'as fermé l'autre porte ? demanda Josh.

Thomas continuait à donner des coups. On entendit Phillip rire sous l'auvent.

— À cause de lui, dis-je en désignant la porte latérale.

— Salope !

Thomas frappa à nouveau. Puis plus rien. Je posai Charine à terre, me dirigeai vers la fenêtre qui donnait sur la rue, et jetai un œil à travers les lamelles du store ; les deux garçons avaient déguerpi en courant et ralentissaient maintenant le pas au milieu de la rue. Je les observai jusqu'à ce qu'ils tournent le coin.

Peu importe que ma mère soit là ou non. À compter de ce jour, Thomas me surprendrait souvent pendant que j'étendrais du linge ou que je balaierais sous l'auvent. Il n'entrait pas dans le jardin mais rôdait le long de la clôture, dans le bois derrière la maison. Il criait : « Je sais que tu m'entends ! Tu m'entends ! » Et puis : « Je te vois ! » Je pensais qu'il voulait dire qu'il voyait ma détresse, qu'il voyait que je méritais d'être traitée ainsi par un garçon, n'importe quel garçon, tous les garçons. Et je le croyais.

Après le départ de mon père, ma mère se renferma sur elle-même. Dès qu'elle rentrait à la maison, elle faisait le ménage. Ou bien elle allait dans la cuisine pour préparer à manger. Fini les dimanches passés à regarder des films en famille. Nous avions des bons de nourriture, des carnets entiers que j'avais toujours honte de sortir à l'épicerie mais que ma mère dégainait sans gêne afin de remplir le frigo. Contrairement à mon père, ma mère n'était pas à l'aise avec les démonstrations physiques d'affection. Elle ne nous prenait jamais dans ses bras, ne nous embrassait pas, ne nous touchait pas quand elle nous parlait, comme le faisait notre père. Parfois je me dis que ma mère devait craindre, si elle se détendait un tant soit peu, de voir s'effondrer le monde qu'elle avait eu tant de mal à construire. Donc, comme elle ne pouvait exprimer directement son amour pour nous, qui était aussi vaste, farouche et puissant que les feux de forêt qui ravageaient parfois les bois derrière la maison, elle montrait qu'elle nous aimait de la seule façon qu'elle connaissait, outre le fait de s'occuper du foyer, du ménage, de veiller sur nous et de nous inculquer de la discipline : en nous faisant à manger. Elle préparait d'énormes marmites de gombo, de la soupe au bœuf et aux légumes, des côtes de porc, de la purée, du rôti, du riz blanc avec des haricots rouges, du pain de maïs, et des desserts – pralines aux noix de pécan, muffins aux myrtilles, gâteaux au chocolat et génoises qu'elle décorait avec des dessins élaborés de fleurs et des feuillages en glaçage.

Quand elle ne faisait pas la cuisine, elle restait dans sa chambre et regardait la télé. Elle avait une amie dans le quartier, une femme qui avait épousé un lointain cousin à elle. Ils habitaient de l'autre côté de la rue. Le cousin de ma mère se débattait avec un problème d'addiction, alors il arrivait que ma mère leur achète à manger et laisse les enfants entrer dans la maison pour qu'ils jouent avec nous. Elle avait aussi une amie proche, une cousine également, qui était partie s'installer à Atlanta. À part ça, elle était seule. Les hommes, elle s'en méfiait en général mais redoutait tout autant la cruauté et la fourberie des femmes : celles avec qui mon père avait eu des liaisons, dont certaines étaient des amies, qu'elle connaissait depuis l'enfance, et qui s'étaient réjouies de son malheur, l'appelant pour lui dire : « Il ne t'aime pas, c'est moi qu'il aime. » Elle ne faisait confiance à personne. Ses enfants étaient ses seuls compagnons ; nous formions une troupe turbulente et bruyante qu'elle aimait de tout son cœur mais qu'elle avait du mal à supporter, ayant passé toute sa vie à élever des enfants. Cet été de 1990, toutes les contraintes et les frustrations de son existence s'additionnèrent et le grand chaudron de sa vie se mit à bouillir, à bouillonner et à déborder. Le fardeau était trop lourd pour une seule personne. Elle se mit à tituber sous ce poids.

Si l'un de nous faisait une bêtise, comme de laisser traîner ses affaires par terre dans la salle de bains une fois de trop ou de se bagarrer avec les autres, elle nous filait la rouste à tous les quatre. Parfois, elle se servait du manche d'un balai en bois pour poupée. Un jour qu'elle était au travail, Joshua le trouva et alla le jeter dans la forêt. Elle en acheta un autre. Après des mois sans contacts physiques avec nous, à part les raclées, elle adopta des tactiques psychologiques. Un jour, elle menaça de nous donner en adoption ; quand elle m'entendit pleurer dans ma chambre, tard ce soir-là, elle m'appela pour me demander ce qu'il se passait.

— T'as dit que tu voulais nous abandonner…

— Si vous étiez plus sages, répondit-elle, j'aurais pas besoin de vous menacer.

Nous avions l'impression de ne jamais être à la hauteur. Je la décevais. Un après-midi, peut-être parce qu'elle se sentait seule ou bien parce qu'elle souhaitait m'expliquer un peu la raison de sa sévérité, ou encore pour me mettre en garde contre le type d'héritage qu'elle craignait de me transmettre, elle gara la voiture sous l'auvent au retour des courses et ordonna à mon frère et à mes sœurs de rentrer à la maison. Puis elle me dit : « Attends, reste ici. » Et là, elle fit quelque chose qui dut lui être extrêmement difficile, car totalement opposé à sa nature : elle me parla. Me raconta des histoires. « Tu sais, Mimi, ton père… » Elle se livra d'une façon qui ne se répéterait plus avant bien longtemps. Certaines choses, je les compris à l'époque ; d'autres, je ne les comprendrais qu'une fois que j'aurais atteint son âge ; il en reste que je n'ai toujours pas comprises. Comment elle avait dû s'occuper de ses frères et sœurs quand elle était petite, la relation qu'elle avait avec sa propre mère, son amour pour son père et pour son mari qu'elle avait pourtant perdus, l'un comme l'autre, n'étant pas parvenue à les retenir. À treize ans, j'entraperçus combien ma mère avait souffert. L'espace d'un après-midi, je découvris les fardeaux qu'elle portait, dont certains ressemblaient aux miens. Un instant, je ressentis avec force ce que signifiait être la fille de ma mère. Durant ce bref moment, j'atteignis une maturité qui n'était pas de mon âge et je fis ce que je pouvais : j'écoutai.

Ma mère aussi écoutait, quand cela lui était possible, nos chuchotements furtifs. DeLisle nous manquait, disions-nous. Nous avions envie de courir pieds nus sur les chemins et de manger des mûres gorgées de jus, de sucre et de soleil, et de descendre la rivière en suivant le courant. Nous n'aimions pas nous rendre à pied, l'été, en petit groupe bien serré, à l'école élémentaire de Bel-Air pour déjeuner gratuitement à la cantine, avec le sentiment désagréable d'être pauvres. Alors ma mère nous demanda : « Vous voulez qu'on retourne à DeLisle ? » Et tout le monde acquiesça.

Ma mère, sobre par nécessité, avait économisé assez d'argent pour racheter un terrain de deux mille mètres carrés à sa tante paternelle. À l'été 1990, elle entreprit de le défricher avec ses frères, armés de machettes et de tronçonneuses. Parfois elle nous emmenait avec elle. Un jour qu'elle était partie sans nous, je repris le chemin des bois avec Joshua, en laissant Nerissa et Charine à la maison. Ma mère aurait été fâchée d'apprendre que j'avais laissé les deux petites toutes seules, mais je voulais revoir la cache. J'avais besoin de savoir si elle continuait à béer au sein de la petite clairière. Sans que j'en sois pleinement consciente, cette cache avait acquis pour moi une importance symbolique ; c'était une représentation physique de toute la haine, tout le mépris, tout le chagrin que je portais en moi, la sombre incarnation de tous les moments passés à Gulfport où je m'étais sentie terrorisée ou menacée sexuellement. Sans que je le comprenne vraiment, c'était devenu pour moi un présage.

Nous retrouvons la cache. Le contreplaqué qui auparavant la recouvrait a disparu et il ne reste plus qu'une fosse tapissée d'aiguilles de pin, parfaitement carrée et très sombre. C'est encore pire de distinguer les recoins obscurs de ce trou creusé de main humaine et ma réaction est viscérale. J'ai l'impression d'y être aspirée, comme si mon monde s'était soudain réduit à ces limites : les aiguilles de pin me piquent les bras, les jambes, les murs de la caverne qui m'entourent s'élèvent aussi haut que les arbres, le ciel s'est obscurci. Je ne peux pas y échapper. Son spectre me suivra ma vie entière. Nous restons un moment à observer cette gueule ouverte sans mot dire. Puis nous repartons. Je me demande si Joshua aussi a perçu quelque chose, au bord de cet horrible trou, de l'avenir qui nous attend.

La maison est un vrai chantier. Au moins, Nerissa et Charine n'ont rien cassé. Je leur confie de petites tâches, comme de ramasser leurs jouets dans le salon, tandis que je me mets à la vaisselle. Joshua est resté dans le jardin. Je m'approche de la fenêtre, les mains pleines de savon.

— Josh, il faut que tu sortes la poubelle.

— D'accord, dit-il.

Je lave toutes les tasses et m'attaque aux bols. Il n'est toujours pas rentré. Je m'approche de la fenêtre à nouveau.

— Josh !

Je suis énervée : les responsabilités pèsent trop lourd sur mes épaules d'enfant. Je me sens incompétente. Je n'y arrive pas.

Depuis le jardin, mon frère se retourne vers la maison. Il n'a pas besoin de lever le menton et je m'aperçois que nous faisons la même taille désormais. Le soleil, qui l'oblige à plisser les yeux, baigne ses cheveux châtains d'une lueur dorée, et son tee-shirt noir le moule – car Josh, à onze ans, s'est épaissi. Il regarde à travers la moustiquaire et j'ai l'impression qu'il distingue clairement mes mains pleines de savon, mes doigts flétris, ma mâchoire serrée par l'énervement et l'humiliation, et qu'il me hait. À l'orée de l'adolescence, c'est ainsi que mon frère et moi comprenons ce que c'est qu'être une femme : labeur, rancœur, soucis. Ce que c'est qu'être un homme : ressentiment, colère, désir que la vie soit tout sauf ce qu'elle est.

RONALD WAYNE LIZANA

NÉ LE 20 SEPTEMBRE 1983
MORT LE 16 DÉCEMBRE 2002

Ça va être un tombeur quand il sera grand.

Il a beau avoir neuf ans, on peut déjà lire dans sa petite ossature bien proportionnée qu'il va embellir encore en grandissant. Leste, il donne l'impression de se tenir perpétuellement sur la pointe des pieds, prêt à faire une blague, partir en courant et disparaître dans le couloir de l'école élémentaire. Il me rappelle Joshua à son âge. Ronald aussi est le seul garçon au sein d'une famille de filles ; je suis allée à l'école avec sa grande sœur. Les profs nous arrêtaient parfois pour nous demander si nous étions de la même famille : « Vous avez un air. » Ronald ressemble encore davantage à Josh quand il se tient à côté de mon cousin Tony, qui a neuf ans lui aussi mais dont la peau est d'environ trois teintes plus sombre que celle de Ronald.

À quinze ans, je suis bénévole au centre aéré des Gamins du Bon Dieu. Organisé par mon lycée épiscopalien, ce centre a pour but de proposer des activités de plein air gratuites aux enfants défavorisés. La plupart des enfants que je connais à DeLisle ou à Pass Christian seraient éligibles mais seulement trois d'entre eux sont là cet été : Antonio, ma cousine Rajea et Ronald. J'inscris le nom de Tony dans le cahier de présence.

— Et toi, t'es qui ?

Je m'adresse en souriant à Ronald et il me sourit en retour, lentement : il a les dents blanches, la peau cuivrée, de grands yeux brun sombre. Quelques taches de rousseur sur le nez. *Toutes les filles vont être folles de lui.*

— Ronald Lizana.

J'inscris son nom dans le registre.

— Tu seras avec les autres garçons. Venez, je vais vous installer.

Après avoir inscrit Rajea, je l'emmène dans le couloir en la tenant par la main. Je me retourne pour m'assurer que Ronald et Tony nous suivent. Ils sont bien là, en train de rire d'une blague faite par Ronald.

Les deux semaines que dure le centre aéré sont autant de temps que je ne passe pas à traîner à la maison, et c'est pourquoi je me suis inscrite en tant que bénévole. Josh est assez grand désormais pour surveiller Nerissa et Charine pendant que je suis au centre et ma mère au travail. Mes frère et sœurs n'ont pas voulu venir, persuadés que ce serait trop naze. « Ça va être plein de Blancs, ont-ils dit. Et de religion. » J'ai haussé les épaules. Je suis en train de sortir d'une phase de religiosité intense, durant laquelle j'ai passé au moins une moitié de chaque heure à penser à Dieu, à prier et à baigner dans l'amour divin. En arrivant à l'école épiscopalienne en sixième, j'ai trouvé irrésistible l'idée d'un Dieu qui m'aimerait infailliblement, cicatrices et défauts compris. Voilà un homme qui ne partira jamais, ai-je pensé. Quelqu'un qui ne me décevra pas. Plus tard, je m'éloignerai de la religion quand je prendrai conscience de la rigidité de la doctrine et de l'hypocrisie de certains élèves parmi les plus pieux.

Au lieu de proposer des travaux manuels ou d'enseigner des chansons folk à contenu religieux avec les autres lycéens et les deux apprentis séminaristes qui dirigent le centre, je suis pour ma part chargée d'animer des cours de danse. Avec une autre bénévole, nous mettons au point des chorégraphies sur « The Humpty Dance » et « I Wish I Was a Little Bit Taller » que les gamins danseront devant tout le monde à la fin de la semaine. Le premier jour, Ronald n'a pas l'air très convaincu.

— Tu sais pas danser, décrète-t-il.

— Si, je sais.

— Alors, tu sais faire du popping ?

— Ouais.

Ma collègue bénévole, qui montre le début de la choré aux autres élèves, se met à compter : « Et un et deux et trois et quatre et cinq et six et sept et huit… »

— Vas-y.

— J'ai pas l'intention de faire du popping devant toi.

— Moi, je sais.

— Non, tu sais pas.

Tony s'approche nonchalamment.

— Regarde, fait Ronald.

Il écarte les jambes, place ses mains devant lui, paumes vers le bas, et se met à donner des coups de bassin. Je ris. C'est vrai qu'il sait danser le popping. Tony s'y met lui aussi.

— On va pas mettre ça dans la choré.

— Et pourquoi pas ? propose Ronald.

Les commissures de ses lèvres se mettent à tressaillir. C'est un dragueur-né.

— Tu crois vraiment que les autres garçons accepteront de le faire ?

— Ouais, dit-il.

— Et toi, Tony, tu le feras ?

— Ouais.

— Très bien. (Je croise les bras.) On va mettre quelques pas de popping.

Ronald est un charmeur et adore frimer. Quand je passe dans l'étroit couloir avec un grand plateau rempli de gobelets de jus de fruits et des biscuits pour le goûter, il se poste dans le recoin obscur devant les toilettes et se met à faire du popping. Je ris, les biscuits dans leurs petites caissettes en papier glissent sur le plateau, les gobelets débordent, le jus se répand sur les caissettes en papier ciré si bien que le temps que j'arrive dans la classe avec le goûter, elles ont toutes ramolli.

En cours de danse, il apprend vite. Comme C. J., il est athlétique, mince et petit. Il retient bien les mouvements et sait se les approprier. Tony et Ronald sont très copains et je pensais qu'ils n'allaient pas m'obéir et qu'ils préféreraient se planquer au fond de la classe pour jouer ou disparaître dans les couloirs mal éclairés pendant des heures. Mais non. Lorsque je leur demande d'écouter, ils m'écoutent, et ils exécutent tous mes pas de danse bizarres, en s'animant dès qu'ils croisent le regard de l'autre ou qu'arrive la séquence popping.

Vers la fin de la deuxième semaine, nous fabriquons un toboggan artisanal en déroulant deux longues bandes de bâche plastique et en les recouvrant d'eau mélangée à du produit vaisselle. Le ciel est d'un bleu infini et l'air est léger, momentanément débarrassé des torrentielles pluies d'été. Nous plaçons les deux toboggans côte à côte dans un champ en légère pente.

Un des bénévoles, torse nu, pâle, grimaçant à cause du soleil, est pressé d'essayer. Il court, saute, dévale la colline à plat ventre et déboule dans l'herbe tout en bas. Quand il se redresse, je note que sa poitrine est marbrée de vert et de rouge et je me demande s'il s'est fait mal.

— C'est génial, dit-il.

Ronald et Tony veulent essayer à leur tour.

— Regarde, Mimi ! lance Tony.

Il court et se jette sur la bâche en plastique avec un bruit sourd qui pourrait donner l'impression qu'il s'est fait mal mais il sourit de toutes ses dents en envoyant gicler l'eau savonneuse ; après son vol plané final, il atterrit dans la poussière. La réussite de Tony est un défi pour Ronald. Il plonge sur le plastique mouillé et dévale la pente pour finir tout en bas, dans l'herbe. Quand il remonte la colline, Tony est déjà reparti pour un tour. Je rajoute de l'eau savonneuse. Les autres garçons les imitent en poussant des cris de joie et tout le monde dévale la pente et atterrit en bas, sur la pelouse. À un moment donné, Ronald s'arrête près de moi, le visage et les cheveux couverts de brins d'herbe. Je les balaie d'un coup de main : sa peau est chaude et moite sous mes doigts.

— Tu devrais essayer, dit Ronald en recrachant un brin d'herbe.

— Nan, j'ai pas de maillot de bain.

— Vas-y avec tes habits !

— Et après je devrai me balader toute la journée avec des habits mouillés !

— Allez…

— Non, je peux pas.

J'époussette son visage pour retirer un autre brin d'herbe, et il frissonne, sourit. Les garçons défilent, deux par deux.

— Beau gosse.

Je me dis qu'il n'y a pas de mal à lui dire quelque chose qu'il sait déjà.

— Quand je serai grand, je me marierai avec toi, déclare-t-il.

— C'est vrai ?

— Ouais.

Il hoche la tête et me décoche son sourire charmeur.

— Tu me le promets ?

— Oui.

Je ris et lui retire un dernier brin d'herbe. Ronald court vers le toboggan, Tony le suit, et ils s'y jettent ensemble, la peau hâlée par le soleil. Je roule les manches de mon tee-shirt par-dessus mes épaules pour qu'elles puissent bronzer un peu, elles aussi. Quand j'annonce aux enfants que la séance est terminée, les garçons décampent à toute vitesse mais Tony et Ronald, eux, restent dans les parages.

— Aidez-moi à rentrer les tuyaux.

Quelques nuages passent devant le soleil et obscurcissent un instant la scène : Tony et Ronald, un flacon de liquide vaisselle vide à la main, le ventre couvert de boue et d'herbe, traînent les tuyaux d'arrosage derrière eux. Les garçons remarquent que je les regarde et ils s'arrêtent pour faire du popping au milieu du champ, brandissant tuyaux et flacons. On dirait des adultes bourrés qui regardent passer les chars le jour de mardi gras. Je ris. Dans le soleil, ils sont magnifiques.

Ronald grandit et les angles de son visage s'affirment, ses épaules s'élargissent et sa taille s'affine ; mais dès que ses fossettes se creusent, je revois le gamin de neuf ans qui rayonnait au soleil dans le grand champ. En vieillissant, Ronald n'a rien perdu de son charme, de son charisme et de sa beauté. Il est encore plus à l'aise, surtout avec les filles. Je l'aperçois de temps en temps à DeLisle ou à Pass Christian. Parfois, je le croise même chez ma mère quand je rentre de New York, car il est assez copain avec Charine ; lorsqu'il traverse le salon pour se rendre dans la chambre de ma sœur, on a l'impression qu'il sourit, légèrement incliné en avant, tous les angles de son corps aussi harmonieux qu'une chanson. Je n'ai jamais imaginé qu'il puisse y avoir en lui un aspect plus sombre, je ne l'ai jamais vu de mauvaise humeur, furieux ou déprimé. À l'époque, je suis trop immature pour imaginer que la noirceur que je porte en moi depuis des années, ce sentiment de nullité et de mépris pour moi-même, puisse avoir affecté d'autres membres de ma communauté.

Ce que je n'ai pas encore compris, c'est que les mêmes pressions pèsent sur nous tous. Toute la communauté souffre d'un déficit de confiance : nous ne pensons pas la société capable de nous offrir un minimum d'éducation, de sécurité, d'emplois décents et de justice. Et ce manque de confiance en la société qui nous entoure, en la culture dans laquelle nous baignons et qui nous rappelle sans cesse notre infériorité, nous amène à nous méfier de tout le monde. Nous ne nous fions plus à nos pères pour nous élever et subvenir à nos besoins. Comme nous ne croyons plus en rien, nous nous replions sur nous-mêmes par autoprotection, les garçons revendiquant une forme de misogynie et de violence, les filles une certaine fourberie, les uns comme les autres dépourvus d'espoir. La pression nous rend parfois aigris au point d'éroder notre sens de nous-mêmes et de nous faire haïr ce que nous voyons en nous comme hors de nous. Afin de mettre un couvercle sur ces émotions, certains d'entre nous se tournent vers les drogues.

Mais en ce printemps de 2002, je ne sais rien de tout cela et c'est pourquoi je crois que Ronald va bien quand je le vois dans le parc. Nerissa est allée s'asseoir dans ce qui se révélera être la voiture de Demond, garée sur le côté du terrain de basket, sous le faible soleil printanier ; avec Hilton, nous regardons Ronald qui joue avec une fille. Je suis de passage et c'est un soulagement d'être ici, assise sous les arbres et le grand ciel lourd.

Ronald s'amuse à peloter la fille. Les manches relevées au-dessus des coudes, les mains en l'air, il se plaque contre ses fesses comme s'il était en train de la protéger par l'arrière. Elle dribble, se penche, sourit avant de se retourner pour jeter un coup d'œil derrière elle. Il adresse un sourire encourageant en direction des gradins. Je retrouve le style de drague de Ronald, avec quelques années de plus : sûr de lui et physique. Ça nous fait rire, Hilton et moi. La fille est timide, elle a remarqué son manège mais ne le repousse pas. C'est une adolescente et le moindre de ses mouvements, quand elle sourit, quand elle se déhanche en courant ou quand elle glousse, trahit sa sexualité naissante. À l'autre bout du terrain, Charine et C. J. se font des passes. Une fois sa partie avec la fille terminée, Ronald vient nous rejoindre dans les gradins. Hilton lui tend un cigare.

— Tu veux toujours te marier avec moi ? je lui demande.

Quelque chose dans le visage de Ronald trahit la surprise et la satisfaction. Hilton ricane.

— Carrément !

La fille se dirige vers les voitures. Après avoir tiré sur le cigare, Ronald la suit.

Ce jour-là, me racontera plus tard Charine, tandis qu'ils roulent dans DeLisle en fumant et en racontant des conneries, musique à fond, mon nom revient dans la conversation. Ses potes évoquent ma manière de courir quand je sors faire du sport en short et en débardeur, les cheveux attachés en un chignon d'où s'échappe une mèche frisée : je cours les bras ballants, les mains ouvertes, et ma jambe droite dessine un cercle. « C'est quoi, ça, me demande l'un d'eux un jour, tu cours ou tu nages ? » Un autre me suit à vélo sans arrêter de me parler du quartier, du temps qu'il fait, des junkies qui traînent dans la rue, tout en chantant les paroles des dernières chansons à la mode. Je finis par lui dire, entre deux inspirations haletées, de me lâcher. « C'est pas gentil, réplique-t-il. En tout cas, tu cours bizarrement. » Charine, C. J. et leurs amis continuent à parler de moi dans la voiture jusqu'à ce que Ronald les interrompe. Il fait tourner un blunt.

— Vos gueules, lâche-t-il. C'est ma femme. Parlez pas de ma femme comme ça.

— C'est ça, répond l'un d'entre eux en riant.

— Je rigole pas.

Ils se garent sur une allée bordée de buissons d'azalées presque aussi grands qu'un homme et passent l'après-midi à fumer.

Après avoir revu Ronald dans le parc, ce jour-là, je crois cerner qui il est. Je me dis que si j'étais plus jeune et dans le même lycée que lui, c'est le genre de garçon dont je tomberais amoureuse : drôle, sûr de lui, charmant et légèrement arrogant. En réalité, il y a beaucoup de choses que j'ignore sur Ronald, sur sa vie, sur ce qu'il ressent. À cette époque, il vit avec sa mère. Peu de temps après, il se dispute avec elle et il décide de déménager chez sa grande sœur. Au bout de quelques mois, il se fâche avec elle aussi, s'en va et durant quelque temps, cet automne-là, il sera sans abri. Il squatte une maison abandonnée jusqu'à ce que sa cousine Selina, qui a une vingtaine d'années, le retrouve et vienne lui dire : « On laisse pas dormir son cousin dans la rue. » Ronald s'installe chez elle.

Ronald sniffe de la coke et monte des arnaques pour gagner de l'argent. D'où les disputes avec ses proches. Ils espèrent qu'il trouve un boulot et qu'il arrête la cocaïne mais il n'y arrive pas. Il en est conscient et c'est pourquoi il a confié à Selina son envie de suivre une cure de désintoxication : il aime sa mère et ses deux sœurs et ça lui fait de la peine de s'être éloigné d'elles. Il a l'impression de ne pouvoir satisfaire aucune des femmes de sa vie, pas même sa copine. Le charme et le charisme de son enfance n'ont pas plus d'utilité à l'âge adulte qu'un appendice ou des amygdales. L'enfant qu'il a été naviguait aisément sur le grand fleuve de la vie mais le jeune homme se retrouve perdu en pleine mer. La dure réalité qui attend les jeunes Noirs dans le Sud – chômage endémique, pauvreté et drogues diverses pour faire passer le tout – le désoriente.

Une fois Ronald installé chez elle, Selina rend visite à sa mère pour lui donner de ses nouvelles. Elle veut qu'elle sache que Ronald l'aide, qu'il joue presque un rôle paternel auprès de son fils en s'occupant de lui des après-midi entiers pendant que Selina est au travail. Elle veut que sa mère sache qu'il va mieux. Mais celle-ci lui fait part de son sentiment d'impuissance face à l'addiction de Ronald. Son fils prend cette remarque pour du rejet.

Allongés côte à côte sur le lit de Selina, les yeux au plafond, fixant le ciel qu'ils ne peuvent pas voir, ils en parlent. Ronald dit :

— C'est comme si ma mère me jetait à la rue.

— C'est pas du tout ça, cousin, réplique Selina.

— C'est l'impression qu'elle me donne.

— Elle veut juste que tu te prennes en main.

Ronald ferme les yeux, refoule ce qu'il sent monter en lui.

— Elle veut que tu trouves un vrai boulot. Un truc légal.

Un soir, Ronald et Selina font un tour en voiture dans Pass Christian puis se garent sous les grands chênes qui séparent le parc de l'autoroute et, au-delà, de la plage. Mon père m'a raconté qu'enfant il avait été chassé de ce parc et traité de sale nègre par son gardien. La beauté des grands chênes et des eaux calmes du Sud semble démentir cette histoire. Dans la voiture, ils évoquent les démons qui hantent Ronald.

— J'étais dans la voiture de ma sœur, explique Ronald. Je l'avais garée juste ici.

Les grands chênes ignorent la brise maritime.

— J'avais un flingue sous le siège.

Les lichens qui les recouvrent se tendent soudain comme des drapeaux dans le vent.

— Je l’ai sorti. J’étais sur le point d’appuyer sur la détente.

Les lichens s’enroulent autour des branches.

— Et puis le téléphone a sonné, c’était ma sœur.

— Mais pourquoi ? demande Selina.

— J’ai trop de problèmes.

— Quoi, par exemple ?

— Ma meuf.

— Qu’est-ce que tu veux dire ?

— Elle me fait des plans.

Il pense qu’elle le trompe et qu’elle lui cache ses infidélités. Toutes les frustrations, toute sa difficulté à exister, il les projette sur cette relation et leur amour prend des proportions épiques.

— Y en a plein, des meufs, rétorque Selina.

— Mais c’est celle-là que j’aime, souffle Ronald. Je l’aime à en crever.

La veille de sa mort, Ronald retrouva un autre cousin à lui à Long Beach. Ils discutèrent un moment, assis dans la voiture garée devant une résidence.

— Je vais m’engager dans l’armée.

— Ah ouais ?

— J’ai discuté avec un recruteur, je suis prêt.

D’après son cousin, il avait l’air optimiste ; l’armée représentait une promesse, un espoir, ou du moins c’est ce qu’il laissait transparaître. Ronald cherchait une issue. Selina en garde néanmoins un souvenir différent. La veille de la mort de Ronald, c’était l’anniversaire de son fils et elle avait organisé une fête en son honneur avec des ballons, des chapeaux pointus et des serpentins – bleu layette, le tout. Toutes les heures environ, Ronald l’avait appelée : « Eh, cousine, j’arrive ! » Puis : « J’ai pas oublié, j'te jure. » Puis encore : « Je suis en route, cousine. »

Quand le soir se mit à tomber, comme la fête s'achevait, elle reçut un autre appel, d'une amie de Ronald cette fois : « Je l'ai croisé à la station Shell. Il avait pas l'air dans son état normal. » Quelque chose dans son visage n'allait pas, sous les néons de la station-service. L'amie avait fait demi-tour pour revenir vers lui, mais Ronald avait disparu.

Je ne connais pas tous les démons de Ronald. J'ignore ce qu'il fuyait en particulier, ce qu'il croyait distancer quand il parlait d'entrer en cure ou de rejoindre l'armée, et si la coke l'aidait à se sentir invincible et à affronter l'avenir. Je ne sais pas quel visage avait pour lui l'obscurité menaçante, ce néant qui le poursuivait, quelle forme prenait sa dépression. Pour moi, c'était une cache dans les bois, une fosse large et profonde. Je suis familière de ces sentiments, de cette forme de désespoir. Je sais qu'en regardant ses mains couleur cuivre, en voyant dans le miroir ses yeux sombres, sa bouche bien dessinée, ses taches de rousseur, il devait se dire qu'il valait mieux mourir : ainsi, tout, chaque parcelle de tout cela, s'arrêterait. Les disputes incessantes avec sa copine, la dope comme un phare dans la nuit, les humiliations liées à la pauvreté et exacerbées par le fait d'être un homme noir, sans père, dans le sud des États-Unis, les contrôles policiers au faciès, le lycée où personne ne s'intéresse à sa scolarité, ses rêves d'enfant brisés, se rendre compte qu'il ne sera jamais pilote ou médecin ou je ne sais quoi d'autre, et s'apercevoir que les promesses qu'on lui a faites au centre aéré des Gamins du Bon Dieu n'ont pas été tenues et qu'il n'a pas toutes les options devant lui – bref, tout cela s'arrêterait. Et c'est ce que Ronald souhaitait.

Des années plus tard, je me mets en quête de statistiques au sujet de la santé mentale chez les Noirs, dans l'intention de comprendre quelque chose à propos de Ronald, de moi-même, de notre communauté. Le racisme, la pauvreté et la violence sont les principaux facteurs de dépression chez les hommes noirs et je suppose qu'il en va de même chez les femmes. 7 % des Afro-Américains connaissent une dépression au cours de leur vie et, selon les spécialistes, ces chiffres sont probablement sous-estimés à cause du manque de prise en charge. Le pourcentage d'Afro-Américains, hommes et femmes confondus, qui sont soignés pour maladie mentale est moitié moins élevé que chez les Blancs (Latinos non inclus). Cette absence de traitements a un coût, car, lorsque ces problèmes psychiques ne sont pas surmontés, les hommes noirs se retrouvent plus volontiers en prison, à la rue, toxicos, impliqués dans des meurtres ou sujets au suicide et tout cela, bien sûr, n'affecte pas seulement les hommes noirs directement concernés mais également leurs familles et les liens qui cimentent ces communautés. Selon l'étude intitulée « L'âme des hommes noirs : des Afro-Américains parlent de santé mentale[1] », le taux de suicide est deux fois plus élevé chez les hommes noirs que chez les femmes noires. Et quand un jeune homme noir

1. « Souls of Black Men : African American Men Discuss Mental Health » – http://communityvoices.org/assets/wp-content/uploads/2014/02/Souls_of_ Black_Men_00108_00037.pdf

âgé de quinze à dix-neuf ans intente à ses jours, il utilise une arme à feu dans 72 % des cas.

Ces statistiques viennent ponctuer mon expérience tel un point d'exclamation. Je les lis et repense à Ronald : j'ai l'impression qu'il avait saisi de manière intuitive ce qu'il m'a fallu des années pour comprendre, des années de chagrin, de lecture, d'écriture et de lutte contre ma propre dépression. En fin de compte, je partage son désir, le désir du moi de se réduire soi-même – et par extension le monde – au silence. Ronald contempla le Néant qui l'accompagnait et vit sa longue histoire, il le vit au sein de nos familles et de nos communautés, dans les institutions du Sud et de l'État qui chapeautait tout ça. Le Néant marchait à côté de chacun de nous, et Ronald était fatigué de marcher.

Ronald était chez sa sœur, dans sa résidence de Long Beach. Il était seul. J'imagine qu'il alla malgré tout s'enfermer dans la chambre quand sa copine finit enfin par le rappeler et qu'ils commencèrent à se disputer.

— Pourquoi tu me fais ça ? Je t'aime. Dis-moi que tu m'aimes.

— Non.

— Je vais me flinguer.

— C'est pas vrai.

— Si, c'est vrai.

— Arrête tes conneries.

— C'est pas des conneries.

— OK, Ronald.

J'imagine que les murs de l'appartement étaient blancs, le couvre-lit foncé, le sol nu à l'exception d'un petit tapis. Ronald avait dû y penser à l'avance, planifier son geste, emprunter ou échanger ou acheter une arme et des munitions, calculer comment se retrouver seul dans l'appartement à un moment donné. Il avait dû sentir son Néant penché par-dessus son épaule, peser sur lui et le pousser à l'action. Il avait sans doute oublié le bonheur d'être dehors, quand le chaud soleil du Mississippi vous dore la peau et que vous vous sentez beau, aimé, vivant. Il estima forcément que c'était la dernière chose qui lui restait à faire. Ronald raccrocha le téléphone, se tira une balle dans la tête et mourut.

Charine m'appelle au travail, à New York, pour m'apprendre la nouvelle. Les murs de mon box sont gris, la moquette sous mes pieds est grise, par la fenêtre les immeubles sont gris, les gratte-ciel occultent le ciel gris new-yorkais et je pense : *Non, pas un mort de plus.* Je déteste le téléphone. Après avoir raccroché, je contemple mes mains un instant puis me dirige vers le bureau de ma chef et frappe timidement au montant de la porte.

— Entrez.

Comment le lui annoncer ? Comment lui annoncer que mon ami, ce garçon que j'ai connu enfant, que j'ai vu danser dans le soleil, joyeux et couvert de boue, s'est tiré une balle dans la tête ? J'ai peut-être bien dit qu'il s'agissait de mon cousin. Malgré mes efforts, je me mets à pleurer et ma chef fronce les sourcils, compatissante.

— Tu devrais rentrer chez toi, me conseille-t-elle.

J'essuie mes larmes, un peu honteuse d'avoir pleuré en public, je retourne à mon box où j'éteins mon ordinateur, et je sors dans la rue. J'emprunte le métro, désert en ce milieu de journée, et lance de sales regards à toutes les personnes que je croise. Dans la rue, je marche au milieu de la foule et pense que je n'ai jamais eu aussi froid dans un endroit aussi bondé, et je les déteste, eux qui marchent et respirent alors que Ronald et mon frère ne sont plus. Je pleure.

Quelques jours plus tard, je suis de retour chez moi pour Noël et on enterre Ronald au cimetière. *Qu'est-ce qui nous arrive ?* Ce week-end-là, je vais à La Nouvelle-Orléans. Avec Charine, Nerissa et plein d'autres encore, nous nous entassons dans une voiture que nous garons près du fleuve. Nous nous dirigeons vers Bourbon Street et vers la foule. À un carrefour, nous entendons un coup de feu et la foule se soulève comme une vague, comme si une main géante avait lâché une pierre parmi nous. J'attrape mes sœurs par la main et nous courons avec la foule en panique, à demi portées par la masse des corps. La police de La Nouvelle-Orléans passe à cheval. Les chevaux sont grands et roux, de la couleur de la terre du Mississippi, et ils foncent sur nous en caracolant, menaçants. Un autre coup de feu et la foule s'éloigne, nous nous tenons si fort que j'en ai mal aux mains, et tout en détalant je me demande ce que nous sommes en train de fuir. Nous ne rentrons pas chez nous, la foule ne se disperse pas. Nous faisons le tour du pâté de maisons et parvenons à rejoindre les derniers bars encore ouverts. Je continue à boire au fil de la nuit, je bois jusqu'au trou noir, jusqu'à ne pas me rappeler le lendemain matin ce que j'ai bien pu faire et à pisser dans les impasses comme les SDF de New York.

Des années après la mort de Ronald, je découvre que sa copine l'aimait pour de vrai, même si ce soir-là elle était trop énervée contre lui pour le lui dire clairement. C'est une fille pâle aux courbes généreuses, les cheveux châtains, les yeux clairs. Enfant adoptée, elle vit à DeLisle, de l'autre côté de l'autoroute. Les semaines précédant la mort de Ronald, ils se sont beaucoup disputés et elle s'est sentie en danger, elle essayait de mettre de la distance entre eux. Elle évitait ses appels et le jour où elle a fini par lui répondre, la conversation a été tendue.

— Il m'a appelée, se souvient-elle.

Charine, elle et moi sommes assises dans sa voiture verte garée sous l'auvent, chez notre mère. Elle est tellement large que nous tenons toutes les trois sur le siège avant. Nous sommes défoncées. Charine hoche la tête et regarde l'horloge digitale aux chiffres bleu néon. Il est trois heures du matin.

— Il m'a dit qu'il m'aimait.

Les chiffres de l'horloge brillent tellement que leurs contours paraissent flous.

— Il me l'a dit juste avant de raccrocher. Il a dit : « Je t'aime. »

Le chiffre des minutes change.

— Et moi je ne lui ai pas répondu. J'étais en colère contre lui.

Je colle mon bras contre celui de Charine, pour sentir sa présence.

— Mais je l'aimais.

En mâchonnant son chewing-gum, Charine baisse le regard sur nos deux bras collés.

— Je l'aimais pour de vrai.

Un peu plus tard, une fois qu'elle est partie et que nous rentrons à l'intérieur pour ne pas voir le soleil se lever, Charine m'apprend qu'elle a souvent cette discussion avec elle. La première fois qu'elle lui a raconté ce qu'il s'était passé juste avant la mort de Ronald, qu'elle lui a rapporté leur dernière conversation, elle a fondu en larmes. Elle a éclaté en sanglots, la voix brisée. « Mais je l'aimais, Charine. Je l'aimais pour de vrai. Pour de vrai. Pour de vrai. » Elle l'a répété et répété, comme si elle devait la convaincre, alors que Charine ne connaissait que trop bien les regrets qui accompagnent la mort d'un être aimé, ces regrets qui sont synonymes de : *Tu n'as pas été là pour lui.*

Nous croyons toujours que nous aurions pu faire quelque chose pour les sauver. Quelque chose pour les tirer des griffes de la mort, quelques mots : *Je t'aime. Tu es dans mon cœur.* Nous rêvons de parler alors que le talent oratoire nous fait défaut, que la vision nous manque pour distinguer la scène, les lumières, le public, le décor avec ses cordes et ses praticables, et les mains nombreuses qui les manipulent. Ronald avait vu tout cela et c'est ce qui l'a enseveli.

APPRENTISSAGES
1991-1995

Je priais. La nuit, quand la maison plongée dans le silence grinçait et craquait, je priais pour que l'on retourne à DeLisle. Je ne voulais plus avoir peur de sortir, peur de Thomas qui rôdait dans les parages, peur de ce qu'il pouvait voir et nommer en moi, peur du trou dans les bois. Ma mère entendit mes prières. Après tout ce temps passé dans ce lotissement minable où chaque année les maisons paraissaient plus petites et plus minables encore, cernées par les mauvaises herbes et s'écroulant sur elles-mêmes, notre famille quitta Gulfport et repartit pour DeLisle. Sur sa bande de terre défrichée, ma mère installa un mobile home. Le terrain était situé au sommet d'une colline, entouré sur trois côtés par des bois de pins denses, et depuis la porte principale on n'apercevait qu'une seule maison. Ma mère avait placé le mobile home dans le sens de la longueur du terrain, ce qui veut dire que son côté gauche reposait sur le haut de la colline, directement sur le sol, tandis que le côté droit, surélevé par des parpaings, laissait assez d'espace par en dessous pour qu'on puisse y traîner des fauteuils et profiter de l'ombre entre les poteaux en béton. Le soir, de petits lapins sveltes venaient brouter l'herbe clairsemée qui marquait la séparation entre le jardin et les bois avoisinants. Des chauves-souris volaient au-dessus de nos têtes, dans l'espace étroit ménagé entre les arbres, et chassaient les moustiques qui y pullulaient à cause d'une petite mare, à sec durant tout l'hiver, cachée parmi les pins à l'ouest de la maison. Nous étions rentrés chez nous.

Au moment même où nous revenions à DeLisle, mon père partit pour La Nouvelle-Orléans. Il pensait y trouver plus facilement du travail et voulait se rapprocher de ses frères. Après nous avoir quittés, à Gulfport, mon père était parti habiter chez l'adolescente qu'il fréquentait puis avait vécu dans une série de petits apparts sombres, lesquels ne manquaient pas le long de la côte, parfois avec des colocataires, parfois seul. Il cessa de verser la pension alimentaire à ma mère et se mit à changer de boulot si souvent que les autorités étaient dans l'impossibilité de saisir son salaire. À La Nouvelle-Orléans, il vécut dans la petite maison hantée jaune avec des barreaux aux fenêtres, là où le vent résonnait la nuit dans la cour industrielle attenante, invitant le métal à prendre la parole. Puis il emménagea dans une résidence à un étage qui comptait seulement six apparts, studios ou deux pièces. C'était un immeuble en bois grisé et en brique rouge et Dwight, son frère aîné, en occupait le rez-de-chaussée. C'est là que nous venions le voir le week-end et lors des vacances d'été à l'époque où j'étais au lycée.

À l'école primaire épiscopalienne, j'avais été la seule fille noire ; le jour de la rentrée au lycée du même nom, je compris qu'il en irait de même dans cet établissement. Ce fut le cas au cours des cinq années suivantes. Quand j'étais en terminale, une autre Noire arriva enfin mais on ne s'adressa jamais la parole. Au moment de mon entrée au lycée, le seul autre élève noir de l'école était en terminale : il me faisait parfois un petit salut de la tête, mais, la plupart du temps, il m'ignorait. Il était à l'aise avec les garçons de l'école, et quand il discutait dans les couloirs il paraissait cloné sur eux avec son polo, son short kaki et ses chaussures bateau. J'entendais dire qu'ils le faisaient entrer en douce au club nautique local, car selon la politique officieuse de cette institution il n'était pas le bienvenu, étant pour moitié noir – en d'autres termes, noir tout court selon leurs critères. Aujourd'hui, je comprends que des différences de classes m'interdisaient de nouer une relation avec ces deux élèves noirs : ils venaient de familles biparentales appartenant à la classe moyenne ou supérieure. Ils vivaient dans des quartiers huppés dotés de piscines, de clubs de gym, de terrains de golf et d'associations de voisins, choses totalement étrangères à ma culture faite de minima sociaux, de pauvreté et de familles décomposées. Nous n'avions rien à nous dire. La plupart des garçons noirs qui arrivèrent à l'école par la suite étaient recrutés pour leurs talents de basketteurs. Ils étaient issus de milieux plus proches du mien et nos relations furent plus simples. Dès que j'en avais la possibilité, je plaisantais avec eux dans les couloirs entre deux cours et ces petits moments de camaraderie me donnaient un peu de répit, et l'illusion d'appartenir à un groupe. Mais ce n'était qu'une illusion : comme je n'aimais pas le sport et adorais les livres, j'étais là encore une extraterrestre. J'avais quelques amis, extraterrestres comme moi d'une manière ou d'une autre : certains voulaient être artistes, d'autres écrivaient, faisaient de la poterie, écoutaient de la musique punk ou aimaient le théâtre. Aucun cependant n'était de ma couleur de peau. Au total, il n'y eut jamais plus de huit élèves noirs à la fois dans l'école. Et il n'y avait que trois autres élèves non-blancs, une fille d'origine indienne et deux étudiants latinos qui arrivèrent par la suite, tous les trois venant de familles aisées. La population totale du lycée oscillait entre cent quatre-vingts élèves au plus haut et une centaine d'élèves au plus bas.

La plupart des élèves appartenaient à la classe moyenne ou supérieure. Pourtant, l'abondance d'élèves friqués ne se reflétait guère dans les bâtiments. Alors que l'école primaire épiscopalienne que j'avais rejointe comme boursière en CM2 était située dans un immeuble qui ressemblait à toutes les écoles primaires que je connaissais, le lycée épiscopalien, c'était tout autre chose. Avant 1969, le conseil d'administration avait acquis un manoir sur la plage de Pass Christian pour y bâtir le lycée. Comme il avait plus tard été rasé par l'ouragan Camille, la direction avait fait construire un entrepôt plus au nord, dans les terres, l'avait divisé en salles de classe avec des parois fines comme du papier à cigarette, avait installé des casiers dans le hall et monté ensuite un autre entrepôt encore plus grand que le premier, couvert de mousse de polyuréthane jaune qui ressemblait à de la morve séchée. C'était troublant de pénétrer dans un édifice à l'apparence tellement industrielle et de se retrouver nez à nez avec des élèves qui arboraient tous les signes de la richesse et de la bonne santé – bagues aux dents, cheveux épais et brillants, bronzages et chemises bien repassées. Certains lycéens étaient si riches qu'ils possédaient des voitures de luxe personnalisées, des Lexus ou des BMW transformées en voitures de course. Certains dormaient dans des lits datant de l'époque des plantations, dans lesquels il fallait monter au moyen d'une petite échelle. Aucun d'entre eux ne vivait dans un mobile home. Et durant toutes ces années, ma mère fit le ménage chez ces gens-là. Parfois elle rapportait à la maison de gros sacs de vêtements qu'ils lui avaient donnés. Joshua, Nerissa et Charine refusaient de regarder ces nippes. Moi, je les passais en revue et récupérais celles qui m'allaient, qui étaient encore à peu près à la mode, et je priais pour que, le jour où je les porterais à l'école, la personne qui en avait été propriétaire avant moi ne me voie pas. J'assemblais une garde-robe d'occasion glanée à droite et à gauche chez mes camarades de classe dans l'espoir que ces vêtements fassent office de camouflage et me permettent d'intégrer leur cercle. Je m'inscrivis aussi à des clubs de jeunes croyants, devins une experte en vocabulaire religieux institutionnel, toujours dans l'espoir de faire un peu moins figure de perpétuelle étrangère. Mais, aux yeux de certains, je ne pouvais pas renier ma différence.

Un jour, quelques mois après ma rentrée, j'entrai dans le gymnase et rejoignis un petit groupe de filles de ma classe, dans les gradins. Elles étaient quatre, toutes assises les jambes serrées, avec leurs shorts kaki et leurs longues chemises pastel. Je me concentrai sur les élèves qui jouaient à la balle au prisonnier sur le terrain, et lançaient violemment le ballon sur leurs adversaires pour leur faire mal. À côté de moi, Barbara tripotait ses cheveux, blonds avec des racines noires. À un moment donné, elle se tourna vers moi.

— Pourquoi tu me fais pas des tresses de négresse ? demanda-t-elle.

— Pardon ? Qu'est-ce que t'as dit ?

— Des tresses de négresse. Pourquoi tu me fais pas des tresses de négresse ?

J'avais donc bien entendu. Barbara sourit, satisfaite comme un animal repu, et se détourna pour porter son attention sur le match qui se déroulait sur le terrain. La chaleur du gymnase était insupportable. Je me levai et descendis les gradins en espérant ne pas trébucher. Je n'en revenais pas, qu'elle ait employé ce mot-là, de manière si naturelle et si humiliante, pour ensuite se montrer si fière d'elle-même. Le racisme décomplexé était monnaie courante dans mon école, mais le fait d'y être confrontée si fréquemment ne le rendait pas plus facile à accepter pour autant. Je ne savais pas comment réagir. À l'école publique, il y avait tellement de Noirs que je pouvais toujours compter sur quelqu'un pour se battre à ma place, lancer un « Sale Blanc » et tomber à bras raccourcis sur l'agresseur. Quelques années plus tard, mon frère et sa bande feraient entrer en douce des couteaux et des poings américains pour se battre contre des Blancs qui arboraient des tee-shirts ornés du drapeau confédéré[1] et brandissaient le mot « nègre » comme une arme. Mais, au lycée épiscopalien, j'étais toute seule. Et les tourments que j'avais endurés à Gulfport et à l'école publique continuaient, à la différence près qu'ici ma peau brune était un marqueur physique, concret, de différence. Nul besoin de justifier ma souffrance en imaginant que les autres voyaient en

1. Emblème du sud des États-Unis jusqu'à la guerre de Sécession, il est surtout utilisé aujourd'hui comme symbole par les adeptes de la suprématie blanche.

moi une faiblesse intérieure et qu'ils me harcelaient pour cela : dans mon école privée, pour certains de mes camarades, la couleur de ma peau suffisait à me désigner comme cible.

Un peu plus tard, au cours de cette même année, je traversai le hall à l'heure du déjeuner, seule. Un groupe de garçons de première et de terminale, tous blancs, était en train de traîner. Ils étaient vêtus des sempiternels shorts kaki et polos et me dépassaient d'une bonne tête. Ils étaient en train de rire d'un truc que l'un d'eux venait de dire quand je passai à leur hauteur. Je m'arrêtai pour les regarder, avec mes petites cuisses, mes mollets maigrichons, mes clavicules en pied-de-biche, mon visage basané et ma bouche qui ne souriait jamais car mes dents en avant trahissaient ma différence d'une autre manière encore : ma mère n'avait pas les moyens de me payer des bagues dentaires.

— Qu'est-ce que t'as dit ? je demandai.

Ils gloussèrent.

— T'as bien entendu, fit l'un d'eux.

C'était un garçon du nom de Phillip, ma mère faisait le ménage chez ses parents une fois par mois. Ils nous envoyaient toujours le plus gros sac d'habits.

— Non, j'ai pas entendu.

— Tu sais bien ce qu'on fait aux gens comme toi, ajouta un autre en rigolant.

— Non, je ne sais pas.

Ils recommencèrent à rire et à se donner des coups de coude, et là je compris. Il était question d'une personne noire, les mains attachées, une corde autour du cou, un pique-nique. Un lynchage. Ils parlaient de lynchage et ça les faisait rire.

— Vous me ferez rien du tout.

Je dis cela avant de réfléchir, avant de me rendre compte que j'étais seule, qu'ils étaient nombreux et que personne ne viendrait m'aider.

Une transformation se produisit alors chez Phillip et ses amis. Ils arrêtèrent de rire. L'un d'eux croisa les bras, puis un autre, et ils firent mine de s'avancer tous ensemble, en mode troupeau.

Mon cœur battait à tout rompre, comme s'il allait s'échapper de ma cage thoracique, mais je tins bon. J'étais en sueur, le visage brûlant, mais je tins bon.

— Vous allez rien me faire du tout.

Ils virent que je n'étais pas disposée à bouger. Ils me fixèrent un moment, espérant peut-être me voir pleurer. Je ne pleurai pas. L'instant passa. Ils haussèrent les épaules et me contournèrent pour se rendre aux casiers. Je les regardai s'éloigner. Quand ils eurent disparu, je me tournai vers mes camarades de classe assis dans le réfectoire, en train de manger une part de pizza, d'échanger une canette, de discuter. L'espace d'un instant je me sentis victorieuse, fière d'avoir tenu tête à ces garçons. En observant les autres élèves, leurs visages pâles et leurs dents blanches de l'autre côté de la vitre, je compris néanmoins que je n'avais rien obtenu du tout. J'étais toujours la même. Et j'étais seule.

Certains week-ends, notre mère nous conduisait à La Nouvelle-Orléans dans sa petite Toyota Corolla bringuebalante pour rendre visite à notre père. Charine était invariablement assise à l'avant, sur le siège passager, et les trois autres étions à l'arrière. Parfois, nous chantions en même temps que la radio et ma mère nous disait de la boucler, qu'elle n'entendait pas les chansons. Elle n'avait aucune patience, sans doute parce qu'elle était en train de conduire pendant que ses enfants chantaient et que la seule chose qu'elle avait en tête, c'était notre père, et le fait qu'elle n'avait jamais voulu se retrouver dans la situation qui était la sienne. Joshua me dépassait désormais de cinq centimètres au moins et il était plus épais. Nerissa était une beauté précoce. Quant à Charine, elle était petite, maigre et rigolote. À l'arrière, Josh et moi jouions des coudes pour essayer de récupérer le plus d'espace vital. En général, je perdais car il était plus grand et plus fort que moi ; je commençais à mesurer combien l'ascendant que j'avais eu sur lui jusque-là s'estompait. Le coffre était lui aussi plein comme un œuf, rempli de provisions ; même quand nous n'étions pas avec elle, ma mère se chargeait de nous nourrir. Elle se doutait que le frigo de mon père ne contenait que des condiments. Elle prévoyait des choses rapides à préparer, avec lesquelles on se débrouillerait facilement : des soupes aux nouilles chinoises, du thon en boîte, des œufs, du pain de mie, du beurre de cacahuète et de la confiture, des céréales et des litres de lait. Pendant l'été, quand nous restions chez mon père une semaine entière, nous finissions toujours par venir à bout de ces provisions et mangions des céréales sans lait pour le petit-déjeuner et le déjeuner, et des plats que nous inventions pour le dîner.

— J'ai faim, déclara Nerissa.

— Toi aussi ? demandai-je à Charine.

Charine se pavanait en sautillant devant le grand miroir que mon père avait fixé au mur du salon. Elle acquiesça. Comme d'habitude, mon père n'était pas là. Il n'était pas non plus à côté, chez la mère de son quatrième enfant hors mariage. Impossible de savoir où il pouvait bien être. Il faisait souvent ça : disparaître en nous laissant tout seuls dans l'appartement. Je m'inquiétais pour lui mais je savais que, tôt ou tard, ce soir sans doute, il réapparaîtrait. J'étais habituée à m'occuper de mes frère et sœurs quand ma mère était absente et je considérais qu'il en allait de ma responsabilité. J'allais devoir nous trouver quelque chose à manger pour tous les quatre.

Joshua sortit une poêle. Je n'avais jamais préparé à manger avec lui mais son aide était la bienvenue. Je n'avais absolument aucune idée de quoi faire avec le peu de chose qui nous restait. J'ouvris une boîte de thon et la versai dans la poêle. Je me tournai vers Joshua :

— Qu'est-ce qu'on peut mettre d'autre ?

— Du fromage, répondit-il.

J'ajoutai aussi un reste de riz que notre mère avait préparé et Joshua y versa des petits pois. Puis je remis un peu de fromage. La préparation faisait des bulles.

— Comment on va appeler ça ? demanda Josh.

— On dirait du vomi, dit Nerissa.

Josh goûta, rajouta un peu de sel.

— C'est bon, fit-il.

— Une régurgitation, déclarai-je. On va appeler ça une régurgitation. On est des vrais cuistots !

On en mangea une bonne partie. Quand mon père rentra, il n'y en avait plus qu'un petit peu. Il y goûta, mais l'essentiel de ce qu'on avait mis de côté pour lui resta dans la poêle. Plus tard ce soir-là, mon père passa de la musique sur la grosse chaîne du salon et tout le monde dansa devant le miroir.

Le lendemain après-midi et jusque dans la soirée, mon père disparut de nouveau. Puisque mes petites sœurs étaient chez la mère du dernier enfant de mon père, notre cousin Marcus, âgé de seize ans, décida de nous emmener, Joshua et moi, voir *Boomerang* au Galleria. Le film avait commencé depuis cinq minutes quand l'ouvreur se pencha sur nos sièges.

— Joshua et Mimi ?

Ça y est, pensai-je. *On est trop jeunes. Ils vont nous flanquer dehors.*

— Votre cousin a tourné de l'œil dans les toilettes. Il a l'air saoul.

L'ouvreur nous conduisit jusqu'aux toilettes où Marcus gisait face contre terre. Il avait picolé avant de prendre le bus avec nous jusqu'au cinéma, mais je n'avais pas remarqué qu'il était saoul à ce point. J'eus un moment de panique. Notre père n'avait pas le téléphone et je ne connaissais pas le numéro des frères de mon père ou de la mère de son dernier enfant.

— Qu'est-ce qu'on va faire ?

— Viens, fit Joshua.

Il se dirigea vers la cabine téléphonique installée dans le hall et se mit à parcourir le bottin.

— Le numéro d'oncle Dwight doit être là-dedans, assura-t-il.

Je n'y avais pas pensé et je me sentis idiote d'avoir paniqué quand mon frère, qui avait trois ans de moins que moi, faisait preuve de tant de calme. Et de sens pratique. Joshua trouva le numéro et j'appelai notre oncle. Trente minutes plus tard, notre père débarquait au Galleria dans une vieille Cadillac géante avec des sièges en cuir blanc. Papa traîna Marcus jusqu'à la voiture et le jeta sur le siège arrière, avant qu'on monte tous à bord. Je lui demandai à qui appartenait ce véhicule.

— À une amie, répondit-il.

J'en conclus qu'il s'agissait d'une de ses copines.

— C'est Josh qui a pensé à appeler oncle Dwight, dis-je. Je ne savais pas quoi faire.

Josh était déçu. Nos goûts avaient évolué depuis l'époque des films d'horreur et désormais nous étions fans de Schwarzenegger et d'Eddie Murphy. C'était la première fois que nous allions voir un film d'Eddie Murphy au cinéma et il était très emballé à cette idée. Même si ce n'était pas moi qui m'étais évanouie aux toilettes dans une flaque de vomi, j'avais vaguement l'impression de lui avoir fait défaut. Il s'était montré capable de garder la tête froide et moi non.

— C'était une bonne idée, commenta papa. Logique. Et toi, Mimi, qu'est-ce qui t'est arrivé ?

Je ne répondis pas. C'était la première fois qu'on soulignait mon manque de sens logique et ça me faisait bizarre, moi qui étais habituée depuis toute petite à ce qu'on vante mon intelligence. Mon père l'avait sans doute dit sur le mode de la plaisanterie, mais je n'en riais pas, loin de là. Au contraire, cela venait s'ajouter à la longue liste de raisons qui, à mes yeux, expliquaient pourquoi il nous avait abandonnés et pourquoi il continuait à le faire quand nous venions lui rendre visite.

Un jour, Topher, un garçon qui avait deux ans de plus que moi, entra dans ma salle de classe pendant que nous étions en interro d'histoire. Notre prof s'était absentée pour photocopier des documents et elle était partie depuis dix minutes quand Topher débarqua. Il sourit à la cantonade ; puis, en me voyant, il s'arrêta un instant, le visage figé. Ensuite, il vint s'asseoir sur mon bureau, le sourire aux lèvres. Je levai les yeux ; il se mit à débiter des blagues racistes.

— Comment on appelle un nègre qui… ?

Il était plus grand que moi, avec des cheveux d'un blond sale coupés en brosse et un visage étroit. Il se répondit à lui-même.

— Il faut combien de nègres pour… ?

Il baissa les yeux sur moi et je baissai les yeux sur mon bureau. Il répondit à sa propre devinette.

— Qu'est-ce qu'un nègre dit à un autre nègre quand… ?

Ne pleure pas, pensai-je. *Ce connard veut te voir pleurer, veut te voir péter les plombs. Occupe-toi de ton interro. Juste de ton interro.*

— Un Nègre, un Asiat et un Polonais entrent dans un bar…

Il termina sa blague, bascula la tête en arrière et éclata de rire en direction du plafond éclairé aux néons. J'avais chaud, je transpirais. J'écrivis un ou deux mots d'une phrase et gardai le stylo suspendu au-dessus de ma feuille comme si j'étais sur le point d'écrire quelque chose de profond, digne d'obtenir un A. Topher perdait patience.

— Allez, Mimi, je suis sûr que tu connais des bonnes blagues sur les Blancs. Pourquoi tu nous en racontes pas une ?

Je levai les yeux sur lui et pensai au plaisir que j'aurais à lui sauter à la gorge et à enfoncer mes pouces juste au-dessus de l'œsophage, dans la peau et les muscles, et d'appuyer pour le voir virer au bleu. Pour le réduire au silence comme lui me réduisait au silence par sa simple présence, juste parce qu'il était blanc et blond et qu'il estimait que le monde lui appartenait.

— Topher.

Ma prof d'histoire était revenue dans la classe. Ses mèches de cheveux blonds effilés encadraient l'ovale de son visage – on aurait dit un œuf dans un nid.

— Sors d'ici.

Elle ne fit aucune remarque à propos des blagues. Elle ne les avait pas entendues. Je regardai les autres élèves et ils replongèrent le nez dans leurs devoirs. Personne ne pipa mot.

Parmi eux, certaines étaient mes amies, et elles ne prenaient pourtant jamais ma défense, ni celle des Noirs en général, quand j'étais là. Et, selon ce qu'on me rapportait parfois, même quand je n'étais pas là non plus. Peut-être étaient-elles aussi choquées et mal à l'aise que moi ? Je l'ignorais. Un jour, Sophia, avec son visage en forme de lune et ses cheveux bruns raides, me coinça dans la salle de perm.

— J'ai un truc à te dire.

— Quoi ?

— Eh ben, on était en cours avec Mrs Day et elle est sortie et on a commencé à raconter des trucs. On s'est mis à parler des Noirs et Molly a dit qu'elle pourrait jamais embrasser un Noir parce qu'ils ont des lèvres trop grosses. Et alors Wendy nous a raconté qu'un jour une voiture avec des Noirs avait voulu faire demi-tour sur l'allée devant chez elle et que son père leur avait crié de s'en aller. Elle a dit qu'il les avait traités de moquettes

Wendy était une des rares autres non-Blanches de l'école ; sa famille était d'origine chinoise. À l'époque, j'en fus surprise. Je ne m'attendais pas à ce genre de réaction de la part d'autres minorités. Des années plus tard, à la fac, je lus un livre de Toni Morrison qui soutenait que c'était une attitude normale pour les immigrants récents aux États-Unis que de se placer dès le départ en opposition aux Noirs afin que les membres de leur groupe ethnique ne soient pas identifiés à eux, la lie de la lie, mais, au contraire, à ceux qui nous méprisaient.

— De moquettes ? À cause des cheveux ?

— Ouais.

— Et qu'est-ce que t'as dit ?

— Rien.

Et pourquoi tu me racontes ça ? Je ne lui posai pas la question car j'avais le sentiment d'avoir saisi en partie pourquoi. Elle avait l'air désolé, coupable, sourcils froncés et commissures des lèvres tournées vers le bas. Pour la première fois, je constatai que certaines de mes camarades se sentaient coupables, qu'elles avaient honte de ne pas intervenir et de tolérer ça. De ne pas prendre ma défense alors que je les considérais comme des amies.

— Eh ben, merci, dis-je.

Je me tortillai un peu sur le banc vert foncé et observai mes mains posées à plat sur la table. Je ne savais pas quoi dire à Sophia. Et je n'imaginais même pas en parler à Wendy.

Bien des années plus tard, je compris que ce que cherchait Sophia en me racontant cette histoire, c'était une absolution. Mais quand elle finit de parler, le corps penché en avant comme dans l'attente de quelque chose, je restai muette. Cette histoire ne signifiait pas grand-chose pour moi. Je prenais pour acquis qu'une bonne partie des filles blanches de mon école étaient racistes, qu'on soit amies ou pas ; la seule différence, c'était que certaines avaient le courage de me le dire en face. J'aurais dû partager ce que je ressentais avec mes profs, mais je n'y pensais pas.

Plus tard, devenue adulte, je racontai ce qui m'était arrivé à une de mes profs de sciences et elle me dit : « J'aurais préféré que tu me le dises à l'époque. » Mais j'en étais incapable. J'étais tellement déprimée par le sous-texte, par le message que j'entendais résonner partout, que j'en étais réduite au silence. *Tu es noire. Moins qu'une Blanche.* Et surtout, au fond : *Moins qu'humaine.*

Parfois, j'avais envie de quitter cette école. Mais comment annoncer à ma mère que je renonçais à cette opportunité, elle qui se tuait au travail pour me l'offrir ? J'abordai le sujet une fois, encouragée par deux amies, de futures artistes, qui quittaient l'école pour un pensionnat privé en Californie. « Tu pourrais avoir une bourse super facilement », avaient-elles affirmé. Elles m'avaient invitée à leur rendre visite là-bas ; bien que consciente que le racisme était partout, et même si l'absence de têtes noires dans leur pensionnat m'effrayait, j'avais envie de postuler, pour quitter le Mississippi et échapper au destin qui était le mien au sein de ma famille, de ma communauté et de mon école, un destin de fille sans valeur, aussi étouffant que la chaleur moite et écœurante du pays. « Tu ne peux pas partir, m'avait rappelé ma mère. Il faut que tu m'aides à m'occuper des petits. » À ces mots, j'avais senti tout le poids du Sud sur mes épaules, et c'est alors que j'avais décidé de quitter la région pour aller au collège, mais de le faire d'une façon plus respectueuse à l'égard de ma mère et des sacrifices qu'elle faisait pour moi. Je travaillais plus à l'école. Je lisais davantage. Comment aurais-je pu savoir à l'époque que cela deviendrait l'histoire de ma vie : quitter le Sud, encore et toujours, mais pour y être perpétuellement ramenée par un amour si épais qu'il m'étouffait ?

Cette année-là, pendant les vacances d'été, Joshua passa deux mois entiers chez mon père. Il avait treize ans, était plus grand que ma mère et n'était pas intimidé par elle comme je l'avais été ou comme l'étaient mes sœurs. Il était très à l'aise, se montrait direct et drôle avec elle, lui racontait des choses au sujet des filles qui lui plaisaient ou de ses copains que ni moi ni mes sœurs n'aurions jamais osé dire. C'était un garçon et ma mère l'aimait pour cela d'une façon particulière. Mais elle connaissait les dangers qui guettent les jeunes hommes noirs dans le sud des États-Unis et elle pensait que mon père serait à même de lui enseigner des choses importantes qui avaient trait à la survie et qu'elle-même ne se croyait pas capable de lui transmettre. Elle aurait pu lui apprendre ce que c'est qu'être fort, travailler dur, aimer inconditionnellement, se sacrifier pour les autres et tenir bon. Cependant, elle choisit de l'envoyer chez mon père.

Joshua m'avait manqué. Je n'en pris conscience que le jour où ma mère nous conduisit toutes chez mon père et que je vis Josh, ses cheveux semblables aux miens mais coupés court, assis sur le canapé du salon qui lui servait de lit, en tee-shirt et caleçon. Nerissa et Charine se précipitèrent dans la chambre de mon père et se mirent à se disputer pour choisir ce qu'elles allaient regarder à la télé.

— Je déteste ce magnéto, dit Josh en désignant du menton le vieux magnétoscope qui prenait la poussière dans un recoin du salon.

— Pourquoi ?

— Il est plein de cafards.

— Qui habitent dedans ?

— Ouais.
— Des petits ?
— Non, des grands.
— Et comment tu sais qu'ils y habitent ?
— Tous les soirs, quand j'essaie de m'endormir, je les entends remuer là-dedans et après ils sortent et ils se mettent à voler partout dans la pièce.
— Quoi ? Des cafards volants ?

J'étais pétrifiée. Malgré toutes mes lectures, je ne savais pas que ça existait.

— Ouais. Ils volent en rond dans la pièce pendant des heures. Comme des hélicos. Comme s'ils allaient me balancer des bombes.

Je ris mais j'étais horrifiée. Les cafards pouvaient voler, vraiment ? Puis brusquement je me demandai s'il y avait d'autres choses que mon frère savait et que j'ignorais, des choses qu'il aurait apprises en vivant chez mon père à La Nouvelle-Orléans, où on attendait de lui qu'il se comporte en adulte et qu'il se débrouille tout seul pendant que mon père draguait ou passait du temps avec ses potes. Il avait dû se sentir seul, habitué qu'il était à vivre dans un relatif chaos au milieu de quatre filles. Il devait être aussi content de nous voir que nous l'étions.

— Pendant la journée, ils se planquent dans le magnéto, reprit-il. Et en plus, il marche même pas ! (Joshua rit.) Je vois pas pourquoi papa le garde…

Je suis sûre que mon père se disait, comme avec la plupart des choses cassées, qu'il le réparerait un jour. Il avait été marqué par les années 1960 et 1970, quand les Black Panthers distribuaient à manger aux enfants des écoles, dont lui et ses sœurs faisaient partie ; il se rappelait sa ville d'Oakland en prise aux difficultés, et comment elle avait pu s'en sortir sous la houlette des Black Panthers. Il écoutait Public Enemy et rien que Public Enemy. Il avait tous leurs albums. Dans le quartier situé de l'autre côté de la digue où il nous emmenait parfois, il marchait au milieu de la rue et discutait avec tout le monde, les gens assis sur les marches de leurs perrons ou sur leurs étroites vérandas. Il croyait à la force de la communauté, il pensait que la réflexion politique aiderait à combattre le racisme et à transformer des gens dépourvus de tout en acteurs du changement.

Dès qu'il trouvait un boulot de vigile ou un poste en usine qui lui permettait de gagner quelques sous, mon père nous emmenait dans l'une des épiceries qui se trouvaient de l'autre côté de la digue acheter du groin de cochon en gelée, des chips et des boissons fraîches. Un jour, une femme âgée s'approcha de lui. Elle était vêtue de blanc, sa peau noire contrastait avec la blancheur du tissu, ses cheveux étaient tirés en queue-de-cheval. J'eus du mal à saisir que c'était une femme car elle était si maigre qu'elle ne présentait aucune des rondeurs que j'associais aux femmes âgées de ma famille. Ses bras étaient de la même taille que ses avant-bras. Elle sourit à mon père ; il lui manquait des dents et celles qui restaient étaient noires au niveau des gencives. Elle n'était pas la seule dans ce cas. Je regardai plus attentivement les gens dans la rue et constatai que la moitié du quartier avait l'air d'être sous-alimenté. Sur le chemin du retour, j'en parlai à mon père. Le soleil était en train de se coucher et le ciel de La Nouvelle-Orléans se teintait de rose entre les câbles électriques auxquels, même dans ce quartier où les parades ne s'aventuraient pas, pendaient de nombreux colliers de mardi gras.

— Pourquoi tout le monde est maigre comme ça ? demandai-je.

Mon père me jeta un regard de côté. Il me parlait toujours comme à une adulte.

— Parce qu'ils prennent du crack. Ils sont tous accros.

Josh marchait de l'autre côté de mon père en grignotant un morceau de groin de porc.

— Tous ? insistai-je.

— Tous ceux qui sont maigres comme ça.

Je fronçai les sourcils. La majeure partie du quartier fumait donc du crack. Des hommes et des femmes squelettiques qui passaient la journée à errer dans les rues à pas saccadés ; les seules autres personnes qu'on apercevait dehors, c'était un ou deux beaux garçons un peu plus vieux que moi, en débardeur, des chaînes en or autour du cou. Ils passaient la journée avachis sur une barrière métallique à l'ombre des chênes grêles, ce qui ne les empêchait pas de bronzer, et les morts vivants s'agglutinaient autour d'eux par paquets. Des gamins, à pied ou à vélo, traversaient ces petites foules en jouant et en riant.

Je me demandais si les théories de mon père pourraient jamais avoir le moindre impact à La Nouvelle-Orléans. Grâce à ses révélations sur les consommateurs de crack et les dealers, je voyais le quartier plus clairement : ses rues étroites aux chaussées pleines de trous et presque vides, ses familles où ne demeuraient plus que les très jeunes ou les très vieux, les vieux infirmes à cause du crack, les jeunes indifférents au problème ou qui en tiraient profit. Dans l'air flottait une odeur de marécage, de café brûlé et d'égouts, mais on percevait aussi autre chose, comme la violence du désespoir. Avec ses prix bas et sa défonce instantanée, le crack était en train de dévorer l'âme de quartiers entiers dans les États-Unis de la fin des années 1980, début 1990, plébiscité par ceux qui recherchaient désespérément une issue de secours, un soulagement rapide. Le quartier me faisait un peu peur et je n'y allais jamais sans mon père ou mes frère et sœurs. Joshua, lui, était plus courageux, peut-être parce qu'il n'avait pas le choix. Il avait sûrement identifié bien avant moi les menaces qui planaient et compris qu'il n'avait pas d'autre option que de traverser le quartier sans broncher, tous les sens en éveil, au risque sinon de ne jamais pouvoir marcher dans la rue comme un homme. Être un homme, cela signifiait se donner l'air fort, capable ; pour mon frère, cela voulait dire ne pas avoir peur. Il devait faire montre d'une force qu'il ne possédait peut-être pas, manifester une dureté dans sa démarche qui ne lui appartenait pas.

Le week-end suivant, quand notre mère nous ramena chez notre père, il me raconta que Joshua avait été agressé pendant la semaine par deux garçons à vélo, tandis qu'il se rendait à pied à l'épicerie. D'après ce qu'ils avaient ensuite expliqué à mon père, ils lui avaient donné un coup à l'arrière de la tête « parce qu'il n'était pas du quartier ».

— Qu'est-ce que tu leur as fait ? demandai-je.

— Je leur ai parlé et je leur ai expliqué que c'était mal.

Cette réponse, de la part de mon père ceinture noire de kung-fu, me déçut un peu ; je ne comprenais pas que c'était justement ce que les arts martiaux lui avaient enseigné. La violence ne devait être utilisée qu'en dernier ressort. La musique qu'il écoutait allait dans le même sens : il y avait d'autres moyens de résoudre les conflits. Et en gérant ainsi l'incident, mon père essayait d'apprendre à mon frère à éviter la violence, fléau de la communauté noire dans laquelle il vivait. Peut-être pensait-il faire de lui un jeune homme différent, déterminé à combattre le racisme, les inégalités économiques et le poids de l'histoire, ainsi que la haine de soi et les comportements autodestructeurs qui en découlaient. Peut-être rêvait-il que son fils fût un vecteur de changement comme les Black Panthers l'avaient été. À l'époque, je ne soupçonnais pas tout ça, j'avais juste envie de retrouver les garçons qui avaient frappé Joshua et de me battre avec eux. Moi qui ripostais si peu à l'école, je voulais prendre sa défense et riposter. *Il a pas besoin de votre quartier*, je leur aurais dit. Josh me raconta que les cafards continuaient à patrouiller la nuit et qu'il en avait toujours aussi peur. Il me fit rire. Bien que vivant dans des maisons différentes, nous étions toujours aussi proches. J'aurais aimé lui parler des garçons, du vélo, du coup qu'ils lui avaient donné, j'aurais aimé qu'il vienne vers moi comme un petit frère vers une grande sœur. Mais nous pouvions parler de presque tout, sauf de ça. Il savait que je ne pouvais rien faire pour lui.

Après notre dernier week-end d'été, ce fut le retour au Mississippi et la rentrée des classes. Parfois, quand ma mère n'avait pas encore terminé ses tâches de la journée, elle venait me chercher à la fin des cours et je retournais avec elle sur son lieu de travail tandis que Joshua gardait Nerissa et Charine à la maison. La famille pour qui travaillait ma mère habitait dans un grand manoir en front de mer, peint en bleu foncé, auquel s'ajoutait une petite maison à un étage, qui était, il y a peu de temps encore, la résidence des domestiques et où dormaient maintenant les invités. Ces jours-là, je m'asseyais dans le salon avec la mère de famille et tandis que les enfants, qui étaient largement plus jeunes que moi, regardaient la télé, nous discutions. Dans la cuisine ouverte, ma mère faisait le ménage : c'était une présence tellement imposante chez nous que je ne parvenais pas à la quitter des yeux, et j'avais donc du mal à suivre ce que la femme me racontait. Pourquoi ma mère se taisait-elle ainsi ? Pourquoi paraissait-elle si docile ? Je ne l'avais jamais vue comme ça. Je portais mon attention sur les deux mondes.

— Qu'est-ce que tu as choisi comme deuxième langue ? me demanda la femme.

Elle était grande, blonde, robuste, respirait la santé et se montrait très sociable.

— Le français.

Ma mère chassa le chat qui était monté sur le comptoir et vaporisa le carrelage de Lysol avant de l'essuyer.

— C'est une langue difficile, me dit-elle.

J'acquiesçai. Ma mère rinça quelques assiettes et entreprit de remplir le lave-vaisselle.

— On a du mal à distinguer les mots, à savoir où l'un finit et où l'autre commence.

Je hochai la tête à nouveau. Mes mains, posées sur mes genoux, me semblaient inutiles. J'avais le sentiment que j'aurais dû être à côté de ma mère, pour lui passer les assiettes.

— L'espagnol, c'est plus facile, reprit la femme.

Ma mère se pencha et versa du produit dans le lave-vaisselle. Puis elle ferma la porte et, en se redressant, s'étira avec une grimace. Elle attrapa un balai et se mit à balayer.

— Dans notre famille, ils parlaient français, dis-je. Français créole. C'est pour ça que j'ai envie d'apprendre.

Ma voix résonnait bizarrement. Ma mère continuait à balayer la cuisine et progressait autour du comptoir central. Tous les sols de la maison étaient en parquet et ma mère les balayait de fond en comble.

— La meilleure façon d'apprendre, c'est de voyager. Il faut t'immerger.

Le perroquet de la famille, qui était aussi gros que leur chat et vivait dans une cage d'un mètre vingt de haut dans un coin du salon, poussa un cri et ouvrit les ailes. Le sol était jonché de graines. Ma mère balaya patiemment tout autour de la cage. À nouveau, le perroquet ouvrit ses ailes, redressa le bec, s'étira comme pour s'envoler puis il se rassit. Dans les mains de ma mère, le balai courait en chuintant doucement. Je fis oui de la tête.

Des années plus tard, à la fac, je découvrirais W. E. B. Du Bois et sa notion de « double conscience ». En le lisant, je repenserais à ces moments passés chez les patrons de ma mère à attendre qu'elle ait fini de faire le ménage pour qu'on puisse rentrer à la maison. Je repenserais à ce que je ressentais alors en assistant à ces scènes comme de l'extérieur, en observant ma mère en femme de ménage noire presque soumise. La conscience aiguë que j'avais en cet instant de ma peau sombre, de mes dents en avant, de mes cheveux rebelles et de mes mains qui brûlaient d'envie de lui venir en aide. Les fourmis dans mes jambes tandis que sa patronne me parlait d'égale à égale, m'engageait dans une discussion intellectuelle, m'interrogeait sur mes plans de carrière. Le privilège de recevoir une bonne éducation et la perspective de grimper un jour l'échelle sociale, je les devais aux mains de ma mère et à son inexorable coup de balai. Tout cela était injuste.

Quand mon père quitta La Nouvelle-Orléans et retourna dans le Mississippi, ma mère décida que mon frère irait vivre chez lui à plein temps. Joshua avait toujours du mal à l'école et ma mère espérait qu'habiter chez notre père l'aiderait à progresser. Mon père s'installa à Gulfport, dans un pavillon de plain-pied en brique, tout en longueur. Il était situé à Turkey Creek, un quartier noir historique. Cette communauté avait été établie en 1866, après la guerre de Sécession, par des esclaves affranchis, et c'était resté depuis un quartier principalement noir composé de rues étroites, de modestes maisons en bois et de petits jardins nickel à la pelouse immaculée, entourés d'arbres de tous les côtés. D'une certaine façon, le coin rappelait DeLisle, sauf que le quartier était encerclé par Gulfport et son urbanisation galopante. Turkey Creek, c'était aussi le nom du ruisseau qui traversait le quartier, engoncé dans son fossé qu'enjambait un petit pont, et qui avait la particularité de déborder parfois en période de pluies. La femme avec qui mon père entretenait une liaison à l'époque où il vivait avec nous dans le lotissement minable avait eu un enfant de lui, et elle emménagea chez lui avec son enfant en même temps que mon frère. Joshua avait envie d'habiter chez notre père, même s'il lui était difficile de changer d'école, de se faire de nouveaux amis et de quitter DeLisle. Dans cette maison, il eut de nouveau une chambre pour lui tout seul, qu'il décora avec des affiches de films et des armes de kung-fu empruntées à mon père, ou des objets volés.

À quatorze ans, Joshua devint un bon voleur. C'était quelque chose qu'il n'avait jamais fait auparavant et cela marqua un tournant, une des premières étapes que je perçus dans son cheminement vers l'âge adulte. Être un homme, c'était être autonome ; il devait subvenir à ses besoins. Aussi grand que mon père désormais, il avait perdu son ventre de petit garçon, et la chair de ses longs bras et longues jambes allait s'étirer encore et se muscler. Il portait des vêtements larges qu'il ne remplissait pas et quand il allait au Walmart du coin avec ses nouveaux potes, leurs grands tee-shirts et leurs jeans surdimensionnés leur permettaient de dissimuler leur butin. Ils volaient des trucs débiles, comme des boxers, des bonbons et des pantalons Dickies. Il me raconta tout cela un week-end où Nerissa, Charine et moi étions venues en visite.

— Je suis tricard chez Walmart, déclara-t-il.

J'étais assise sur son lit, qui était fait. La chambre était plutôt vide et ordonnée. Aux murs, il avait punaisé des dessins de voitures qui étaient de lui à côté de pages arrachées dans les magazines de mon père, sur lesquelles on voyait de jolies filles latinos penchées de manière suggestive sur des Chevrolet repeintes de toutes les couleurs

— Comment tu t'es débrouillé pour te retrouver tricard ?

— On chourait.

— Josh !

— C'étaient que des petits trucs. Des bonbons et des boxers.

— Et s'ils avaient appelé les flics, qu'est-ce qui se serait passé ?

— Ils les ont pas appelés. Ils nous ont juste emmenés dans l'arrière-boutique, ils ont noté nos noms et ils ont dit qu'on pouvait plus jamais revenir.

— T'aurais pu te retrouver en camp de redressement !

— On avait déjà chouré là-bas et ils nous avaient pas chopés. La fois d'avant, ils nous ont gueulé dessus quand on est sortis mais on s'est mis à courir et ils nous ont pas rattrapés.

Je ris en imaginant la scène mais je m'arrêtai car je ne voulais pas lui donner l'impression que je l'encourageais. Mon intention première était de le gronder, de jouer les grandes sœurs en lui rappelant les conséquences de ses actes. Je me faisais du souci pour lui, je m'inquiétais de ce que le monde allait exiger de lui en tant que jeune homme et de la manière dont il s'y prendrait pour répondre à ces exigences. Et en même temps, j'admirais sa témérité. Au collège, il continuait à rencontrer des difficultés et je ne comprenais pas pourquoi il ne se débrouillait pas mieux en classe. Il était intelligent, vif, et savait résoudre les problèmes rapidement et efficacement. Avec le recul, j'imagine qu'il avait une façon d'apprendre différente de la plupart des enfants et que le système scolaire n'était pas capable de l'admettre. Même s'il volait des trucs débiles dans les magasins, c'était encore un enfant assez sage ; il avait déjà goûté à l'herbe mais ne fumait pas souvent. Il avait aussi pris sa première cuite avec notre cousin Aldon, et un cousin plus âgé les avait chargés tous les deux à l'arrière de sa Cutlass avant de dessiner des huit sur la route jusqu'à ce que les deux vomissent sur les banquettes. Il voulait probablement leur donner une leçon et, autant que je sache, ç'avait marché, car Joshua ne but jamais beaucoup après cette expérience.

— Donc on peut pas aller chez Walmart pour acheter à manger, c'est ça ?

— Nan, fit Josh. (Il rit.) Allez, viens.

Les plafonds bas de la maison produisaient un effet oppressant, même à moi qui étais petite, et je fus contente de sortir. Au bout d'une minute, un des nouveaux amis de Joshua apparut au bout de la rue, maigre, la peau foncée, poursuivi par son ombre qui lui dessinait une sorte de queue sur le trottoir, et on se dirigea vers lui. Mon frère m'avait manqué.

Pendant la semaine, quand j'étais au lycée, je l'imaginais dans sa nouvelle école ; je le voyais cherchant à s'orienter dans les couloirs ou en train de se faire alpaguer par un prof, sans pouvoir compter sur des copains connus depuis l'école primaire. Il était tout seul. Comme moi.

De mon côté, je participais de manière plus active à la vie de mon lycée privé. J'étais cheerleader, j'appartenais au club théâtre, j'assistais à l'assemblée des élèves et, pendant un bref moment, je ressuscitai le magazine littéraire, mais je restais autre, racialement et socio-économiquement parlant. Ma mère m'interdisait de sortir avec quiconque (au lycée ou à l'extérieur). Comme toutes les mères noires du Sud, elle était terrifiée à l'idée que je tombe enceinte trop tôt. Elle ne me laissa aller à aucune fête jusqu'à la terminale où j'eus quand même le droit de me rendre à la fête de fin d'année, seule. La musique était horrible. Je plaisais à un ou deux Blancs du lycée et même, selon certaines rumeurs, à quelques autres, mais ils ne passaient pas à l'action parce que j'étais noire. Ils craignaient d'être jugés par leur famille ou leur communauté. Je compris le danger que présentait cette situation en terminale, quand l'un d'eux, un soir, me pelota sans retenue et, le lendemain, lors d'une conversation avec un autre Blanc de ma classe, déclara : « Je ne crois pas au mélange des races. » Je me souviens qu'il m'avait caressée mais qu'il avait refusé de m'embrasser sur le visage ou sur la bouche. Mon statut d'étrangère était physiquement tangible. *Au moins*, pensai-je, *mon frère n'est pas confronté à ça dans son école.*

Pour supporter cette situation, je passais de plus en plus de temps – le peu de temps libre dont je disposais – planquée dans la bibliothèque à lire tout ce qui me tombait sous la main. En cinquième, j'avais lu *Autant en emporte le vent* ; l'histoire d'amour entre Scarlett et Rhett avait plu à la jeune romantique que j'étais, mais pas la façon dont les anciens esclaves étaient traités par les Sudistes vaincus. Et le fait que le livre et le film soient adorés par les États-Unis tout entiers m'horrifiait. *Ils voient vraiment les Noirs comme ça ?* Mon expérience au lycée semblait répondre par l'affirmative, du moins pour certains. En première et en terminale, je lus *Racines*, puis *Homme invisible, pour qui chantes-tu ?*, *Un enfant du pays* et *La Couleur pourpre* ainsi que *L'Autobiographie de Malcolm X*, sur les conseils insistants de mon père. Nous étions au début des années 1990 : les groupes de rap « conscient » s'habillaient de tissus africains et Chuck D nous exhortait à « nous battre contre le pouvoir[1] ». Un jour, je portais au lycée un tee-shirt

1. « Fight The Power », une chanson du groupe Public Enemy, dont Chuck D est le cofondateur.

avec la photo de Malcolm X que mon père m'avait offert, et une fille me coinça dans les toilettes en me disant : « Eh ben, Mimi, j'aurais dû mettre mon tee-shirt de David Duke[1] aujourd'hui ! » Quand j'étais plongée dans les livres, je me sentais fière de mon héritage africain ; à l'école, j'étais plus réservée. Quand je lisais ou que j'écoutais Public Enemy, je considérais la résistance et la lutte pour les droits civiques comme une force ; quand j'étais au lycée, j'étais désorientée. Il m'arrivait d'avoir des moments de lucidité en traversant le quartier en voiture avec un ami, du Tupac sur l'autoradio, et de penser alors : *J'adore être noire.* Mais quelques heures plus tard à peine, je me prenais la tête au sujet de ma vie sociale et amoureuse inexistante tout en me bagarrant avec mes cheveux, et je me détestais. Un jour, ma mère vint me chercher au lycée et je commençai à lui parler d'un projet que nous devions réaliser pour l'école ; elle m'interrompit et, semblant s'adresser au macadam, à la rangée d'arbres qui nous ramenait vers notre mobile home plutôt qu'à moi, elle dit : « Arrête de parler comme ça. » Ce qui signifiait : *Pourquoi tu parles aussi pincé ?* Ou : *Pourquoi tu parles comme ces Blancs chez qui je fais le ménage ?* Ou encore : *Mais qui t'es ?* Je la bouclai.

Je m'inquiétais pour mon frère. J'étais confrontée pour ma part à un racisme décomplexé, personnel, lié au fait d'aller à l'école avec des gamins blancs, riches et privilégiés dans le sud des États-Unis ; Joshua, lui, devait faire face à une autre forme de racisme, plus institutionnelle, qui empêchait les profs et les conseillers de l'école de dépasser la première impression

1. Militant du Ku Klux Klan et adepte de la suprématie blanche.

qu'ils avaient de lui – son charme facile, ses notes médiocres et son manque d'intérêt pour l'enseignement classique –, et de s'intéresser à la personne qu'il était vraiment. Pourquoi se donner du mal à déterminer ce qui pourrait pousser ce jeune à travailler si, de toute façon, statistiquement, il n'était qu'un énième jeune Noir destiné à laisser tomber l'école ? Jamais on n'envoya Joshua chez le conseiller d'orientation, jamais on ne lui fit faire de tests pour vérifier s'il souffrait d'une forme de dyslexie, jamais il ne reçut l'attention individualisée qui l'aurait peut-être aidé à mieux se débrouiller au collège et au lycée. Mon frère et moi nous heurtions à quelque chose de plus grand que nous et tous deux nous nous débattions pour essayer de trouver une brèche, une porte, une poignée, un endroit pour passer à travers. Et ni l'un ni l'autre n'y parvenions.

J'avais seize ans quand je pris ma première cuite. J'étais allée dormir chez ma meilleure amie de lycée. C'était une fille grande et généreuse, toujours honnête avec moi, qui m'aida à traverser les heures les plus sombres de mes angoisses adolescentes et de ma dépression d'adulte, ces moments où ma vision se réduisait à un chas d'aiguille et où le monde tel que je le connaissais me désespérait. On passa la soirée sur le sol du salon, à s'enfiler du vin de cuisine. Les effets de l'alcool me rendirent soudain euphorique. Toute la haine de moi-même, le poids de qui j'étais et du monde dans lequel je vivais, s'envola. Allongée sur le canapé devant la télé, je déclarai :

— Mariah, je voudrais que cette sensation ne s'arrête jamais.

— Avec tout ce que t'as bu, répliqua-t-elle, je crois pas que ça va s'arrêter de si tôt.

On grimpa l'escalier à la hâte en entendant arriver ses parents. L'euphorie fit place à la nausée et je vomis sur son tapis à poils longs. Elle nettoya le vomi et me conduisit aux toilettes où je perdis connaissance et passai la nuit la joue sur la lunette des toilettes. Le lendemain, elle me déposa chez mon père où je retrouvai Joshua sur la route devant la maison. J'avais froid. J'enfilai un blouson qui appartenait à mon frère ; les mains rentrées à l'intérieur des manches, je me tapais sur les bras pour me réchauffer. La peau aux coins de mes lèvres était sèche, et mon front et mon menton couverts de boutons. À quatorze ans, Joshua n'avait pas d'acné. Il portait un blouson Oakland Raiders bouffant. Il rit en m'écoutant raconter ma soirée.

— Et après je me suis réveillée dans les chiottes. Je me sens super mal.

Joshua sourit. Il avait son teint d'hiver, c'est-à-dire qu'il était d'une couleur dorée et que ses cheveux paraissaient plus foncés qu'en été, quand le soleil les éclaircissait. Il enfonça ses mains dans ses poches.

— T'as déjà fumé de l'herbe ?

— Nan.

Je n'allais pas y goûter avant mes dix-huit ans.

— C'est mieux. T'as pas la gueule de bois.

Une femme habillée d'un tee-shirt blanc à manches longues et d'un short de basket noir se dirigeait vers nous. Ses mollets étaient maigres et gris. Ses cheveux défrisés faisaient des paquets sur sa tête. Je me demandai comment elle pouvait ne pas avoir froid.

— J'ai bien aimé au début. C'est juste quand j'ai eu envie de vomir que ç'a mal tourné. Berk.

Le goût du vomi me revenait dans la bouche. J'avais dégueulé si violemment qu'il m'en était sorti par le nez.

La femme s'arrêta pour parler à mon frère.

— Ça roule ? l'interrogea-t-elle avec un sourire chaleureux.

Je me dis qu'il lui plaisait peut-être – moi, je le trouvais beau – bien qu'il ait au moins dix ans de moins qu'elle.

— Ça va, fit-il. Tranquille.

Ils avaient l'air d'avoir déjà eu cette conversation. Mon frère lui serra la main puis la femme s'éloigna en balançant les hanches ; une de ses mains était ouverte au bout de son bras ballant et l'autre, celle que mon frère avait serrée, ramenée en poing contre sa poitrine.

— Elle doit avoir froid, dis-je.

Joshua me regarda avec un petit sourire, si petit que je ne voyais pas ses dents. Puis il arrêta de sourire et secoua la tête.

— Je vends du crack, avoua-t-il.

Il avait l'air anxieux. Il avait peur que je le juge, ce qui était le cas mais pas dans le sens où il le craignait. La femme disparut au coin de la rue, le poing toujours serré sur ce qu'il lui avait vendu.

— Comment ça ? Pourquoi ? Depuis quand ?

Je frissonnai et resserrai ma propre étreinte. La peur que j'éprouvais pour lui avait crû d'un cran, si rapidement que je fis le gros dos, tout le corps tendu pour me prémunir de la violence de l'impact.

— J'ai besoin d'argent, répondit-il.

Je ne pouvais pas le contredire. Notre père avait du mal à payer les traites pour rembourser sa maison et enchaînait les petits boulots mal payés, d'abord dans un casino puis dans une station-service, comme lorsqu'il était ado. Il restait peu d'argent pour manger ou s'habiller. Joshua était encore trop jeune pour avoir un boulot officiel. Peut-être mon père le sollicitait-il pour l'aider à payer les factures ; une fois, quand mon père vivait à La Nouvelle-Orléans, il m'avait demandé un coup de main pour régler son loyer. Je n'aurais pas dû poser cette question. Mon frère avait appris sa leçon : un homme devait subvenir à ses besoins.

— Mes potes, ici, ils le font, reprit Josh. Alors un jour… C'est pas dur… enfin, ça dépend.

Son regard se perdit au loin, là où la femme avait disparu.

— T'as pas peur ?

Il ne répondit pas. Je regardais le fin duvet qui recouvrait sa lèvre supérieure, ses yeux foncés, et pensai : *Il sait quelque chose que je ne sais pas.* Peut-être avait-il contemplé son reflet dans le miroir, lui aussi, et y avait-il vu l'image de mon père là où je ne voyais que son absence. Peut-être mon père lui avait-il trop bien appris ce que signifiait être un homme noir dans le sud des États-Unis : peu de travail, des boulots sans perspective, des institutions qui vous dévalorisent systématiquement comme travailleur, comme citoyen, comme être humain. Ma mère avait réussi à me donner accès à autre chose – le genre d'opportunité auquel mon frère et moi aurions pu prétendre tous deux si nous n'avions pas été marqués par la pauvreté et par la couleur de notre peau –, si bien, même, que je me dirigeais vers l'université. Joshua, lui, avait disposé de moins de modèles, de moins de choix et, comme beaucoup de garçons de son âge, avait le sentiment que les études n'étaient pas faites pour lui. Jamais il n'envisagea la possibilité d'aller à la fac, jamais il ne conçut l'éducation comme un moyen de grimper l'échelle sociale, le rêve américain brillant au loin comme une étoile. Je pouvais espérer obtenir certaines choses : une maison en bois et en brique rouge, un boulot de rêve, exigeant, qui vaudrait la peine de se donner du mal, une voiture neuve qui ne tomberait jamais en panne d'essence. Joshua, lui, était condamné à se démerder. Il ferait ce qu'il faudrait pour survivre tandis qu'il m'était permis de rêver à un avenir meilleur. Mon frère avait déjà intégré ces données. Son monde, sa vie : ici et maintenant. *Josh est plus vieux que moi*, pensai-je. *Plus mûr*. Comme s'il venait de boire une caisse entière de bouteilles de Tabasco.

JOSHUA ADAM DEDEAUX
Né le 27 octobre 1980
Mort le 2 octobre 2000

C'est ici que le passé et l'avenir se rencontrent. Cela se passe après l'attaque du pitbull, après le départ de mon père et le cœur brisé de ma mère. Après les petites brutes au lycée, après les blagues racistes, après que mon frère m'a révélé comment il se débrouillait pour gagner un peu d'argent. Après que mon père a eu encore six enfants, de quatre mères différentes, soit dix enfants au total. Après que ma mère a cessé de travailler pour une famille blanche qui habitait dans un manoir en bord de mer pour aller travailler chez une autre famille blanche installée dans une grande maison dans le bayou. Après que j'ai obtenu deux diplômes, contracté une forme sévère de mal du pays et rencontré un chéri un peu tiède à l'université de Stanford. Cela se passe avant Ronald, avant C. J. Avant Demond, avant Rodge. C'est l'endroit où les deux fils de mon récit se croisent, à l'été 2000, le dernier été que je passerai avec mon frère. C'est le cœur de toute cette histoire. C'est. Chaque jour, c'est.

Dès la fin de mon master à Stanford, en avril 2000, je fis mes cartons et réexpédiai les débris de ma vie au

Mississippi via UPS. Je rentrais chez moi. Je voulais vivre dans le Sud pendant quelques années parce que j'en avais marre d'être loin, d'être toute petite dans le vaste monde. J'en avais assez de me sentir toujours seule. Au cours de ma dernière année sur le campus, à Stanford, je m'asseyais la nuit à la fenêtre de ma chambre – individuelle, avec une moquette à poils longs et un lavabo dans le placard – pour regarder la lune dans la cour, qui brillait à travers la ramure des chênes. Ma famille et DeLisle me manquaient tellement que j'en pleurais. *Comment faire pour rentrer ?* J'avais travaillé dur au lycée, passé mes week-ends de première et de terminale à me frotter, seule, au jargon étrange des dossiers de candidature et à me préparer aux examens d'entrée à la fac. Le fait d'aller étudier dans une université prestigieuse loin de ma région natale n'avait pas fait de moi une adulte, ne m'avait pas rendue confiante et sûre de moi ; loin de là, cela m'avait plongée dans la confusion, rendue timide et hésitante. J'avais besoin de me retrouver dans un univers familier. Je voulais vivre au pays, indépendante mais proche de ma famille, de mon frère, de mes sœurs, de mes amis. Mon copain de l'époque avait accepté un travail à New York à la fin de ses études, et bien que notre relation durât depuis cinq ans, je trouvais présomptueux de le suivre.

Je fourrai mes vêtements dans de grosses valises et pris un avion pour La Nouvelle-Orléans où ma mère et mon frère de dix-neuf ans vinrent me chercher dans la grande Caprice couleur crème de ma mère qu'elle avait fini par donner à mon frère. Ils rangèrent mes bagages bourrés à craquer dans le coffre, à côté des haut-parleurs. Mon frère ne mit pas la musique trop fort, même si son système d'autoradio était monstrueusement puissant. À la maison, mes sœurs se précipitèrent vers moi en courant. Nerissa avait dix-sept ans et Charine quatorze. Tout le monde m'aida à décharger mes bagages et à les entreposer dans la chambre que je partagerais avec Nerissa et De'Sean. Josh déposa mes valises sur le sol avec un grognement de soulagement.

J'étais de retour.

Quand j'étais à Stanford, je mourais d'envie de rentrer chez moi et me demandais comment m'y prendre, mais je n'avais pas bien appréhendé la situation. Je ne m'étais pas demandé comment se passerait le retour. Si je trouverais du travail, combien de temps je logerais chez ma mère, ce que ça me ferait de rentrer au Mississippi et de me sentir plombée, comme si je n'étais jamais partie. Pour commencer, je n'arrivais pas à décrocher de boulot.

Mes sœurs étaient à l'école et ma mère travaillait toujours comme femme de ménage, ce qui fait que, chaque jour, à mon réveil, pour démarrer ma fastidieuse et démoralisante recherche d'emploi, je trouvais la maison silencieuse, à peine fraîche, avec mon frère qui dormait dans la pièce d'à côté. Il n'était resté qu'un an chez mon père et était rentré quand celui-ci, ne pouvant plus payer son emprunt, s'était installé dans un autre appart. L'été suivant, il avait encore vécu chez mon père quelques mois, puis il était revenu, de nouveau. Lors de son dernier retour, il avait annoncé à ma mère, comme une plaisanterie qui en même temps n'en était pas une : « Je te quitterai plus jamais. »

Chaque jour, Joshua et moi nous réveillions vers midi, abrutis par la chaleur. Il sortait en titubant de sa chambre, la plus petite de la maison, où sa grande silhouette occupait presque entièrement le lit double dans lequel il dormait. Il avait décoré les murs de dessins faits à l'époque où il était encore au collège. Dans un coin, une étagère que ma mère avait installée pour lui, remplie de cassettes VHS, prenait toute la place. Quelques années plus tôt, quand ma mère était passée à un mobile home de taille supérieure – quatre chambres –, elle avait assigné la plus petite à Josh. Il s'en était plaint.

— T'es jamais là, avait-elle répliqué.

Il était toujours au travail ou bien avec ses copains.

— Si j'avais une chambre plus grande, je serais là plus souvent, avait-il dit. C'est moi le plus vieux, maintenant.

La plus petite chambre était pourtant restée la sienne, et parfois, oppressé par ses dimensions, il se barrait sans même que j'aie eu le temps de lui demander où il allait. Le moteur de sa voiture résonnait dans le silence de la mi-journée, ponctué par le vrombissement des insectes dans les arbres et le grésillement électrique du mobile home qui ressemblait lui aussi à un insecte, en plus gros, et qui, chaque jour, me tirait du sommeil.

J'allais chez des amis utiliser leur ordinateur. Je remplissais candidature sur candidature et imprimais des CV que j'envoyais en masse. Cependant, ma licence d'anglais et mon master de communication n'avaient pratiquement aucune valeur dans l'économie côtière du Sud dominée par les casinos, les usines, les hôpitaux et les bases militaires. Je commençai à chercher du travail un peu plus loin, en Alabama, en Louisiane, et quand je vis que cela ne marchait toujours pas, j'étendis ma recherche à la Géorgie et plus au nord encore, sans réfléchir aux problèmes que peut représenter le fait de postuler à un emploi si loin de chez soi. Nombre de mes collègues de Stanford avaient déjà été recrutés par des agences de conseil ou des banques d'investissement, et la facilité avec laquelle cela s'était passé pour eux ne m'aidait pas à comprendre comment m'y prendre. J'appelais les employeurs, suppliais qu'on me donne des nouvelles, et la facture téléphonique de ma mère s'alourdissait.

Mon frère passait ses journées au volant de sa nouvelle voiture, une Cutlass 1980 qu'il avait achetée après voir accidentellement percé le réservoir de sa Caprice en jouant avec un flingue. Il déposait des CV dans les stations essence, les casinos, les usines du coin. Il avait d'abord travaillé dans une fabrique de bougies, d'où il rapportait de gros blocs de cire fondue qui ressemblaient à de l'ambre. « Regarde, c'est beau », disait-il en les faisant tournoyer devant moi. Après ça, il travailla comme agent d'entretien dans une énorme station-service, la première du genre sur la côte, dédiée aux camionneurs. Elle était située au bord de l'autoroute I-10 ; mon frère détestait ce job. Il devait notamment y nettoyer les toilettes. Il démissionna après seulement quelques mois mais ce boulot lui permit de mettre un peu d'argent de côté, et en plus il pouvait manger au restaurant pour routiers juste à côté de la station, où on lui servait des steaks pas chers et toutes sortes de viandes en sauce. Il aimait bien ce genre de nourriture et rapportait parfois des plats à la maison. Même s'il n'appréciait guère cet emploi mal payé, il réussissait quand même à trouver une forme de beauté partout où il allait ; c'était sa façon d'essayer de comprendre le monde, de donner un sens à sa vie, de se rendre la tâche supportable parce que la laideur de notre monde lui apparaissait clairement, elle aussi.

— Qu'est-ce que tu n'aimes pas dans ton boulot là-bas ? lui demandai-je un jour.

— Les routiers, ils sont vraiment dégueulasses.

On était en juin. Nerissa et Charine nous avertirent que notre mère avait émis l'idée de nous virer de la maison, Joshua et moi, si nous ne trouvions pas de travail. Quelques semaines plus tard, Joshua dégotta un emploi. Le grand casino de Gulfport l'embaucha comme voiturier. On lui remit une chemise violette sur laquelle était inscrit le nom du casino, et un petit pot de pièces d'or brodés en fil doré sur la poitrine. Ce poste lui plaisait. Il dit à ma mère qu'il passait la soirée à conduire de belles voitures et à être payé pour. C'était facile. Ma mère avait supprimé les appels longue distance de sa ligne parce qu'elle estimait que la facture était trop élevée à cause de moi, si bien que j'en étais réduite à solliciter mon frère pour qu'il me conduise à la station-service afin d'acheter des cartes téléphoniques quand il avait du temps libre. Rien n'y fit. Je restais chômeuse.

Avant d'être embauché comme voiturier et entre deux boulots au fast-food, à la fabrique de bougies et à la station-service, Joshua continuait à vendre occasionnellement du crack à quelques junkies du quartier. C'était sa solution de dépannage. La plupart des jeunes Noirs que je connaissais étaient contraints, à un moment ou un autre, de vendre de la drogue, dans cette économie ralentie où leur force de travail était facile à mobiliser et encore plus facile à remplacer. Le jour où je l'appris, il faisait froid, là aussi. Nous étions en décembre 1999, quelques mois avant mon retour, et j'étais venue pour les vacances. Nous marchions sur St. Stephen's Road, à la hauteur d'une vieille maison qui tombait en ruine. Les bardeaux de la façade pourrie se détachaient par plaques grises, noires et brunes. Les marches de l'escalier extérieur étaient défoncées et leurs clous affleuraient à la surface comme une barbe mal rasée. Ouvrant sa porte, une voisine héla Josh qui s'approcha, grand et pâle, paraissant plus costaud qu'il n'était dans son blouson Philadelphia Eagles vert et blanc. Dans l'obscurité de la maison, la couleur de l'aigle devint crème. Joshua dit quelque chose, la femme rit d'un rire fort, épais – un rire de fumeuse qui résonna dans l'air. Elle lui donna de l'argent en échange de ce qu'il lui avait remis et nous serra tous les deux dans ses bras avant de retourner à ses amies et à leur conversation, aux fenêtres embuées et à l'ambiance couleur poussière qui régnait dans la maison. De retour au mobile home, je suivis Josh dans sa chambre. Il faisait bon, les décorations de Noël que notre mère avait installées dans le salon projetaient une lueur colorée sous la porte fermée de sa chambre.

— T'as recommencé à dealer ?

— Ouais.

Il quitta la télé des yeux pour me regarder. Arnold Schwarzenegger était sur l'écran.

— Je cherche du travail.

— Pour de vrai ?

— Tu crois que ça me plaît de faire ces conneries ? Je suis pas comme les autres tarés du coin. Tu sais bien que quand j'ai un boulot, je bosse.

J'étais sa grande sœur et je m'inquiétais pour lui. Il avait quitté le collège en troisième et s'était inscrit aux cours des Job Corps[1] où s'il était rendu pendant quelques mois. Puis, après avoir été signalé

1. Programme de formation gratuit réservé aux personnes défavorisées.

pour ses retards et menacé d'exclusion, il avait laissé tomber. « Pourquoi t'as arrêté d'y aller ? lui avais-je demandé. – Parce que, quand je vais à l'école en voiture, le matin, y a des filles qui sortent de la cité à moitié à poil et qui m'obligent à m'arrêter. » Il avait haussé les épaules. « Qu'est-ce que tu veux que je fasse ? » Ça n'était pas une blague. Les filles avec qui il sortait faisaient effectivement ce genre de chose, je n'en doutais pas une seconde ; il était assez beau pour ça. Plus tard, il s'inscrivit pour passer le GED[1]. Il envisagea un moment de s'engager dans l'armée, mais, après avoir vu *Full Metal Jacket*, il décida qu'il n'était pas fait pour être soldat. « J'ai pas envie de mourir comme ça », me dit-il quand je lui demandai pourquoi il avait changé d'avis.

À l'époque, je prenais vaguement conscience des bouleversements du monde qui nous entourait : les usines quittaient les États-Unis par wagons entiers pour s'implanter ailleurs, et les emplois ouvriers grâce auxquels mon père avait autrefois nourri sa famille étaient à présent une denrée rare. Ne restaient plus que des boulots pourris dans le tertiaire, que mon frère accumulait à la recherche d'un avenir un tant soit peu prometteur.

— Qu'est-ce que tu vas regarder ? je lui demandai en m'asseyant au bord du lit.

Il me laissa une petite place et contempla sa collection de VHS.

— Je sais pas.

— Tu veux qu'on regarde *Total Recall* ?

Il haussa les épaules et j'eus alors l'impression de voir mon père, dans la rondeur musculeuse de ses

1. Certificat d'équivalence d'études secondaires.

épaules, la ligne droite et pure de ses clavicules, le creux formé par les salières, à la naissance de son cou. Il était resté rondouillard si longtemps que c'était une surprise de se rendre compte soudain qu'il était devenu un homme musclé, aux épaules carrées.

— OK, fit-il.

Je m'installai dans le noir pour regarder le film avec lui, pensant qu'il allait dire autre chose. Il se contenta de fixer le téléviseur, les sourcils froncés, le regard sérieux. Il frotta son pied sur le tapis et l'odeur qui lui était propre, un mélange de foin coupé, d'huile de coco et de sel, se répandit dans la pièce. Je repliai mes genoux sous mon menton et me concentrai sur Arnold et son combat contre un prédateur venu d'une autre planète qui voulait l'éliminer. Il ne faisait pas le poids, tout en gros muscles et espoirs vains.

Cette année-là, il n'y a qu'un moment où j'ai l'impression de redevenir la grande sœur de Joshua. La plupart du temps, j'ai plutôt la sensation d'être sa cadette car il a trouvé du boulot, s'est acheté une voiture et ses remarques soulignent sans cesse la naïveté dont je fais preuve à l'égard de la vie, la mienne, la sienne. J'ai dépensé tout l'argent que j'avais économisé pendant mes années de fac, soit environ 3 000 dollars, pour m'acheter une Toyota Corolla blanche d'occasion. Elle est vieille, fait du raffut, et j'en ai un peu honte. Quand je me plains à ce sujet, Joshua me dit : « Moi, je la conduirais sans problème. » Un jour, j'appelle mon père pour lui demander de vidanger l'huile de ma voiture et il accepte (à condition que je me charge d'acheter l'huile et un nouveau filtre), alors j'embarque mon frère avec moi au centre auto parce que je n'ai aucune idée de ce qu'il faut acheter.

C'est l'automne ; l'air est assez frais, suffisamment pour entrouvrir les fenêtres mais pas assez pour mettre le chauffage. Joshua porte une veste écossaise bleu foncé et prend beaucoup de place dans ma petite voiture. Des copains du quartier – Rob, Pot et Duck – l'ont surnommé Ojacc. « Parce qu'il ressemble à un bûcheron balèze[1] », explique Pot.

— Arrête de conduire comme une vieille, me lance Joshua.

— Comment ça ?

— Tu vas trop lentement.

— C'est pas vrai.

— Et on dirait que t'as toujours peur de déboîter.

Il rit et je hausse les épaules. J'ai l'impression d'être la petite sœur qui se fait gronder.

— Tu sais pas conduire, ajoute-t-il.

Nous traversons les bois, de grands conifères bordent la route, du ciel nous ne distinguons qu'une bande bleu pâle au-dessus de nos têtes. De temps en temps, on aperçoit une maison. L'odeur de la campagne en automne flotte, épaisse, dans l'air – une odeur de feu de bois mêlée au parfum des aiguilles de pin. Josh allume une cigarette.

— Tu devrais arrêter de fumer.

— Je suis stressé.

Cela fait tellement longtemps que je le vois comme plus âgé que moi que je suis étonnée qu'il se mette à me parler de sa copine, celle qui a vécu avec nous pendant un temps parce qu'un membre de sa famille avait essayé de la violer.

1. En anglais, bûcheron se dit « lumberjack ».

— Je l'aime, confie-t-il. Je sais pas quoi faire. Qu'est-ce qu'il faut faire quand on aime quelqu'un à ce point-là ? Comment tu fais confiance ?

En tant que membre d'une communauté où la confiance – entre enfants et parents, entre amants, entre citoyens et institutions – ne court pas les rues, mon frère ne sait pas comment s'y prendre. Il tire à fond sur sa cigarette, recrache la fumée par l'ouverture de la fenêtre ; la fumée rebondit partiellement contre la vitre et se répand dans la voiture. Sa copine l'a trompé il y a un moment déjà. Il me demande conseil. Je fais de mon mieux.

— Faut essayer. Pardonner. Accorder ta confiance même si on t'a fait du mal.

Il secoue la tête.

— Je suis pas sûr, dit-il.

— Enfin, je crois que c'est ce qu'il faut faire. Si vous êtes faits pour vivre ensemble, ça marchera.

— Je l'aime tellement…

— Je comprends. (C'est la seule chose que je trouve à dire pour lui montrer combien je prends son problème au sérieux.) Je comprends.

Une fois dans la boutique, il m'emmène au rayon des huiles et des filtres, puis au comptoir. Après que j'ai payé, il porte le sac jusqu'à la voiture. Je lui arrive à l'épaule. Ce n'est que la deuxième ou troisième fois que je conduis en sa présence ; on a passé le permis en même temps, mais comme je n'ai jamais eu de voiture jusqu'à présent (tandis que lui en a eu une très tôt), c'est généralement lui qui s'installe au volant. Il est meilleur conducteur que moi et pose souvent un bras sur le rebord de la fenêtre – celui sur lequel il s'est fait tatouer les mots « soleil » et « scorpion » –, tandis que l'autre – celui de « Dedeaux » et « Ojacc » – repose sur le volant. En sortant du parking du centre auto, je fais vrombir le moteur. Déterminée à lui montrer que je n'ai pas peur de conduire, je démarre en trombe. C'est une erreur. La sortie du parking dissimule un large trou dans la chaussée ; la voiture plonge dans le trou avant de ressortir, le pare-chocs avant heurte le béton en faisant un gros « boum ». Je m'insère dans la circulation après une embardée.

— Et merde.

Joshua jette un coup d'œil dans le rétro. Je m'attends à entendre un raclement.

— J'ai niqué mon pare-chocs. J'en suis sûre.

— Ça doit pas être très grave, réplique-t-il.

Mesuré, comme toujours. Sage. Un jour, je me suis mise en colère contre ma mère et j'ai pété un câble. Josh s'est mis à rire. « Calme-toi, disait-il. Mais calme-toi. »

— On regardera ça chez papa.

Une fois chez mon père, à Gaston Point, nous mesurons l'étendue des dégâts tous les trois.

— Tout va bien, dit Josh.

— Mais non, regarde. Y a un espace entre le pare-chocs et la voiture. C'était pas comme ça avant.

— Je vois pas ce que tu veux dire, déclare Josh, les bras croisés, légèrement déhanché.

— Tu veux parler de ça ? demande mon père.

Sa longue tresse serpente dans son dos. À l'époque, il a la quarantaine et le physique d'un jeune homme, pas un fil blanc ne vient diluer la masse noire de sa chevelure, pas une ride ne marque son front. Je sens qu'il est fier que mon frère soit plus grand que lui, qu'il soit devenu un jeune homme sérieux, capable de faire de la mécanique et de gagner sa vie.

— T'es sûre que c'était pas là avant ?

— Oui.

— T'es sûre ? m'interroge à son tour Josh.

— Certaine.

— Josh, aide-moi, dit mon père.

Les deux appuient de concert sur le pare-chocs pour tenter de le repousser vers le moteur. Joshua glisse sa longue carcasse sous la voiture, essaie de faire bouger le pare-chocs, attrape un coup de chaud dans le soleil d'automne et ouvre la fermeture de sa veste. Mon père le tire de sous la voiture et l'aide à se remettre sur ses pieds. Joshua brosse son pantalon et je lui époussette le dos, retirant la terre, le gravier et les brins d'herbe.

— Ç'a pas bougé d'un poil, décrète mon père.

— Ça va, fait Josh.

Je pense : *Cette bagnole était déjà vieille et pourrie, et maintenant j'ai bousillé la calandre. Quelle naze.*

— Ça se voit presque pas, ajoute Josh.

J'inspire à fond et j'adopte la même pose que lui, mais les mains glissées sous mes aisselles pour me tenir chaud. Je sais bien qu'il essaie de me réconforter.

— Tu veux toujours faire la vidange ? demande mon père.

Aujourd'hui, ce souvenir prend un relief nouveau ; il symbolise tous ces moments ordinaires que nous avons partagés, tous ces moments ordinaires que nous avons perdus. Il me donne tellement chaud que j'en ai mal aux doigts, comme si c'étaient des membres fantômes, quand j'imagine mon frère en vie et à portée de voix, sa chaleur contrastant avec la fraîcheur du jour, sa peau rosée à l'endroit de ses cicatrices, ses cheveux couleur de miel.

J'avais sollicité mon père pour qu'il fasse la vidange de ma voiture parce que je ne pouvais pas me permettre de payer quelqu'un pour me la faire. Le jour où ma courroie de distribution se cassa alors que j'accompagnais mes sœurs et mon neveu à Pass Christian, un des frères de ma mère dut la réparer. Mon découvert frôlait les 5 000 dollars. Je me résolus à postuler chez le Barnes & Noble du coin, mais ils refusèrent de m'embaucher. J'étais désespérée. Quand mon ancienne colocataire de la fac, Julie, m'apprit qu'un ami à elle travaillait chez Random House, une maison d'édition new-yorkaise, je lui demandai de lui transmettre mon CV et une lettre de motivation. S'ils m'accordaient un entretien, je ferais l'aller-retour. S'ils m'embauchaient, je reviendrais quelques jours dans le Mississippi, le temps de refaire mes bagages, et je partirais pour New York. Mon amoureux de Stanford y vivait, ainsi qu'un autre ami de l'université qui travaillait pour une maison de disques. Je connaissais quelques personnes là-bas. S'il le fallait, je déménagerais.

Je croise Joshua dans le couloir. C'est mon dernier souvenir précis de lui et je le déteste. Je ne parviens pas à me rappeler la dernière fois que je l'ai vraiment vu. Je ne me souviens que de ceci.

Joshua remarque ma valise posée sur le sol de ma chambre.

— Où tu vas ?

— À New York, pour un entretien d'embauche.

Je baisse les yeux, les détourne, puis les repose sur son visage. Je voudrais lui dire : *Je reviens tout de suite après*. Ou encore : *De toute façon, ça m'étonnerait qu'ils me prennent.*

— Tu vas rester là-bas ?

Je voudrais lui dire : *C'est juste un aller-retour.*

— C'est possible.

Les traits de son visage s'effondrent. J'ai déjà lu cette expression dans des livres et c'est exactement ce qui se passe à ce moment-là : toute son expression dégringole depuis le haut de son visage, son front, ses beaux cils, ses yeux marron, jusqu'à sa bouche qui se fige. Mon frère n'a pas envie que je reparte. Que je recommence à ouvrir la voie. Je fronce les sourcils.

J'ai le sentiment de ne pas avoir le choix : j'ai passé mes examens en mars et nous sommes en septembre, je n'ai toujours pas de boulot et j'ai accumulé les dettes. J'achète un billet d'avion avec ma carte de crédit et m'arrange pour être hébergée chez mon copain quelques jours. Ma mère et ma grand-mère me conduisent à l'aéroport ; quand nous arrivons au croisement de Hill Road, je m'enfonce dans la banquette, soudain terrifiée, comme acculée :

— J'ai oublié ma bague.

C'est une bague dont ma grand-mère m'a fait cadeau pour mon dixième anniversaire et qu'elle m'a défendu de perdre, sous peine de ne plus jamais m'offrir quoi que ce soit. Elle est en or et en saphir blanc, m'avait-elle assuré, même si j'ai découvert plus tard que la pierre était en réalité du verre. Je la porte tous les jours depuis mes dix ans et, treize ans plus tard, à l'arrière de la voiture de ma mère, je m'aperçois qu'elle me manque.

— Elle est dans la salle de bains. Je l'ai retirée avant de prendre ma douche. Tu pourras me la mettre de côté, s'il te plaît ?

— D'accord, dit ma mère par-dessus son épaule.

Et elle reprend sa conversation avec ma grand-mère. Je m'enfonce encore un peu plus dans le siège arrière afin qu'elle ne puisse pas me voir dans le rétro, et pleure en silence en essuyant mes larmes du revers de la main. Je ne veux pas qu'elle voie la peur irrationnelle qui m'envahit au moment de prendre l'avion pour cet entretien d'embauche à New York ; je veux apparaître comme une fille courageuse, aventureuse et intelligente, la fille qu'elle a toujours rêvé d'avoir, le genre à savoir profiter de ce que la vie peut lui offrir, qui s'éloigne du Mississippi sans regret. En réalité, je ne sais vraiment pas ce que je suis en train de faire.

En arrivant à New York, je me rends directement chez mon copain, qui habite à Cobble Hill, un quartier plutôt bourgeois de Brooklyn. Je dois rester quatre jours à New York pour passer différents entretiens, du 1er octobre au 4, car j'ai prévu d'être de retour pour les quinze ans de Charine, le 5 octobre. Le 3 dans l'après-midi, j'ai un entretien dans un cabinet de recrutement, en haut d'un gratte-ciel de Manhattan. La femme à qui j'ai affaire me pose des questions comme si j'étais une créature étrange. Elle sourit en décelant des intonations du Sud dans ma voix – elle se demande peut-être si cela peut poser problème à un éventuel employeur. En sortant de l'immeuble, je lève les yeux sur la fine bande de ciel coincée entre les buildings et j'ai l'impression qu'une main géante se referme petit à petit sur moi. Je ressens l'énergie de la ville, l'impression de potentiel et d'opportunités illimitées qui s'en dégage, mais j'ai peur. Il y a tellement de monde… Et comment ferais-je pour vivre sans le ciel ? Sans les arbres ? Dans le métro, je me perds et prends la direction du nord avant de comprendre que je dois redescendre, traverser le Village pour rentrer à Brooklyn ; malgré tout, je suis fière de moi quand je finis par trouver mon chemin toute seule, car jusqu'ici mon unique expérience des transports en commun s'est limitée à monter dans un car pour voyager de Stanford à San Francisco. Au moment où je m'engage dans la rue où habite mon copain, en bordure du quartier de Cobble Hill, près d'une voie rapide, je l'aperçois devant la porte de son petit immeuble. Il est banquier et travaille habituellement dix-huit heures par jour. Pourquoi est-il là ?

— Qu'est-ce que tu fais là ?

Il est grand, élancé, beau comme un acteur, ce qui n'est pas surprenant à mes yeux vu qu'il est de Los Angeles. Il vient d'une famille afro-américaine aisée, et, alors que je suis née dans le besoin, il appartient à la jeunesse dorée. Son père est médecin et la famille de sa mère a des entrées à Hollywood. À la fac, il a fait tout comme il faut : il s'est inscrit dans une fraternité, a été tuteur auprès d'autres étudiants, a participé aux tournois sportifs internes. La seule chose qui détonne dans ce parcours, c'est qu'il soit sorti avec moi. Nous venons de milieux tellement différents. Chaque fois qu'un malheur frappe ma famille, qu'une confluence unique d'événements témoigne de ce que c'est qu'être noir et pauvre dans le sud des États-Unis, ça le choque. Ce n'était pas au programme. Il voulait juste profiter de sa jeunesse, de la vie – s'éclater, quoi –, et voilà que je débarque avec mon histoire bordélique et tout mon passif, c'est tout sauf l'éclate. C'est mon premier vrai copain, il a la même beauté extraordinaire qu'avait mon père et, en fin de compte, il m'abandonnera comme l'a fait mon père.

Il secoue la tête, mâchoires serrées, sans dire un mot. Ouvre la porte d'entrée et s'engage dans l'escalier. Une fois entré dans l'appartement, il se tourne vers moi, se penche maladroitement en avant et me prend dans ses bras. Il respire bruyamment. Quand il me lâche, je vois qu'il pleure. Il a l'air effondré.

— Tu me fais peur, je lui dis.

Mais ce n'est pas vrai. En réalité, il me met mal à l'aise.

— Il faut que t'appelles ton père.

— Pourquoi ?

Il m'entraîne vers le téléphone.

— Appelle-le.

Je m'assois sur le lit. Maintenant, j'ai vraiment peur. J'ai transpiré pendant tout l'entretien et ça recommence. Le téléphone noir, sans fil, glisse entre mes mains moites. Mon copain s'assoit à côté de moi et me regarde composer le numéro.

— Allô ?

— Allô, papa ? C'est Mimi.

— Salut, Mimi.

— Qu'est-ce qui se passe ?

— Il faut que je te dise quelque chose. (Il inspire, sa respiration fait comme un hoquet.) Josh a eu un accident hier soir.

— Comment il va ?

À nouveau, cette respiration hachée.

— Il s'en est pas tiré.

Le téléphone me tombe des mains, je me replie sur moi-même, ma bouche s'ouvre et quelque chose – une plainte, un râle, un cri – s'échappe de moi ; à l'intérieur, quelque chose s'est brisé. Mon copain me prend dans ses bras mais je le repousse, j'ai l'impression que je vais vomir sur son lit. *Qu'est-ce que je fais ici ? Pourquoi est-ce que je suis ici et eux là-bas ? Où est mon frère ? Où ? Papa a dit, papa a dit, il vient de dire qu'il ne s'en était pas tiré, il n'est plus là, n'est plus. Il est mort. Quoi ? Il est mort, il est mort, il est mort.* Et puis : *Mon frère est mort.*

Joshua était allé travailler l'après-midi du 2 octobre. Quoique non inscrit sur le planning, il y était allé malgré tout, dans l'idée de gratter des heures supplémentaires et de gagner quelques sous de plus. Il avait fait son travail, garé des voitures de luxe et des voitures normales dans lesquelles il avait laissé la chaleur et l'empreinte de son corps. Nerissa et Charine s'étaient rendues au casino pour récupérer le salaire de Nerissa, qui travaillait dans un restaurant situé au dernier étage de l'hôtel du casino. Le chèque à la main, mes sœurs étaient restées un moment près de l'entrée de service, dans l'espoir d'apercevoir Joshua quand il entrerait. Elles l'avaient entraperçu quelques instants auparavant au volant de sa Cutlass gris-bleu, sur son siège surélevé, le regard droit devant lui, le visage sérieux, le profil bien dessiné, des mèches folles s'échappant de ses tresses à moitié défaites. Elles avaient attendu une quinzaine de minutes et comme elles ne le voyaient toujours pas arriver par la porte située près du parking, elles en avaient conclu qu'il était passé par une autre porte et avait décidé de partir. C'est le dernier souvenir qu'elles ont de lui. « Si seulement on avait patienté, ajoute Nerissa. – Cinq minutes de plus », complète Charine. Nous nous efforçons de retenir quelques minutes, quelques secondes, quelques millisecondes. Des années plus tard, je suis reconnaissante à ma famille d'avoir attendu le 3 octobre pour m'annoncer la mort de Joshua ; ainsi, j'ai eu dix-sept heures de plus à vivre pendant lesquelles, pour moi, il était encore vivant.

Le soir du 2 octobre, en sortant du travail, au lieu de reprendre l'autoroute 49 puis la I-10 en direction de DeLisle, Joshua décida d'emprunter la route de la côte. J'aime à penser que la nuit était belle et que c'est pour cette raison qu'il avait choisi de rentrer par la 90. Que la lune était pleine et qu'elle brillait, froide et argentée, dans le ciel pur, que les eaux du golfe renvoyaient son reflet scintillant. Que la barrière d'îles côtières ressemblait à de longs cils fins sur l'horizon obscur. Que l'air qui descendait du nord était frais pour la saison et que, en sortant du boulot, après avoir démarré sa voiture, Josh s'était frotté les bras en disant : « Putain, c'est bon », en se disant qu'il adorait sentir cette fraîcheur sur le fin duvet qui ornait ses joues et ne deviendrait jamais une vraie barbe, qu'il adorait pouvoir regarder par la fenêtre et voir cette vaste étendue d'eau, les vagues du golfe qui clapotaient tranquillement sur la berge, les grands chênes du terre-plein central qui avaient assisté depuis des siècles à tant de choses – guerres, esclavage, ouragans – et qui, maintenant, veillaient sur lui en train de conduire sa voiture le long de la côte, avec du rap à fond sur l'autoradio, grosses basses, beat idiot, poésie lyrique lancée vers le ciel, en direction de ces vieux manoirs où notre mère faisait le ménage et que nous admirions autant que nous les détestions. Ensuite, il quitta la 90 pour Scenic Drive, une route majestueuse et tranquille séparée de la voie rapide par un autre terre-plein et par des propriétés à un million de dollars, quand un chauffeur saoul, un Blanc d'une quarantaine d'années, arriva derrière lui en accélérant dans une voiture blanche empruntée à un ami et percuta le véhicule de Joshua à cent vingt kilomètres à l'heure. Josh freina instinctivement, laissant deux traînées de caoutchouc noir sur la chaussée, mais la vitesse était trop élevée, trop nombreux étaient les corps et les voitures et les histoires impliquées dans ce mouvement pour que mon frère puisse s'arrêter. Il dérapa jusqu'à la pelouse d'un des manoirs. Son véhicule percuta une borne d'incendie qui traversa son plancher en repoussant le métal de la carrosserie comme un couvercle de boîte de sardines, et lui enfonça la cage thoracique. Cela ne suffit pourtant pas à stopper la voiture qui poursuivit sa course, contourna un chêne et finit par atterrir sur le toit, au milieu d'une pelouse immaculée.

Joshua mourut.

À l'enterrement de Joshua, après la veillée, après m'être approchée du cercueil et l'avoir aperçu, d'une pâleur de poudre et terriblement immobile – *Ce n'est pas mon frère*, pensai-je –, après avoir paniqué devant le mensonge de cette mort impossible, après avoir sangloté pendant toute la cérémonie, accrochée à Charine, nos bras maigres entrelacés, je me rendis sur l'estrade pour lire un poème. Depuis, j'ai perdu ce poème que j'avais écrit uniquement parce que ma mère me l'avait demandé. « Je ne peux pas, lui avais-je dit, je ne peux pas écrire un poème. » Elle me demanda aussi de choisir une photo pour mon tee-shirt de funérailles et j'en choisis une où nous étions petits, cinq et trois ans, assis à l'arrière de la Riviera noire de notre père. Je fixe l'appareil d'un air sérieux tandis que mon frère dort, appuyé sur mon épaule frêle, et ses cheveux paraissent blonds à cause du flash. La photo doit dater de l'époque où nous nous étions retrouvés tous les deux sur les marches de notre petite maison carrée, quand je le serrais dans mes bras tandis que les chauves-souris volaient au-dessus de nos têtes et qu'à l'intérieur nos parents se disputaient en cassant la vaisselle. Ma mère me demanda quels mots je voulais ajouter sur mon tee-shirt et je répondis : « Aucun. » Je ne le portai pas à l'église le jour de l'enterrement, ni durant le buffet chez ma mère. Je le porterai pour la première fois cinq ans plus tard, après le passage de Katrina.

Il me revient un seul vers de cette élégie. Il n'a rien d'original, je l'ai depuis lu dans bien d'autres livres. Mais il contient une forme de vérité populaire, un fragment d'espoir pour ceux qui restent. Ma voix se brisa quand je le lus devant ma famille, devant nos amis, devant des garçons qui se retrouveraient bientôt à la place de Joshua, dans un cercueil, mais qui, ce jour-là, se tenaient debout, en vie, au fond de l'église.

Il m'a appris que l'amour est plus fort que la mort.

Huit mois plus tard, Nerissa m'appelle. Je vis à New York depuis cinq mois maintenant, je squatte un canapé dans le West Village, chez des amies riches que j'ai connues au lycée. Nous sommes en 2001, au printemps, le printemps précédant la chute des tours jumelles. L'hiver s'est enfui et les tulipes percent le sol boueux. J'emporte le téléphone dans les toilettes carrelées qui jouxtent le salon. Les filles chez qui j'habite prennent des Polaroid de leurs amis dont elles ont tapissé les murs des toilettes, si bien qu'en m'enfermant là pour parler à ma sœur en tête à tête, je me retrouve devant une foule, une mer de visages new-yorkais branchés et pâles, blasés, souvent beaux – des visages de riches. Ils me regardent.

— Mimi ?

— Ouais, je suis là.

— Mama et Grandmama sont allées à l'audience aujourd'hui. Mama m'a dit qu'elle s'est mise à pleurer quand ils ont prononcé le verdict.

— Qu'est-ce qui s'est passé ?

— Ils ont condamné le chauffard qui l'a tué à cinq ans.

— Quoi ?

— Ils ne l'ont pas accusé d'homicide involontaire mais d'autre chose. De délit de fuite lors d'un accident.

— Je ne comprends pas.

— Mama dit que le juge les a fait venir, Grandmama et elle, pour leur expliquer pourquoi ils ne pouvaient pas l'accuser d'homicide involontaire.

— Mais pourquoi ?

— Mama m'a dit qu'elle n'arrivait pas à s'arrêter de pleurer.

Je me mets à pleurer moi aussi. Ces visages accrochés au mur sont tellement figés, tellement jeunes. Je raccroche et appelle mon copain, celui de l'université, et lui raconte le verdict. Je peux à peine parler.

— Qu'est-ce que tu croyais ? me lance-t-il, impatient de retourner au travail. C'est le Mississippi.

Leurs yeux m'observent avec un tel dédain. Ici, une jeune femme avec un visage parfaitement symétrique et des yeux sombres, si belle que ça fait presque mal de la regarder. Là, deux garçons côte à côte, un bras passé autour de l'épaule de l'autre, cheveux blond vénitien, mâchoires saillantes. Ma conversation avec mon copain est brève et s'achève lorsqu'il me demande : « Qu'est-ce que tu veux que je fasse ? » Je lui réponds : « Que tu me prennes dans tes bras » et il me dit : « J'ai du travail », ce qui est synonyme de « Non ». Après avoir raccroché, je m'assois sur le sol et cache mon visage dans mes mains.

L'homme était saoul. D'après la police, il s'était arrêté dans plusieurs bars pour boire, et aussi dans des casinos. La veille, la sœur de Ronald avait déjà eu affaire à lui, il avait foncé sur elle puis redressé la voiture au dernier moment. Il allait à une telle vitesse quand il avait percuté Joshua par l'arrière qu'il avait quitté Scenic Drive, fait un vol plané au-dessus de la voie rapide pour atterrir finalement sur la plage. Le soir même, l'accident de mon frère était resté non élucidé. La police avait pensé qu'il avait simplement perdu le contrôle de son véhicule. Mais le lendemain, quelqu'un avait appelé le commissariat de Pass Christian pour signaler une voiture échouée sur la plage. Le chauffeur saoul était rentré chez lui en titubant après avoir percuté mon frère. Quand la police avait fini par remonter la piste de la voiture jusqu'à son propriétaire, c'était le lendemain, à froid, et le chauffeur avait dessaoulé. C'était un Blanc d'une quarantaine d'années. Mon frère avait dix-neuf ans et il était noir. L'homme fut accusé puis plus tard reconnu coupable de délit de fuite lors d'un accident. Il fut condamné à cinq ans de prison et à verser une indemnité de 14 252 dollars et 27 cents à ma mère. Il fit deux ans de prison avant d'être relâché, et ne paya jamais le moindre cent. Nerissa se retrouva au lycée dans la même classe que son neveu, qui tenta de s'excuser auprès d'elle pour la conduite de son oncle. « Il fait que des conneries », lui dit-il.

Putain, cinq ans, pensai-je. *Voilà ce que vaut la vie de mon frère au Mississippi. Cinq ans.*

ICI ET MAINTENANT

Dans ma quête de mots pour raconter cette histoire, je me suis appuyée sur d'autres statistiques qui explicitent ce que signifie être noir et pauvre dans le sud des États-Unis. 38 % de la population du Mississippi est noire. C'est l'un des six États où les Afro-Américains constituent plus du quart de la population[1]. En 2009, le taux de pauvreté le plus élevé des États-Unis se trouvait dans le Sud et, parmi les États du Sud, au Mississippi où 23,1 % de la population vivait en dessous du seuil de pauvreté[2]. En 2001, un rapport du bureau du recensement des États-Unis indiquait que le Mississippi était l'État le plus pauvre en partie parce que peu d'argent avait été alloué au développement rural. Le niveau de revenu médian par foyer était de 34 473 dollars[3]. Selon l'American Human Development Project, notre État arrive bon dernier sur la liste de l'indice de développement humain mis au point par les Nations unies, une mesure comparative qui prend en compte différents critères comme

1. http://www.asian-nation.org/headlines/2011/02/10-notable-statistics-black-history-month
2. http://www.irp.wisc.edu/faqs/faq3.htm
3. http://www.census.gov

l'espérance de vie, l'alphabétisation, l'éducation et le niveau de vie[1]. Environ 35 % des Noirs du Mississippi vivent en dessous du seuil de pauvreté, contre seulement 11 % des Blancs, et « un douzième des jeunes Noirs âgés de vingt à trente ans sont incarcérés dans le système pénitentiaire de l'État[2] ». Récemment, des chercheurs de la Mailman School of Public Health, un département de l'université Columbia, ont établi que la pauvreté, le manque d'éducation et la faible couverture sociale sont responsables d'autant de morts que les infarctus, les attaques cérébrales et le cancer du poumon aux États-Unis[3]. De tels chiffres portent leurs fruits dans le réel.

Tous les chiffres, toutes les données officielles le confirment. Ici, au confluent de l'histoire, du racisme et de la pauvreté, voici ce que valent nos vies : rien.

Cet héritage engendre désespoir et haine de soi, et les tragédies se multiplient. Pendant des années, j'ai porté en moi le poids de ce désespoir ; juste après la mort de Joshua, quand je vivais à New York, il était au plus haut. Le matin, je me frayais un chemin à travers des hordes de gens pour arriver au métro et monter dans un wagon qui me conduisait au travail. Les cinq premiers mois, j'ai habité chez des amies blanches et riches. Je dormais sur leur vieux canapé, je faisais le ménage comme si j'étais leur bonne parce que je me sentais redevable envers elles et je promenais leur chien, qui me détestait. Puis je me

1. http://www.measureofamerica.org/maps

2. Matt Volz, « Male Prison Population Mostly Black », *Associated Press*, 23 août 2003.

3. http://www.upi.com/Health_News/2011/06/18/Poor-education-deadly-as-a-heart-attack/UPI-89501308377487/?spt=hs&or = hn

suis installée chez mon copain de l'époque, qui m'a fait payer un loyer pour partager son lit pendant les trois mois où je suis restée chez lui. Après cela, j'ai habité chez un acteur pendant neuf mois, puis avec deux filles que j'avais rencontrées grâce à un ami.

Chaque fois que je déménageais, j'errais dans la ville, désorientée et déprimée, à la recherche des repères essentiels : une laverie, une épicerie, la station de métro la plus proche. Le soir, dans les wagons vides et grinçants qui me ramenaient chez moi, je rêvassais et il m'arrivait de m'endormir pour de bon, au point de rater ma station. Je devais ensuite retrouver mon chemin dans un dédale de murs carrelés sales. Dans la rue, je voyais parfois des garçons qui saignaient à mort sur le trottoir, poignardés devant la sortie d'un cinéma, près de Times Square. Je croisais des femmes sans abri, les cheveux en paquets sur la tête, des femmes qui tenaient des pancartes disant : « SDF sida aidez-moi s'il vous plaît ». Je m'évanouissais sur la ligne F. Je prenais le métro à minuit avec des amis pour aller dans des boîtes où je picolais jusqu'à quatre heures du matin, avant de m'engouffrer en rampant dans un taxi, merveilleusement, lamentablement, définitivement saoule. Je m'achetais des litres de cachaça : avec une bonne dose de sucre et des glaçons par-dessus, je m'enfilais ça trois soirs par semaine en m'imaginant être une connaisseuse de la caïpirinha. Je fumais de l'herbe avec des Jamaïquains jusqu'à devenir débile.

Et tous les jours, j'observais les rails, le train qui arrivait, et je me demandais pourquoi j'étais en vie alors que mon frère, lui, était mort depuis un an, depuis deux ans. Chaque jour, je descendais dans les entrailles de la ville et lorgnais les rails. Puis je pensais à ma famille et à ce que cela leur ferait de me perdre après avoir perdu Joshua. Mais ils étaient si loin et ma tristesse, mon chagrin, ma solitude, si proches… Ils dormaient avec moi. Ils m'accompagnaient le long des rues bondées. Lorsque j'étais encore plus seule et désespérée que d'habitude, je m'imaginais que mon frère était là, qu'il marchait à ma droite, légèrement en retrait, et qu'il passait un bras autour de mon épaule, et cela me réconfortait jusqu'à ce que je prenne conscience que j'étais toujours seule et qu'il était toujours mort, qu'il ne m'accompagnait pas le long de ces rues obscurcies par les immeubles, dans la puanteur des poubelles en été et dans le froid glacial de l'hiver, qu'il ne me passait pas un manteau par-dessus la tête pour me protéger.

D'autres fois, je regardais mes poignets et pensais combien il serait facile de m'ouvrir le gauche en tenant une lame dans la main droite ; je me demandais s'il était possible que je me vide entièrement de mon sang d'un seul coup de rasoir. Alors je me fis tatouer le nom de mon frère à l'intérieur de mon poignet gauche, comme si mon frère l'avait gravé sur moi avant de mourir, comme s'il avait laissé sa marque en cet endroit crucial. Je savais que je ne pourrais jamais me trancher les veines s'il fallait que je coupe aussi le nom de mon frère. Et tout en continuant à me frayer un chemin dans la foule de Grand Central Station à la recherche d'un endroit où manger, d'un recoin où je serais seule et m'effacerais dans le décor, tandis que je marchais et frôlais toutes ces femmes, tous ces hommes, tous ces gens qui me touchaient et m'envahissaient alors que je ne m'étais jamais sentie aussi seule, tout en croisant ces jeunes gens en costume-cravate, ces femmes âgées en manteau de laine noire et ces enfants aux visages barbouillés, je rêvais désormais de me trancher le poignet droit de la main gauche – si bien que je me fis faire un autre tatouage, de l'écriture de mon frère, à l'intérieur de mon poignet droit. *Ton frère qui t'aime*, c'est ainsi qu'il avait signé l'unique lettre qu'il m'a écrite à l'époque où j'étais à la fac, et c'est ce que disait le tatouage.

En quittant New York, je compris que l'adage qui veut que le temps guérisse toutes les blessures est faux : le chagrin ne s'en va pas. Le chagrin se tirebouchonne sur lui-même comme mes cicatrices et dessine de nouvelles configurations douloureuses. Cela fait toujours mal, mais d'une autre façon. Nous ne nous débarrassons jamais de cette peine. Du sentiment d'avoir échoué. De notre haine de nous-mêmes. Et de l'idée que c'est nous qui avons un problème, et non le monde qui nous entoure ni que c'est lui le responsable de tout ce merdier.

La mort, pareille à un champignon, se propage et détruit les racines de notre communauté. En 2008, une fille de dix-sept ans du nom de Dariane a été percutée par un train à Pass Christian alors qu'elle tentait de traverser les voies. Un hiver, Rhea, la sœur de Rodge, est morte d'une septicémie à la suite d'une pneumonie, sept ans après la mort de son frère. Il y a un an ou deux, Matt, un garçon qui était comme un petit frère pour C. J., a été visé par un coup de feu ; il s'est traîné dans les bois, près de la route, et y est mort. Il y a moins d'un an, une jeune femme prénommée Shabree a été poignardée à mort par son copain qui l'a laissée nue et baignant dans son sang sur leur lit. Quand la famille de Shabree a fini par s'inquiéter de la situation et venir voir ce qui se passait, sa petite fille de six ans leur a ouvert la porte en disant que sa maman dormait, recouverte de ketchup. Voilà pourquoi je prends systématiquement une assurance-vie quand je commence un nouveau boulot. Voilà pourquoi je déteste répondre au téléphone. Voilà pourquoi la peur m'habite quand je pense à mon neveu, un garçon drôle et tranquille aux épaules solides, et à ce qui l'attend en ce monde.

Et pourtant j'y suis revenue, dans ce lieu qui m'a fait naître et qui me tue tout à la fois. J'ai refusé des postes mieux payés, avec de meilleures perspectives de carrière, pour rentrer au Mississippi. Tous les matins je me réveille en espérant avoir rêvé de mon frère. J'essaie de continuer à vivre, malgré le poids du chagrin. Je me sens en état de siège.

Et c'est un poids terrible. Au fur et à mesure que passent les années, ma mémoire rétrécit et adhère aux photos. Je regarde une photo de Joshua à son dernier anniversaire – un gâteau à la noix de coco décoré d'une seule bougie et mon frère qui arbore un sourire de guingois – et je pense : *Je me souviens de ce jour-là.* Sur une autre photo, il pose au milieu de la rue, le bras en l'air, entouré de tous ses potes du quartier ; je me rappelle que mon gros appareil le faisait râler et qu'il m'avait traitée de touriste quand je leur avais demandé de s'arrêter pour que je prenne ce cliché, un jour où nous allions au parc. Quand je le vois ainsi de profil, les yeux fermés, je repense au jour où j'ai fait cette photo, comment j'ai dû lever la tête pour le regarder parce qu'il était plus grand que moi, comment le soleil estompait un peu ses contours et comment je m'étais exclamée : « Mais regardez mon frère ! Il est trop beau ! Regardez-le. »

C'est encore pire de le voir en vidéo après ne plus l'avoir vu en mouvement depuis si longtemps – à part en rêve. Il y a peu, ma mère a retrouvé une vieille cassette et nous a appelées, Nerissa, Charine et moi, pour la regarder. Elle glisse la cassette dans le magnéto et se rassoit, le visage impassible. Je suis perchée au bout du lit, juste devant la télé, et mes sœurs se blottissent derrière moi. Mon frère apparaît sur l'écran, dans le salon de notre ancien mobile home, moquette bordeaux et murs crème. Il porte un jean clair et un tee-shirt gris. J'avais oublié qu'il était si grand. Dans la vidéo, mon neveu a un an ; à part sa couche, il est tout nu. On aperçoit mes sœurs et moi dans un coin du cadre. Charine appuie sur le bouton d'un magnétophone et de la musique rap se fait entendre. Mon neveu jette la tête en arrière, sautille, essaie de choper le rythme. *Danse*, fait une voix. *Allez danse, mon neveu.*

— Qui c'est ? demande Charine. Qui c'est qui parle ?

Allez, mon neveu ! Danse.

Je sais qui c'est. C'est une voix qui ressemble à la mienne mais en plus grave. Plus dure.

— C'est Josh, répond Nerissa.

J'avais oublié.

Comme ça, dit Josh en dansant et sautillant comme mon neveu. Dans la vidéo, nous rions. Je me penche en avant, je dévore mon frère des yeux comme si je n'étais plus qu'une grande bouche, tout mon corps est un estomac affamé. Jamais je ne pourrai être rassasiée. Je me balance d'avant en arrière en sanglotant.

Regardez-le, dit mon frère.

« Il me manque tellement. » Les mots sortent de ma bouche, mouillés, entrecoupés, et je ne peux pas les arrêter à cause de cette faim que je sens en moi.

Il danse, dit Josh.

Derrière moi, les visages de ma mère et de mes sœurs sont baignés de larmes.

Danse, dit mon frère.

Chaque année, le jour de sa mort, je me réveille avec un poids supplémentaire. Où que je me trouve, je m'enferme dans ma chambre et pleure jusqu'à ne plus être capable d'ouvrir mes yeux bouffis. Au-delà du manque, la terreur d'oublier qui il était et ce que nous avons vécu ensemble me pétrifie et m'entraîne vers le bas, comme dans les dessins animés de notre jeunesse, quand un personnage se retrouvait coincé dans des sables mouvants ou embourbé dans un liquide épais et froid, et qu'il ne lui restait plus qu'à se laisser couler. Après la mort de Joshua, mon père s'est arrêté de travailler ; il a vécu de petits boulots par-ci par-là, se nourrissant exclusivement de nouilles chinoises et de hot-dogs, et regardant la télé plusieurs heures par jour sur deux postes différents allumés en même temps. Toutes les deux, trois semaines, ma mère nettoie la tombe de mon frère, retire les mauvaises herbes, ratisse le sable jusqu'à ce qu'il soit parfaitement lisse. Chaque année, pour l'anniversaire de sa mort, elle s'enferme dans sa chambre, ferme les volets, et s'enveloppe de silence et d'obscurité. Le jour de sa naissance, elle achète des chrysanthèmes pour fleurir sa tombe, nettoie les angelots et les nounours en céramique qu'elle a placés tout autour, tandis que Nerissa et Charine fixent des ballons, un pour chaque année écoulée depuis sa naissance, à la pierre tombale. « Dans mes rêves, je le vois toujours enfant, dit ma mère. Il restera toujours mon petit garçon. »

Le chagrin à l'état pur.

Mais ce chagrin, pourtant, malgré son poids terrible, insiste et nous rappelle que Joshua a bien existé. Ce que nous portons en nous de Roger, Demond, C. J. et Ronald témoigne du fait qu'ils étaient aimés. Je n'ai écrit que quelques fragments de la vie de mes amis. N'ai fait que suggérer ce que valait la vie de mon frère, bien plus que les dix-neuf ans qu'il a vécus, que les treize ans qui se sont écoulés depuis sa mort. Bien plus que tout ce que je peux en raconter. Et c'est là mon problème, puisque, en fin de compte, ne me restent que les mots.

Un jour, nous étions allés au parc McCloud, seuls Noirs parmi une foule de Blancs. C'est ma tante qui avait organisé cette excursion. Nous formions un petit groupe à part sur la rive, avec Nerissa, Charine, Joshua, nos cousins Rufus et Dornell, et quelques potes du quartier comme Duck, Hilton, Oscar et C. J. Nous avions bu des bières et jeté les cadavres de bouteilles marron et doré en direction de la berge, là où nous irions les rechercher plus tard avec un sac-poubelle. Il faisait chaud, la plage était petite, Noirs et Blancs s'ignoraient soigneusement. Des nuages blancs pommelés passaient haut dans le ciel, nous avions nagé dans la rivière couleur ambre foncé puis nous nous étions assis sur l'argile rouge de la berge et avions essuyé d'une main le sable qui collait à nos épaules. Un bateau blanc à fond plat remontait poussivement la rivière avec plusieurs hommes et une femme à son bord, tous blancs et rougeauds, avec des cheveux coupés en dégradé qui semblaient blancs à cause du soleil. Lorsque le bateau était arrivé à notre hauteur, les autres Blancs sur la rive avaient acclamé les passagers. Un drapeau confédéré flottait à la proue de l'embarcation et l'un des hommes qui se trouvait à côté de nous avait levé les bras au-dessus de la tête et les avait croisés en forme de X puis il avait éclaté de rire. *Il fait la Croix du Sud*[1], m'étais-je dit, et soudain j'avais eu envie de laisser ces Blancs à leur plage, à leurs croix et leurs drapeaux, à leurs petits regards en biais et leurs éclats de rire qui cristallisaient ce que tant de politiciens blancs du Mississippi ont toujours insinué, à un moment ou un autre, de manière plus indirecte : *Vous ne valez rien.*

Josh se tenait près de sa Cutlass, dont le bleu paraissait terne dans la lumière crue. Tasha, sa copine, était devant lui, petite et pâle. Il n'avait pas fait assez soleil ce jour-là pour bronzer. Ses cheveux pleins de sable bouclaient sur son front, comme animés d'une vie propre. Il avait rejeté la tête en arrière pour nous embrasser du regard :

— Je vois pas ce qui vous étonne. (Il s'adressait à nous tous mais c'est moi qu'il regardait.) Chez les Blancs aussi y a des voyous, comme chez nous.

Joshua décryptait le monde à sa façon. Ou du moins a-t-il essayé de le faire, durant le peu de temps qu'il lui a été donné de vivre. Il tentait de saisir les schémas, de comprendre ce qui se cachait derrière ces chiffres sur lesquels j'ai été amenée à écrire bien des années plus tard. Il cherchait du sens. Devant les portes de la supérette de Pass Christian, celle qui allait disparaître avec l'ouragan Katrina et dont il ne resterait plus que

1. Voir note page 211.

quelques poutres d'acier tordues comme des troncs grêles, venait souvent s'installer un vieil homme noir. Il dépliait une petite table à jouer et une chaise, et fabriquait des crucifix finement ouvragés avec du plastique et de la ficelle, qu'il vendait. Parfois, le soir, lorsqu'il se baladait en voiture, Josh s'arrêtait et s'asseyait auprès de l'homme pour discuter et lui poser des questions. *Qu'est-ce vous savez de Dieu ? Pourquoi est-ce qu'on est là ?* Et l'homme, qui avait peut-être vendu une croix ce soir-là, plus heureux du fait qu'on la lui ait achetée que des quelques dollars qu'elle avait pu lui rapporter, aimait bien ce grand jeune homme à la peau mate qui venait près de lui pour lui poser des questions plutôt que de passer en roulant des mécaniques, pantalon sur les hanches, le caleçon partiellement visible, dans une odeur de cigarette, de déodorant et de sel mêlés. Et ce vieux monsieur devait sourire et dire…

Je ne connais pas les réponses que cet homme noir donnait à mon frère ni si elles lui furent utiles. Peut-être Josh pensait-il à tout cela en ce dimanche de Pâques où il se tenait à l'écart, son pitbull tacheté en laisse, tandis que nous discutions et rigolions par petits groupes dans la rue, après le match de baseball ? Peut-être y pensait-il en ce soir d'hiver où nous nous étions tous retrouvés chez Hilton – Joshua, Duck, Nerissa, C. J., Rob, Aldon, Charine, Hilton, Dornell, Pot, Deandre, Tasha et moi. J'étais assise à la table de la cuisine, une canette de bière à la main. Devant moi, une caisse de Budweiser. Tout le monde picolait. La mère de Hilton n'était pas là et se fichait pas mal de ce qu'on faisait chez elle. La nuit était froide, si froide qu'on la sentait pénétrer dans la maison par les lames du parquet. J'étais tellement bourrée que je ne pouvais même pas me tenir droite sur ma chaise, alors je m'étais avachie et avais posé la tête sur le dossier. Je me sentais mieux comme ça. Mon frère était entré dans la cuisine et s'était planté devant moi, une bière à la main. Il était moins saoul que moi et avait souvent l'air sérieux, qu'il ait bu ou pas.

— Qu'est-ce que tu fais ?

J'avalai quelques gorgées de bière. Je me sentais bien, ce qui n'arrivait pas souvent. J'étais plutôt malheureuse, déprimée et j'avais le mal du pays. (Après la mort de mon frère et de mes amis, je découvrirais que, finalement, je n'étais pas si mal à cette époque.) Ce soir-là, j'étais fière de moi parce que j'étais rentrée à la maison pour Noël et que je faisais la fête avec mon frère. Je picolais autant que lui alors que je ne pesais que cinquante kilos pour un mètre soixante et un, contre quatre-vingt-cinq kilos et un mètre quatre-vingt-cinq pour lui. Et je n'étais même pas malade. J'avais envie qu'il sache combien je l'aimais et je l'admirais ; plus tard, quand je serais grande, je voulais être comme lui. Alors j'avais levé ma canette en son honneur, ouvert la bouche et déclaré : « Je suis dans la cour des grands ! Je suis dans la cour des grands ! » J'étais trop saoule pour faire preuve d'éloquence. J'étais sa sœur. Il m'avait regardée avec des yeux tendres. Je me demande s'il pensait au moment où il devrait me porter jusqu'à sa voiture et me coucher sur le siège arrière, s'il pensait à l'instant où il deviendrait le grand frère, le protecteur, celui qui franchissait la porte le premier, et moi sa petite sœur.

— Elle est barjo, avait dit Tasha.

— Elle est bourrée, avait rétorqué Joshua en riant.

Il ne fait aucun doute, en revanche, que Joshua avait en tête tous ces questionnements chaque fois qu'il entrait dans la chambre que je partageais avec Nerissa au cours des six derniers mois qui précédèrent sa mort. Il me disait : « Allez, viens, on va faire un tour en caisse. »

Je lui ai souvent pris la tête cet été-là, je lui parlais mal et m'engueulais avec lui pour des conneries, parce qu'il refusait de surveiller De'Sean, notre neveu, un jour où j'étais chargée de jouer les baby-sitters, ou bien parce qu'il avait réchauffé des tripes dans le micro-ondes et que la puanteur avait envahi toute la maison, mais je ne lui ai jamais dit non quand il me proposait de partir en balade. On se disputait et puis on oubliait qu'on s'était disputés. Chaque fois qu'il me proposait de l'accompagner, je me sentais fière, heureuse qu'il ait envie de passer du temps avec moi. Après sa mort, je me suis demandé s'il en avait eu conscience.

La dernière promenade que nous avons faite en voiture est celle dont je me souviens le mieux. Il porte un short en jean et un débardeur, ses cheveux sont en bataille. Je franchis la porte après lui. Il fait nuit, l'air est chaud et moite, et les sièges de la voiture humides sous nos fesses. Josh démarre le moteur, la voiture ronronne et s'anime, et quand nous descendons nos vitres à l'aide des manivelles, elles glissent dans la main. Aussitôt l'autoradio se met en marche. Les chansons résonnent comme des coups de tonnerre à cause des basses monstrueuses des haut-parleurs. Aujourd'hui, je ne me souviens que d'un seul morceau qu'il m'a passé ce soir-là : « All That I Got Is You », de Ghostface Killah.

— Je veux te faire écouter un truc, dit Joshua.

Il met la musique à fond. Cette chanson est dédiée à toutes les familles, annonce Ghostface. J'entends : c'est pour la tienne. Le coffre bringuebale. Ghostface raconte qu'il pense au passé, quand il était jeune. Au-dessus de nos têtes, les chauves-souris partent à l'assaut de leur dîner. Lui et les siens étaient pauvres, précise Ghostface. Des tatous longent les fourrés et se figent, pétrifiés par nos phares. Ghostface continue : son père l'a abandonné quand il avait six ans ; après avoir foutu son père à la porte avec toutes ses affaires, sa mère s'est effondrée en larmes. Dans le noir, les grands pins nous saluent. Les arbres se penchent en arrière comme une grande vague. *Parfois, je regarde les étoiles et je scrute le ciel, et je me demande si je devais venir au monde... pourquoi ?* Ghostface crache ses paroles comme s'il ne pouvait plus attendre, comme s'il ne pouvait plus supporter de garder ça en lui.

— Ça me fait penser à nous, commente Josh.

Nous laissons derrière nous St. Stephen's Road, la maison, les petites habitations de notre quartier noir, pour pénétrer dans la banlieue blanche de DeLisle, nous approcher du bayou, franchir les ponts. Dans la nuit, l'eau a des reflets d'argent et l'herbe est noire. Mon frère passe la chanson en boucle et tout notre passé, ce que nous étions, ce que nous sommes devenus, est assis auprès de nous sur la banquette comme un troisième membre de la famille. Nous traversons Pass Christian en direction de la plage, remontons Scenic Avenue, là où Josh mourra quelques mois plus tard, et devant nous le golfe s'étend jusqu'à l'horizon ; le sable est blanc comme une pierre tombale. Je me détourne pour que Josh ne me voie pas et je pleure en regardant la route qui défile, je pense à notre mère, à notre père, à Charine et Nerissa et à lui. Je m'essuie le visage, un peu honteuse, mais Josh ne dit rien. Il quitte la plage et nous retraversons Pass Christian, le bayou, St. Stephen's Road ; nous voici dans la campagne, loin de toute habitation, loin des lumières, nous roulons seuls sous la coupole noire du ciel, les étoiles semblent si froides, si lointaines. Nous passons à côté d'un cheval noir et d'un cheval blanc en train de paître au bord de la route, ils sont si pâles qu'on les voit à peine, on dirait des fantômes. Des plantes grimpantes escaladent les branches des arbres et les poteaux électriques, retombent des réverbères, leurs feuilles sont illuminées comme des guirlandes de Noël. D'une main ferme, le vent nous plaque au fond de nos sièges. Nous continuons d'avancer, comme s'il était possible d'échapper à notre histoire à condition de rouler assez longtemps, d'aller assez loin. *À toutes les familles qui ont connu la galère*, dit Ghostface. Mais c'est impossible.

Je ne me balade plus comme ça avec personne. Quand je suis avec mes cousins, Rufus ou Broderick, Donnie, Rhett ou Aldon, ou bien avec mon pote Mark, je leur demande de m'emmener faire un tour en voiture mais ce n'est plus pareil. Quand nous roulons sur les petites routes de traverse dans les forêts de DeLisle, parfois je ferme les yeux, prends une autre bière, sens la caresse du vent sur mon visage et je pense à Joshua. Et alors, le garçon qui conduit, qui pourrait être mon frère – grand, sérieux, la main droite posée sur le volant – le devient et, l'espace d'un instant, mon frère est à côté de moi et il conduit, il me conduit. Puis une bourrasque plus forte me force à rouvrir les yeux, les arbres frissonnent dans l'obscurité de part et d'autre de la route, une odeur d'aiguilles de pin brûlées flotte dans l'air et je reviens au monde tel qu'il est.

En mourant, Joshua a emporté avec lui une partie de notre histoire commune. Mes sœurs sont trop jeunes pour s'en souvenir. Elles ne perçoivent pas l'énormité de la perte parce qu'elles n'ont pas vécu ce que nous avons vécu. J'écris ces mots pour retrouver Joshua, pour certifier que ce qui est arrivé est bien arrivé, dans la vaine tentative d'en dégager du sens. Et en fin de compte, je ne sais pas grand-chose, quelques bribes seulement. J'aime Joshua. Il a vécu parmi nous. Une force l'a emporté, comme elle a emporté tous mes amis : Roger, Demond, C. J., et Ronald. Eux aussi ont vécu. Nous avons tenté d'échapper à cette chose qui nous poursuivait en insinuant : *Tu ne vaux rien.* Nous avons voulu l'ignorer mais parfois nous nous sommes surpris à répéter les mêmes paroles, à marmonner, intoxiqués : *Je ne vaux rien.* Nous avons bu avec excès, fumé avec excès, nous nous sommes fait du mal et en avons fait aux autres. Nous étions perdus. Un grand voile noir plane sur nos vies et personne n'accepte de le regarder en face.

Ceux qui sont restés font de leur mieux. La vie est un ouragan. Nous nous barricadons pour sauver ce qui peut l'être et nous nous courbons vers la terre, vers cet espace protégé juste au-dessus du sol que le vent ne pourra pas atteindre. Nous célébrons les anniversaires de nos morts en nettoyant leurs tombes et en nous asseyant auprès d'eux, devant un feu de bois, en partageant notre nourriture avec ceux qui ne mangeront plus. Nous élevons des enfants auxquels nous tentons d'enseigner une autre vision d'eux-mêmes et de ce qu'ils valent – c'est-à-dire plus que tout, à nos yeux. Nous nous aimons avec fureur, durant notre vie et après la mort. Nous survivons ; nous sommes des sauvages.

Quand j'avais douze ans, je me regardais dans la glace et croyais y distinguer mes défauts et les défauts de ma mère. Ils se mêlaient pour former un sceau obscur que j'imaginais devoir porter ma vie durant – le mépris de ce que je voyais devant moi dans le miroir, dû à la haine que d'autres me vouaient –, et tout cela finissait par engendrer une véritable haine de moi-même. Je pensais qu'être non désirée, abandonnée et persécutée était mon destin, celui de toute femme noire et pauvre dans le sud des États-Unis. Mais, en tant qu'adulte, je perçois le legs de ma mère autrement. Je mesure combien les fardeaux qu'elle a portés, liés à son histoire, à son identité, et à l'histoire de notre pays, lui ont permis de manifester ses plus grandes qualités. Ma mère a eu le courage de regarder en face ses quatre enfants affamés et de trouver un moyen de les nourrir. Ma mère a eu la force de pousser son corps jusqu'à ses limites ultimes pour subvenir à ses besoins et à ceux de ses enfants. Ma mère a eu le ressort de bricoler une famille avec les fragments épars d'une autre. Et l'exemple de ma mère m'enseigne d'autres choses encore : c'est ainsi qu'un peuple transplanté survit à un holocauste et à l'esclavage. C'est ainsi que les Noirs dans le Sud se sont organisés pour obtenir le droit de vote, malgré l'ombre de la terreur, de la potence et du gibet. C'est ainsi que les humains dorment, s'éveillent, se battent et survivent. En fin de compte, c'est ainsi qu'une mère enseigne à sa fille à faire preuve de courage, de force, de résilience, à ouvrir les yeux sur la réalité qui l'entoure et à la transformer. Moi, fille aînée d'une fille aînée, je viens juste de mettre au monde une petite fille : j'espère pouvoir un jour enseigner ces leçons à mon enfant et lui transmettre les talents de ma mère.

Sans le legs de ma mère, jamais je n'aurais pu me pencher sur tous les êtres chers que j'ai perdus, jamais je n'aurais pu me pencher sur un avenir au cours duquel j'en perdrais beaucoup d'autres, et jamais je n'aurais pu écrire ce récit du souvenir, qui dit : *Bonjour. Nous sommes là. Écoutez.* Ce n'est pas chose facile. Je continue. Infatigable parfois, et parfois très lasse. Alors quand je suis trop lasse, je m'imagine ceci : après ma mort, je me retrouverai au bord d'une longue route goudronnée pleine de creux et de bosses. De part et d'autre de la route, des pins bruisseront sous le soleil brûlant qui sera haut dans le ciel bleu. On entendra au loin un bruit de moteur ronflant et de basses. Une Cutlass d'un bleu terne apparaîtra à l'horizon, s'approchera en grondant et pilera devant moi, si brusquement qu'elle fera crisser quelques gravillons. Puis mon frère, de son long bras tatoué, ouvrira en grand la portière passager, l'autre bras posé sur le volant. Il me regardera de ses larges yeux noirs et liquides, son visage sera doux. Il saura que je l'attends depuis longtemps. Il me dira : *Viens. Viens faire un tour avec moi.* J'arrive, mon frère. Je suis là.

Remerciements

Tout d'abord, je tiens à remercier les familles des jeunes hommes dont il est question dans le livre, qui m'ont offert une aide extrêmement précieuse quand j'ai commencé à vouloir écrire l'histoire de ces êtres que nous avons aimés. Ce livre n'aurait pas existé si vous n'aviez pas partagé votre amour et votre chagrin avec moi et j'exprime donc une gratitude sans limite aux familles de Roger Daniels, Demond Dedeaux, Charles Martin et Ronald Dedeaux. Une mention spéciale pour Dwynette, Rob, Cecil et Selina qui ont patiemment répondu à toutes mes questions.

J'ai eu la chance de rencontrer un atelier d'écriture des plus formidables : Sarah Frisch, Stephanie Soileau, Justin St. Germain, Mike McGriff, J. M. Tyree, Ammi Keller, Will Boast, Harriet Clark, Rob Ehle, Raymond McDaniels et Elizabeth Staudt. Sarah Frisch m'a particulièrement épaulée en m'écoutant lui raconter le livre, chapitre par chapitre, quand je n'étais même pas encore sûre de tenir un récit autobiographique. Les étudiants et les professeurs avec qui j'ai travaillé durant ma bourse Stegner Fellowship à l'université de Stanford m'ont aussi énormément aidée sur ce projet, en particulier Tobias Wolff et Elizabeth Tallent. J'ai écrit la première version de ce livre tandis que j'étais en résidence à l'université du Mississippi (Grisham Visiting Writer in Residence) et il me faut donc remercier tous les gens que j'ai croisés là-bas et dans les environs d'Oxford, Mississippi, pour m'avoir accueillie au sein de leur communauté littéraire et avoir fait en sorte que mon séjour soit productif, instructif et enrichissant – notamment Ivo Kamp et Richard Howorth. J'aimerais remercier l'université du Michigan pour avoir cru en moi et m'avoir accompagnée, en particulier Peter Ho Davies, Laura Kasischke, Eileen Pollack et Nicholas Delbanco. Un merci tout particulier à Thomas Lynch qui m'a tant appris au sujet de l'écriture non fictionnelle et qui, avant les autres, m'a poussée à écrire depuis le lieu de ma douleur un essai que j'ai rédigé pour sa classe et qui portait ce livre en germe. Il a toujours été extrêmement gentil et m'a constamment encouragée, et c'est lui qui a lu mon essai devant la classe quand ma voix s'est brisée.

Je souhaite remercier mon agent, Jennifer Lyons, qui est la première à avoir suggéré que j'étais capable d'écrire un récit autobiographique et qui depuis le tout début croit passionnément en mon travail. Mon attachée de presse, Michelle Blankenship, pour son excellent travail et son amitié, et pour accepter de m'accompagner au barbecue coréen pendant trois heures quand je suis à New York. Je voudrais remercier mon amie et éditrice Kathy Belden, qui a vu ce manuscrit quand il était à moitié fini et qui, grâce à sa lecture attentive, ses retours brillants et ses encouragements circonstanciés, a contribué à ce que j'écrive le meilleur livre que j'étais capable d'écrire. Sans elle, j'écrirais bien plus mal.

Cela fait deux livres que ma mère me tanne pour que je remercie l'homme qui m'a offert une scolarité dans un lycée exceptionnel, aussi dans mon troisième je tiens à remercier Riley Stonecipher pour avoir décelé mon potentiel et pour avoir généreusement proposé de me donner accès à une meilleure éducation. Le monde est meilleur grâce à la présence de gens comme lui, qui proposent leur aide là où le besoin s'en fait sentir. Dans ce lycée, j'ai rencontré beaucoup de gens – amis, professeurs, bibliothécaires – qui m'ont permis de devenir l'écrivaine que je suis, notamment Mariah Herrin, Kristin Townson et Nancy Wrightsman.

Pour finir, j'aimerais remercier toute la bande de DeLisle, sans qui je n'aurais jamais vécu tout cela avant de pouvoir l'écrire : Blue, Duck, Loc., C-Sam, Scutt, Pot, Fat Pat, Darrell, Darren, Jon-Jon, Ton-Loc, Tasha, Oscar, B. J., Marcus, L. C., Rem et Moody-Boy. Nombre d'entre eux m'ont aidée à écrire ce livre en me confiant leur histoire. Je voudrais aussi remercier mes amis et cousins qui m'ont soutenue quand le processus était quasi insoutenable : Mark Dedeaux, Aldon Dedeaux et Jillian Dedeaux. Il y a des jours où il m'aurait été impossible d'écrire une ligne de plus si vous ne m'aviez pas dit : « Ça va aller. » Merci à B. Miller de savoir exactement quand il faut me faire rire pour que je ne me mette pas à pleurer. Merci à mon père de m'avoir raconté ses souvenirs, d'avoir souligné l'importance de l'histoire et de la mémoire, et de m'avoir appris à croire en la communauté. Merci à ma grand-mère Dorothy de m'avoir aidée à découvrir l'histoire de la famille, appris à être une femme forte et belle, et pour tous ses bons petits plats. À ma mère pour m'avoir autorisée à écrire ce livre, pour avoir clarifié des points de notre passé, pour nous avoir protégés quand nous nous aventurions loin d'elle et, bien sûr, pour avoir réussi jour après jour à trouver des solutions quand il n'y en avait pas. À Kalani, ma nièce, et De'Sean, mon neveu, qui me permettez de faire l'idiote ou qui me serrez dans vos bras quand j'en ai besoin et me donnez l'espoir que demain il fera jour. Merci à Noemie, mon bébé, de me réveiller tous les matins et de m'aider à être reconnaissante et étonnée d'être en vie, merci de m'apprendre que je peux faire ce que je croyais impossible et de me rendre heureuse de vivre. À ma sœur Charine, qui a insisté pour que j'écrive ce livre, qui m'a si souvent accompagnée dans mes recherches et qui m'a poussée à raconter notre histoire quand je n'en avais pas envie. Et enfin, à ma sœur Nerissa, qui a sauvé mon ordinateur du désastre de Katrina et qui fut la première à me dire que je devais partager notre histoire, la première à affirmer que cette histoire valait la peine d'être lue. Reconnaissance éternelle à toutes les deux, mes sœurs. Enfin, je souhaite remercier chacune des personnes mentionnées ci-dessus pour leur amour, pour m'avoir accompagnée dans cette épreuve et pour m'offrir un foyer. Merci.

MIXTE
Papier issu de
sources responsables
FSC® C003309

10/18, une marque d'Univers Poche,
est un éditeur qui s'engage pour
la préservation de l'environnement
et qui utilise du papier fabriqué à partir
de bois provenant de forêts gérées
de manière responsable.

Imprimé en France par CPI

N° d'impression : 3031531
X07073/01